ヒマワリのコトバ

―チュウイ―

崎谷はるひ

幻冬舎ルチル文庫

CONTENTS ✦目次✦

ヒマワリのコトバ—チュウイ—

✦カバーデザイン＝齊藤陽子（CoCo.Design）
✦ブックデザイン＝まるか工房

イラスト・ねこ田米蔵✦

ヒマワリのコトバ—チュウイ—

相馬昭生《そうまあきお》が初恋を知ったのは、わずか八歳のときのことだった。

その日、彼の姉である相馬ひかりは、十六歳の花嫁となった。めずらしくも、腕にいくつかのチューブを刺したり、補助ベッドで弱った身体《からだ》を支えられることもなく、自分の脚でしっかりと立っているひかりは、清楚《せいそ》な白いワンピースに、これだけはどうしてもと言い張ったヴェールをかぶっていた。

自宅よりも長い時間をすごした病室での結婚式。列席者はほとんど身内のような看護師と、相馬姉弟の父親と、滋《しげる》の両親、そして昭生のみだった。

「似合うよ。とてもかわいい」

すでに戸籍上は夫となった、彼ら姉弟の幼馴染《おさななじ》みでもある男性――旧姓、岡崎《おかざき》滋は、八歳年下の妻へと微笑《ほほえ》んで、細すぎる指にリングをはめた。

「しーちゃん、ありがとう」

ひかりは穏やかな笑みを浮かべた。嬉《うれ》しさのせいか、そのときの彼女は見たこともないほど顔色がよく、この世のなかでいちばんきれいな少女だと昭生は思った。

大きな手のひらで華奢《きゃしゃ》な身体を支える滋は、ひかりにあわせて、彼女の望みどおり、病室にはそぐわない真っ黒な礼服を着ていた。百八〇センチを超える長身、色気がとろりと滴《したた》るほどのあまい顔だちは、不可思議な結婚式の場において、誰よりも輝いている。

学生時代は相当遊んでいたという話を、幼い昭生でさえ耳にするほど、滋のモテぶりはすさまじかった。けれど彼は子どもにやさしかったし、生まれたころからつきあいのある昭生のことを、本当の弟かのようにかわいがってくれていた。

「しーちゃん、ぼくの兄さんになるの？」

長い脚に似合うスラックスの端を握り、おずおずと問いかける。滋はにっこりと笑って「そうだよ」と言って、昭生を抱きあげた。

「俺が相馬さんちに婿養子に行くから、名前もおんなじになる」

同じ高さになった端整な顔に、昭生は嬉しさを隠せなかった。おおきな声をあげて広い肩にしがみつき、うっすらと化粧をほどこした、きれいな姉に向かって叫んだ。

「ひーちゃん、ありがとう！　しーちゃん、うちの子になるって！」

「なんだか、『ぼくの』って言いたそうね、あーちゃんは」

礼服がしわになると、はしゃぐ子どもを咎《とが》めるひとは誰もいなかった。皆、ひかりの清楚な可憐さと、滋の圧倒的なうつくしさに胸を打たれたように微笑んでいるばかりだ。

ただ、相馬家の父親だけがうっすらと涙を浮かべ、ぽつりと言った。

「……すまない。滋くん」

「気にしないでください、小父《おじ》さん。言ったでしょう。ひかり相手じゃなきゃ、俺は結婚なんかするつもりなかったんですから」

まだ滋の腕に抱かれたままだった昭生は、広い肩に顎《あご》を乗せていたため、彼の表情を見ることはなかった。けれど一瞬、その場にささやかな緊張が走ったことだけはわかった。

なぜだか不安で、世界一大好きな姉の顔を見やる。穏やかに微笑んでいた姉だが、その目は決意を秘めて強く輝き、澄みきっていた。

「ありがとう、しーちゃん。わがまま、聞いてくれて」

「俺は、ひかりがよければ、それでいいんだよ」

滋の声はもう、穏やかなものに戻っていた。ひかりはいつものとおり、幸せそうに微笑んでいて、いまの違和感はなんだったのか、昭生に追及させることを防いだ。

「あなたたちを助けるために、俺はここにいるんですから。俺こそ感謝しています。大事なものを預けてくださって、ありがとうございます」

きっぱりと言ってのけた滋に、父は震えながら手をとり、ひかりは涙目のまま無言で微笑んでいた。

（なんで、みんな変な顔してるんだろ）

父の謝辞、姉の礼の言葉。なにもわからないまま、大好きな滋が兄としてこれからもいっしょにいてくれる、それだけを喜ぶしか、昭生にはできなかった。

ひかりの誕生日が六月だったことから、十六歳の花嫁はその憧《あこが》れのとおり、ジューンブライドとなった。

喜びにわく病室の窓の外、鈍色《にびいろ》の空がひろがる。

真っ白な花嫁衣装のひかりは、輝くほどにきれいだった。寄りそう滋の姿もまた、これ以上はないというほどの美丈夫ぶりだった。

愛らしい姉と凜々《りり》しい義兄。あまりにうつくしい一対の姿にこそ、幼い昭生は恋をした。

どちらにともつかない、純粋な憧れだけがそこにあった。

＊　＊　＊

東京都豊島区、池袋。渋谷、新宿と並んで三大副都心として、説明がいらないほど有名な街だ。サンシャイン60通りを中心に圧倒的なにぎわいを見せる東口、東京芸術劇場など文化・芸術の街としても知られ、ドラマでその名をさらに有名にした西口と、ＪＲ駅の東西に日本有数の繁華街がひろがっている。

比べて、北口と南口は訪れる利用者の数もぐっと減る。ことに目白方面に向けて、雑司ヶ谷などの閑静な住宅街となる南口は、これといったイベント施設は少ない。

昭生の経営するこぢんまりしたカフェバー『コントラスト』は、その南口から少し歩いた住宅街の片隅にある。二階建てマンションビルの一階が店舗、二階は住居となっている。

店のかまえは、あまり大きくない。席数はカウンターを含めてギリギリ二十席。昭生と、たまに入るアルバイト店員でまわしていくため、この程度の規模でも充分だ。むろん、『持ち家』の強みがあるのは言うまでもない。

もともと、この地にバーをかまえていたオーナーが引退を考えたことから、アルバイト店員だった昭生が自分の全財産をつぎこみ、ビルごと買い取ったのは七年まえ。大学卒業とほぼ同時に、現在の店をスタートさせた。

クリーム色の壁面にはパステル画やエッチングが飾られ、店内の雰囲気も明るい。カウンターにはドリッパーセットやコーヒーミルといっしょに外国の酒がずらりと並び、穏やかながらカラフルな雰囲気を醸しだしている。

幸い、小さな店でも客足は途絶えない。この『コントラスト』は、とある嗜好《しこう》を持つ連中にとっての、小さなコミュニティであるからだ。

「へえ、こういう店なんだ……なんか、思ってたよりカワイイ」

この夜、ほどよい喧噪に包まれた店内に、興味深そうな声を発して入ってきたのは、はじめての客だ。昭生はカウンターのなかで、くわえ煙草《たばこ》のまま酒を作りながら、「いらっしゃいませ」とほんのかすかな会釈《えしゃく》だけで応えた。

いかにも女性が好みそうな洒脱な店がまえなのだが、週末の夜の『コントラスト』は、仕事あがりの会社員、それも男性の数が増える。

夜遊びをしたい学生の姿もちらほらとは見かけるけれど、割合としてはさほどでもない。たまに見かける女性客も、連れは同性。友人同士で飲みに来たというよりも、パートナーと夜のデートを楽しんでいるのは、絡めた指のニュアンスでそれとなく知れる。

まだ宵《よい》の口とあって、店のなかは空《す》いている。きょろきょろと周囲を見まわした二十代とおぼしきその客は、昭生のそっけない会釈にも心ここにあらずの風情で小さくつぶやいた。

「ここって、ほんとにゲイのたまり場なのか？」

「失礼なこと言うなよ、徳井《とくい》。──あ、昭生さん、俺、いつもので」

徳井と呼ばれた彼を連れてきたのは、常連客の小島《こじま》という会社員だ。小島は目顔で昭生に詫《わ》び、たしなめるように小さく彼のアタマを叩《たた》いた。顔をしかめる小島に「ごめん、ごめん」と素直にうなずきながらも、徳井はものめずらしそうな表情を隠し切れていない。

「あ、えっと、おれにはギブソンください。……なんかほんとフツーだな。言われなきゃ、ゲイバーってわかんない」

徳井は、生まれて初めての『ゲイが集まる場所』に軽く興奮している。その反応で彼自身は、好奇心の強いヘテロセクシャルだということが知れた。

「だからさあ。おまえの考えてるようなゲイバーじゃねえんだって、ここは」

ゲイバーといえば、いまだにニューハーフのショーパブのようなものを想像する人間は少なくない。あきれたような声を出す小島に、徳井は「だってゲイが集まるバーなんだから、そういうことだろ？」と悪びれなかった。小島はいらだたしげに反論する。

「ハッテン場とかそういうんじゃないんだよ。ほんとにふつうのカフェバーなんだから、あんまきょろきょろすんなよ。まわりに失礼だろ」

「わかってるってば、迷惑はかけないし」

物見遊山《ものみゆさん》なら、二丁目に行け——昭生は、喉《のど》まで出かかった言葉を煙草の煙に紛《まぎ》らわせ、こっそりと吐いた。

(最近、噂《うわさ》が広まりすぎたな)

この『コントラスト』は、とくにゲイ御用達とうたってはいない。立地のせいか、昭生が店を譲り受けるまえ、前オーナーの時代から客筋は顔見知りしかおらず、その手のコミュニティで知りあった仲間らがしょっちゅう通ってくれていた。それがいつの間にやら、お仲間の集《つど》う場所になってしまい、さらに口コミやインターネットで伝わって、現状ができあがってしまったのだ。

かすかないらだちを代弁するように、くわえ煙草の端が、ちりり、と音を立てる。伸びた灰をシンクに落とした昭生は、ドライジンとドライベルモットをステアし、中身をグラスへと注いだ。

「ギブソン」

無愛想に言って、カウンターにグラスを置く。愛想もそっけもないオーナー店長に徳井が目をまるくし、隣の小島はおかしそうに笑った。

「このひとに愛想求めても無駄だよ。きれいな顔して、冷たいんだから」

「よけいな世話だよ、小島さん。文句あるなら飲みにくんな」

「文句じゃないですよ。あ、あと『店長の適当つまみ』お願いします」

了解のしるしにうなずいた昭生は、カウンターに背を向け煙を吐き出した。尊大といってもいい態度に、慣れた客もため息まじりの苦笑を漏らす。

「まったくもう、このツンデレマスター」

「いや、このひとデレはなくねえ？　ツンしかなくねえ？」

「徳井さあ、初対面でマスター語るなよ。……まあ、あってっけど」

にやにやと笑うふたり連れを「わけのわからん造語で話すのはやめろ」とばっさり切り捨て、昭生はつまみを作るために下ごしらえしたジャガイモを取り出した。

五ミリ程度にスライスしたジャガイモはすでに加熱されている。これにツナとタマネギ、チーズを載せてマヨネーズをかけ、オーブントースターで十分焼けば『イモピザ』のできあがりだ。

「ほれ。できた。イモピザ」

トッピングはその日冷蔵庫にあった適当な食材で、日によってアンチョビだったりもする。端はカリカリに焦げて中心はとろけたチーズ、そこにほっくりしたジャガイモの食感の差が楽しい。ただしカロリーをいっさい気にしなければ、の話だが。

いかにも男の料理、というそれをつついた小島が素朴な疑問を口にした。

「うまいけど……昼は小じゃれたカフェなのに、なんで夜はいきなりこう、適当なわけ？」

「昼は厨房にひと雇ってるから。夜は俺しかいないからだ」

「ほんとに会話の流れぶった切るなあ。ま、さすが昭生さん、って感じだけど」

ごく簡潔な返答に、グラスを干した小島は苦笑した。無言のまま肩をすくめた昭生は、頼まれるまえから彼のための酒を出す。ひとくち含んだあと、小島は首をかしげた。

「あれ、これ、さっきのよりきつくない？」

「……自虐的なことするから、ついでに酔わせてやろうかと思ってな」

ぼそりと小さく放った言葉は小島の顔をかすかに歪《ゆが》めたが、隣にいた徳井には聞こえなかったらしい。

「え、なになに？　なんて言ったの」

無邪気そうな顔をして小島の肩に手をかけ、身を乗り出してくる彼には無言でかぶりを振り、昭生は小島とアイコンタクトで会話した。

（ばれてた？）

（見え見え）

小島が無邪気そうな徳井を密《ひそ》かに思っているのは、店に現れたときから見てとれた。ノンケ相手に、この手のバーで様子見をしようなどと、いじらしいというか姑息《こそく》というか。

そんな含みをまったく感じないのか、徳井はあきれ声でつぶやいた。

「マスター、ほんとに無愛想だなあ。いい男、っていうか、きれいな顔だけど」

「昭生さんはそれでいいんだよ。これは通の味わいなの」

「なんだそれ。っていうか、なにしゃべったんだよ、俺もまぜろよ」

むくれた徳井を、小島が愛想笑いでごまかす。彼が失恋して泣くたび、なぐさめるでもなく酒につきあったことのある昭生は、今回も見こみはなさそうだとこっそりため息をついた。

（まあ、カミングアウトを受け入れているだけ、マシなほうか）

願わくは、我が身に降りかかったとたんに偏見を顔に出すようなタイプではないといいのだが。馴染んだ常連客の恋路を昭生が祈っていると、入り口のドアが開いた。いつものように、ぶっきらぼうに「いらっしゃいませ」と言いかけ、昭生は顔をしかめた。

「――朗《あきら》！　おまえはまたっ」

「へへ、ただいま」

くせのある髪を跳ねさせながら店に入ってきたのは、昭生の甥《おい》で、同居人でもある相馬朗だ。ふたりの住居へはマンションビルの外階段からも入れるけれど、朗はいつも、叔父の顔を見て帰宅の挨拶《あいさつ》をしたがる。

「店から入ってくるなって、いつも言ってるだろうが」

「もう未成年じゃないんだから、いいだろべつに」

たしなめるたび、二十歳になった甥はふくれる。けれど昭生としては、朗が店に顔を出すのはあまり好ましくなかった。朗と同じ学生や、おそらくもっとしたの年齢の客も、羽目を外さない限りは追い出したりしないが、幼いころと印象の変わらない童顔の甥については、どうも過保護になってしまう。

「そういうことじゃなくってな、ここは仕事場なんだから――」

「今日はお客さんだもん。引率者もいるよ」

なおも小言を言おうとした昭生の言葉を制するように、朗は口早に言った。引率とはなんのことだ、と目を瞠《みは》ると、甥の背後からはぞろぞろと数人の青年が入ってきた。

「こんばんは、はじめまして。お邪魔《じゃま》します」

まっさきに礼儀正しい挨拶をした彼は、ふっくらした体型に穏やかな笑顔の青年だ。朗が最近お気に入りの友人だろうということはすぐに見当がついた。

「ああ……こんばんは。ムラジくんかな？」

「はい、田中連《たなかむらじ》です。いつもお世話になってます」

常々甥が言っていたように好感度の高いムラジをひと目で気に入り、「こちらこそ」と昭生の顔にも自然な笑みが浮かぶ。しかし、集団のなかでも昭生の目を引いたのは、なんとも鮮やかなグリーンの髪をした長身の青年だった。

(想像どおりだな。ＣＧが歩いてるみてえ)

目の色は銀に近い青で、むろんカラーコンタクトなのはすこし暗めの照明でもすぐにわかる。日本人《モンゴロイド》として——というより、人類としてありえない奇妙な毛髪と目の色が、なぜだかおそろしく似合っていて、背負った黒い筒状のアジャスターケースが、まるでなにかの武器かのように見えた。

奇矯な色合いですら、未完成な男の魅力を振りまく端整さをそこねていない。この個性的な青年について、甥にさんざん聞かされた言葉がよみがえり、昭生は思わずつぶやいた。

「……沖村功《おきむらこう》？」

自分でも不躾《ぶしつけ》と感じたそのひとことは、いかにも気が強そうな彼のお気に召さなかったらしい。不機嫌になった顔は、あまさより剣呑《けんのん》さが勝っていた。

「あ？　なにあんた、いきなりフルネーム呼び捨て？」

顎をしゃくるようにして、見下す目つきをする若者に、昭生もまた「……あんた？」と目を眇《すが》める。目があうなり、お互いきつい視線を交わし合うふたりに慌てたのは、その隣にいた眼鏡の似合う、華奢な青年だった。

「あの、昭生さんおひさしぶりです！　いろいろ世話になったのに、ろくにお礼もご挨拶もできなくて、本当にごめんなさいっ」

焦ったような顔をする北史鶴《きたしづる》は、以前の投げやりさが嘘《うそ》のように表情がはっきりしていた。一時期はわざともっさりさせていた髪も小ぎれいに整え、服もまた、彼に似合う品のよいものを身にまとっている。

（これが、ほんとのおまえか）

誰かの好みにあわせ、色気過剰に装うでもなく、身を隠すように縮こまるでもなく、自然体の史鶴はとてもやわらかい雰囲気だ。

史鶴がくすぐったそうに首をすくめてみせたのに一瞬だけ目を細め、『よかったな』と目顔で告げた昭生は、すぐに皮肉な笑みを浮かべてみせる。

「ひさしぶりだな、史鶴。ところでおまえの番犬、しつけがなってねえぞ」

「そっちこそ大人のくせに、なんだよその態度は」

妙にいらいらした様子の沖村に、昭生もまたなにごとかを言いかけた。しかしそれを防いだのは、あっけらかんとした朗の声だ。

「ごめん沖村。あーちゃん、店やってたりするけど、社交性ないっていうか、わりと社会生活不適合な性格なんだ」

「なんだよ朗、その言いざまは。俺だけかよ、悪いの」

「だってお客さんだよ。お客さんに向かって番犬はないだろ」

むっとしつつ、一理あると思う。なにより昭生は朗に弱い。

「ていうか、番犬っつったの朗じゃねえかよ」

「俺はいいんだもーん」

「よくねえよ！　つうか、てめえ自分の叔父貴に俺のなに話してんだよ！」

肩を怒らせる冲村の攻撃対象が甥に移ったのを知り、昭生は内心ほっとした。いささか短気にすぎるが、根の素直さゆえと見てとれる彼について、史鶴が心配そうにそわそわしているのはわかっていたからだ。

「……いんじゃね？　史鶴。悪くないよ、ハチ公」

かすかに冲村に向かって顎をしゃくり、甥の親友へと告げてやる。目に見えてほっとしたように、史鶴の表情がほどけていくのを昭生は目を細めて見守った。

細くて頼りない肩、愛情に飢えているくせに、それを得られず投げやりになった史鶴の乾いた空気は、みずみずしく若い頬《ほお》から長いこと生気を奪っていた。いまはその乾きは、彼のどこにも見つからなくて、昭生は頬がゆるむのを感じる。

「お、俺、昭生さんにそう言ってもらえたらいいなって、思ってた」

「俺はどうでもいいだろ」

「よくない。ほんとに、……ずっと、ありがと」

ほんの少し目元を赤くした史鶴の頭を、昔よくそうしたように、カウンター越しに撫《な》でる。とたん、冲村が険悪な顔でその手をはたき落とした。史鶴は焦った顔をしたが、怒る気にはならず、昭生は苦笑する。

「うん、まあ、とりあえず番犬には、嚙《か》みつく相手かどうか覚えさせて、しつけとけよ」

「犬扱いすんなっつうの！」

「冲村、もう、やめろってば！」

歯を剝《む》いたさまがまるっきり犬だと笑ってやりながら、おろおろする史鶴を見守る。

きまじめで純粋で、感情表現のへたな史鶴は、血のつながった甥よりも昭生にシンパシーを感じさせる部分があった。この不器用な彼には、出会ったころから本当に、幸せになってほしかった。かすかによぎった過去の痛みに、昭生もまた胸がつまって、言葉が出なくなる。

そして――甥の背後に、冲村と同じくらい長身の、だがルックスは好対照な男がいるのも、言葉をうまくつづれなくする要因のひとつだった。

「冲村、店で騒いじゃまずいだろ」

穏やかだけれどよくとおる声が、するりと昭生の耳に入りこんでくる。

（この声……）

一瞬で値踏みするような視線を向けながらも、昭生はひそかに動揺していた。夜の街にはそぐわないほどさわやかな顔をしている彼が、まさかあの『彼』なのだろうか。昭生が違和感と困惑に眉《まゆ》をひそめるより早く、朗が口早に言った。

「会うのはじめてだよね？　えっと、担任の栢野志宏《かやのゆきひろ》先生。で、せんせ、こっちが俺の叔父さん、あーちゃんこと、相馬昭生」

ほんの少し照れたふうに互いを紹介してみせるのは、すでに栢野と朗が『家族公認』の関係であるからだ。朗は羞恥からか目を逸《そ》らし気味で、栢野と昭生の間に走った緊張感など、

なにも気づいた様子はなかった。

「お会いするのは、はじめてですよね？　昭生さん」

いかにもさわやかなあまい顔で、にっこりと微笑んだ栢野に、昭生は「ええ、まあ」と微妙な受け答えをする。

「相馬昭生です。いつも、朗がお世話になっております」

「栢野です。こちらこそお世話になっております」

昭生は内心の驚きを、保護者ぜんとして軽く頭をさげたことでどうにか隠した。

聞いた話では、昭生よりひとつふたつ年上のはずだが、ふだん学生にまみれているからか、あまい顔だちにさっぱりした髪型のせいか、見た目はずいぶんと若々しい。

(印象、違いすぎんだろ。いや……ある意味、あってんのか)

目を伏せ、声だけを聞いていると、たしかに電話のときと同じ男だと気づかされる。見た目こそ若いが、物腰や、広い肩から発するオーラのようなものは、あきらかに大人の、それも揺るぎない自信を持った男のものだ。

ちらりと上目にうかがうと、すぐに気づいた栢野が読めない笑みを浮かべた。

やわらかく細めた目の奥に、意外なほどの胆力と鋭い光を秘めている。内心舌を巻きながら、昭生もまた営業用の笑顔で応じた。

「電話の際にも、いろいろありがとうございました」

「こちらこそ。突然の電話で失礼いたしました」

一瞬、不思議そうな顔をした朗が「電話？」とつぶやき、すぐにあっと口を開いた。

「そっか、あーちゃんに就職の話で、電話してたんだっけ」

「うん、そうそう。おまえがコンペ出さなかったから、保護者に直談判《じかだんぱん》したの」

「ったく、しつけーよ、せんせー……」

拗《す》ねた甥が口を尖《とが》らせると、にやにや笑いを引っこめた栢野は身を屈《かが》め、耳打ちをした。

「……あと、ハジメテのお泊まりのときね」

昭生にあえて聞こえるように告げたのは、一瞬だけ牽制するように流された視線で知れた。無言で、これも栢野にだけわかるほどにうなずき、昭生は赤くなった甥に目をやる。かすかに涙目になったのは、おそらく性的なからかいと受けとったからだろう。

「なんでそういうこと言うんだよ、ばか……！」

「あは、ごめんごめん」

カウンターの内側で、朗の足下は見えないけれど、せわしなくじたばたしていることから、おそらく栢野の長い脚を蹴《け》りつけているのだろうことは知れた。

（……まるめこまれてんなあ）

照れて怒る朗は、するりとごまかした栢野に気づかなかった。たぶん朗がこのさき、栢野から昭生への『二度目の電話』の詳細を知ることはないだろう。その際、この男がどれほど手厳しく自分を咎《とが》めたのか、むろん昭生も口にするつもりはない。

（猫かわいがりしてるってことか。……食えねえやつ）

おそらく栢野は、自分が庇護すると決めた相手には徹底的になにかを装うことができるのだろう。保護欲と独占欲と過剰なまでのあまやかしが入り混じった、大人の男ならではの愛情の示し方は、個人的には悪くないと思う。それが自分の甥に向けられているのは、いささか複雑でもあるけれど、この場で動揺を悟られるほど昭生も若くはない。

「専門学校の先生って、生徒の飲みまで引率するんですか」

「ははっ、いまどきみんなで飲み会やったりするのは、まずないですよ。うえにバレたら大事ですね」

わざと斜に煙草をくわえ、揶揄《やゆ》するように目を細めてみせる昭生ににっこりと微笑んだ栢野は、その長い腕で朗を抱えこむようにしていた。あからさまな態度に、昭生は微妙に顔を歪ませる。ほんのかすかな表情の変化に対して、栢野は苦笑いを浮かべた。

「そんな顔しないでください。……朗に心配されるでしょう」

すっとトーンを落とした低音の声は、おそらく昭生以外には誰にも聞こえなかっただろう。リアクションはうなずくだけにとどめ、昭生は小さく息をつき、なにも気づいていないらしい甥に告げた。

「ほら、じゃれてないでとりあえず、注文決めて。席はてきとうにしろ」

「てきとうにっても、席あそこしか空《あ》いてないじゃん」

「狭くて悪かったな。さっさとしなさい、ほかのひとの邪魔だろ」

小言ぶって言ってみせると、「はあーい」とひらひら手を振った朗がなんの屈託もなく笑っているのを見て、心底ほっとしている。

（ほんとに、気づいてねえんだな。っていうか……言うわけないか、あの男が）

さきほどの栢野は、ムキになった朗の攻撃をあまんじて受け入れながら、ごくさりげなく肩や頭を撫で、この店のなかの者に、所有者が誰かを知らしめている。冲村のようにびりびりした気配で威嚇《いかく》するより、よほど有効な手だとわかってのことなのだ。

小さくため息をついた昭生は、楽しげにテーブル席についた甥とその友人たちを、こっそり眺めた。

いまさら、相手が年上だの男だの言う権利は、昭生にはない。だが、しっかり甥の隣を確保し、椅子の背に腕をかけるふりで自分のパーソナルスペースからいっさい朗を離そうとしない男を眺め、昭生は内心つぶやいた。

ありゃ逃げらんねえぞ、朗。

「あーちゃん、モヒート五つお願いします」

了解をうなずきで伝えると、輝くような朗の笑顔は、夜半でもまだ去らない暑さにうっすら汗ばんでいた。昭生は手早くグラスを用意し、ラムベースにライムジュース、砂糖とミントを加えてすりつぶし、ソーダをくわえる。

「朗、自分で取りにおいで」

「はあい」

半分客じゃないから勝手にサーブしろと伝えると、ぴょんと立ちあがって近づいてくる。目のまえにいた小島が「朗ちゃん、ひさしぶりー」と手を振るのに、朗も如才なくにっこりと「ごゆっくり」などと答えている。

ついさきごろまで未成年であったため、ぜったいに手伝わせはしなかったけれど、なんだかんだと出入りしているので、常連には甥の顔が知られていた。

「かわいーな朗ちゃん。いくつになったの」

「二十歳だよ」

「えっ、もうそんな!? うわーこの間まで中学生だったのに」

「大人の『この間』ってなんでそう、年単位なんだよ……」

ショックだ、と顔を歪めてみせる小島をよそに、昭生は手早く五人分のカクテルをトレイに乗せ、子ども扱いにふくれる朗へと差し出した。

「……朗のは、ラム抑えめにしてるから。この端っこの、葉っぱの大きいやつ」

「ありがと、あーちゃん」

トレイを渡すとき、すりつぶしたミントがふわりと香りを放つ。南国キューバで生まれ、ヘミングウェイが愛したこのカクテルは暑い時期にぴったりだ。さわやかな香りのカクテルに、小島が目を細めた。

「いいな、モヒート。俺ももらおうかな」

「夏だからな」

昭生もなんの気なしに口に出して、そういえば夏だったのだなといまさら思った。

焦げた肌の健康そうな輝きより、ミントの香りのカクテルで気づくあたり、つくづく自分らしいと昭生は自嘲する。

「マスターが季節口にするって、なんか変なかんじ」

内心を読んだかのようにぽつりと言ったのは、小島の連れの徳井だ。どういう意味だと目顔で問いかけると、彼は愛想笑いを浮かべた。

「いや、なんかいっつも超然としてる印象があるなと思って」

「だからさあ、徳井、初対面のくせにマスターのキャラ語るなって」

「えー、じゃあ違うのかよ」

「……まあ、あってるけど」

勝手なおしゃべりに、昭生は「好きにしてくれ」と息をついて背を向けた。

(季節感とか、感じる状況じゃねえしな)

店のなかは空調がきいていて、季節を感じとるのはむずかしい。

昭生は年間をとおして大差のない、自分の服に目をやった。店内ではとくに制服などはないけれど、季節に関係なく黒か白の長袖《ながそで》のシャツにパンツと、タブリエを身につけることにしている。多少変化をつけたところで、トップスがカットソーに、ボトムがジーンズになる程度だ。

通勤は、自宅のある二階からこの店に降りてくるだけ。買い出しなどで外に出ることもむろんあるけれど、ほんの三十分足らず歩けば都会の街はなんでも揃《そろ》うし、店で使う食材などはほとんど業者が運搬してくれる。

みずみずしい汗だとか、季節の変化だとか、そういうものからずいぶん遠ざかったのだなと、妙に年寄りじみた感慨を覚えた。というより、この十年あまり、ろくな変化も求めないままダラダラと生きてきただけの話だ。

昭生はなにも変わらず、ただ終わる日を待っている——。

「マスター、そろそろ帰るね。お勘定お願い」

「あ？　ああ」

小島に声をかけられ、物思いにふけっていたことに気づかされる。振り返ったさき、いつのまにやらつぶれた徳井に肩を貸した彼が、万札を差し出してきた。

「なんだよ、いきなりつぶれたのか？」

「んー、ていうかこいつ、あんまり強くないんだよ。じつは、この店くるまえから酔ってて。

ずっとうるさくしてごめんね」

釣りを渡しながら「かまわないけど」と昭生は告げ、じっとふたりを眺めた。案じるような目に気づいた小島は、唇だけを笑わせたまま目を伏せる。

「こいつね、今日、彼女にふられたんだって」

「で、やけくそで違う世界覗《のぞ》き見しに？」

「女なんかもうやだ、男同士ってそんなにいいのか……ってさ。ひでえこと言うだろ？」

赤い顔で眠っている徳井を見つめ、小島はせつなそうな息をつく。昭生は眉をひそめて深く煙を吸い、そのあと常連客の顔をめがけて思いきり吹きかけた。

「……っ、なにすんだよ！」

「浸ってるんじゃねえよ。自虐もほどほどにしろ。そういう演歌じみた色恋沙汰は、好きじゃねえんだよ」

げほげほと噎《む》せた小島は「容赦がないな」と苦笑し、徳井の身体を担ぎ直した。手のふさがっている彼のために、昭生はドアを開けてやる。

「そのうちまた来ます。……愚痴《ぐち》言っちゃうかもしれないけど」

「聞き流してやるから、ボトル入れろ」

「ボトルキープなんかしてないくせに！」

笑って、小島は手を振り、よろよろとよろけながら恋した男の身体を支えて夜の街へと消えていった。

「ノンケ相手じゃ、見こみねえだろうに」

つぶやいて店に戻った昭生が、いや、どこかで一発逆転もありかと思い直したのは、グリーンの尖った髪をした青年が視界に入ったせいだ。

「昭生さん、おかわりお願いしていいですか？」

控えめに微笑み、グラスをかかげた史鶴が頬を赤らめている。うなずいてカウンターに戻りながら、ああいう奇跡はあってもいいと強く感じた。

かつて自分と同じような乾きを感じ、だからこそうるさく小言をいってやった史鶴も、隣にいる派手な青年のおかげで、年齢相応の溌剌《はつらつ》としたものを身にまとっている。すりつぶしたミントの刺激的な香りが鼻腔を突く。その爽《さわ》やかさはいま史鶴が夢中になっている、恋そのもののようだ。

よかったと感じると同時に、身勝手なさみしさも覚えた。

（若者は、成長が早いな。どんどん変わってく）

それがいい変化ばかりとは限らないけれども、小さな店の外では、しっかりと時間が流れている。小島もあの徳井とやらを抱えて、どういうふうにときをすごすかなど、誰にもわからない。——叶うものなら史鶴に訪れたように、奇跡の逆転があれば望ましいのだが。

いずれにせよ昭生はここにいて、右から左と流れていくすべてを、なにもせずただじっと眺めているだけしかできない。だからこそ、通りすぎていく彼らに、すこしでも幸いがあればいいと思うのだ。

昭生だけが取り残され、ぽつんとこの場でたたずんでいる。けれどそれも、自分の選択した道だと、目を伏せた昭生は煙を吐き出した。

＊　＊　＊

深夜零時、池袋の街ではまだ宵の口といった時間帯に『コントラスト』は閉店する。むろん、周辺は住宅地で、深酒をする連中はさっさとほかの店に流れていくというのも理由のひとつだが、昼からのカフェ営業を含めるときっかり十二時間労働で、ほとんど昭生ひとりでやっている店としてはこれが限界だ。

閉店後の掃除をはじめた昭生のもとに、スーツを着た男がひとり顔を出した。伊勢逸見《いせいつみ》。どちらが名字だかわからないこの男が『コントラスト』に顔を出すのは、大抵店が引けたあとだ。

「こんばんは。いいかな？」

にっこりと笑みかけられ、昭生はなんとなく彼の頭のてっぺんを見やって、顔をしかめた。百八〇センチを軽く超す長身に、この日訪れたふたりを思いだしたのだ。

「天井の掃除できそうなのが、本日これにて三人目……」

ぼそりとしたつぶやきを漏らした昭生本人は、日本人男性のごく平均的な身長だ。朗ほど小柄でもないし、身長を気にするような柄でもないが、見おろされるのは心理的になんとなくの圧迫感を覚える。

「なんだよ、昭生、その顔。ほんとに入っちゃまずいの？」

昭生の妙な表情に気づいた伊勢が目をまるくする。なんでもないとかぶりを振って、昭生は床に目を落とし、モップをかけた。

「いいもなにも、クローズの看板見てから入ってきたんだろうが」

「はは。まあ、そうなんだけど――っと、ごめん」

伊勢の胸ポケットから、着信音が鳴り響いた。軽く片手をあげた伊勢は、携帯電話を取りだしてフラップを開く。「伊勢です」と名乗ったとたん、電話口からはきんきんと響くような高い声が発せられた。

(すげえ声の女だな)

言葉はさすがに聞き取れないながら、昭生はかすかに眉をひそめた。その表情を見て取った伊勢は苦笑いをうかべ、空いた手でネクタイをゆるめる。

「ええ、はい……ああ、由美《ゆみ》さん？　こんばんは。この間はお世話になりました」

相手に見えるわけでもないというのに、伊勢はふわりと笑みを浮かべてしゃべる。だが、本当に笑っているのかどうか、定かではない。目尻が吊り気味の一重まぶたのせいか、目を細めると、表情とは裏腹にまったく目の色や内心が読めなくなる。

「いや、ははは。お誘いはありがたいんですが、いま、出先なので……いや、本当ですよ」

電話の相手は引き延ばしたかったらしく、伊勢が促してもなかなか切る様子はない。必死な様子なのは、ときどき漏れてくる甲高《かんだか》い声でも察せられ、昭生はわざとらしくため息をついた。伊勢もしゃべりながら、眉を寄せて目を見開き、まいった、という顔を作ってみせる。昭生は肩をすくめ、煙草に火をつけた。

「ええ、ちょっと立てこんでまして……近いうちに、また。それじゃ、はい」

目顔で『座ってもいいか』と訊《たず》ねた男に、昭生は無言で顎をしゃくる。ようやく通話を終え、カウンター席に座りながら上着を脱ぐ男は、深々とため息をつきながらぼやいてみせる。

「接待で連れていかれた店の子。営業電話だった。ああいう仕事も根性いるよね」

水商売の女だというのは、なんとなく気配で察していた。だがあの熱心さは、営業の一環だけとは言いきれないだろう。

伊勢は、冲村のような美形でも、栢野のようなさわやかなハンサムでもない。けれど、たいていの人間ならば見あげるほどの長身で、すっきりあっさりとした男前だし、おまけに肩書きは弁護士だ。

――弁護士って言っても小さな事務所だし、いわゆる町弁だから。

本人は、実情はそう華やかなわけではないといつも苦笑する。だが実家もそれなりに裕福、おまけに次男で、およそ女の描く理想の結婚相手を地でいっているのは間違いない。

「べつに言い訳する相手もいねえのに、説明しなくていいぜ」

昭生はくわえ煙草のまま、目もあわせず冷ややかに切り捨てた。伊勢は苦笑を浮かべたのち、抑制のきいた穏やかな声で問いかけてきた。

「そういえば今日、栢野さんたちが来たんだって？」

「なんで知ってんだよ」

昭生がむっと顔をしかめると、通話を切ったばかりの携帯電話を軽く振ってみせる。

「朗からメールでご報告。俺がいなくて残念だったってさ」

軽い語り口ではあるが視線が心配を覗かせていて、そのことにすこし、いらだった。気づかないふりでいると、伊勢は言葉で昭生を追いかけてくる。

「……だいじょうぶだった？」

「なにがだよ。おまえのほうが倒れそうな顔色してんじゃん」

おしぼりを差し出しながら、昭生は眉をひそめた。単なる切り返しだけでなく、伊勢のすっきりした面差《おもざ》しの一重まぶたが疲労に重たく見える。一日歩きまわったのだろうか、シャツも汗によれているが、それだけではないものが顔色をくすませていた。

「どうせまた、なにも食べてねえんだろ。こんな時間まで仕事して」

あきれまじりのため息をついて、昭生はフライパンを火にかける。疲れの滲《にじ》む目元にあたたかいおしぼりを当てていた伊勢は、嬉しそうに身を乗り出した。

「なんか作ってくれんの？」

「ホワイトアスパラとチーズのリゾットでいいか？」

「じゅうぶん。ありがとう」

微笑んだ目がさらに細くなった伊勢に、エールビールを瓶ごと渡しておく。エシャロットにアスパラ、米が透明になるまで炒めたのち、風味付けに白ワインも少々。鶏ガラスープを何度かに分け、すこしずつ足して煮る。

直接、瓶から飲んでいた伊勢は、昭生の手元を覗きこみながらぽつりと言った。

「仲良くやってるみたいだよね、史鶴も、朗も」

答えず、昭生はリゾットを仕上げることに専念していたが、皿に盛り、チーズを振りかける段階になって、やっと口を開いた。

「栢野、声の印象とえらく違う男だったな。冲村はまあ、噂どおりだったけど」

「ああ、忠犬オッキーか。どうだった？」

興味津々という顔をした伊勢に、昭生は手元を見たまま答えた。

「とりあえず髪の色はグリーンだった。けどそれが違和感ないくらい、顔もすっげえきれいでやんの。ほんとに、ゲームとかの３ＤＣＧが歩いてるみたいな感じ？　中身は、ふつうのガキだったけど」

「うわ、朗の言ったとおりってことか。やっぱり見たかったな」

「そのうちまた来るだろ。史鶴が来るって言い張ってたから」

楽しげに笑う伊勢にリゾットを出してやり、昭生も伊勢に同じくエールの瓶に口をつける。なめらかなビールをごくりと飲み干しても、複雑な気分は声に乗っていた。

「……顔とか雰囲気ちゃらいから、電話のやつとは別人かと思った」

主語もなく、唐突に変わった話題にも、伊勢はあっさりとついてきた。

「栢野さんを見た目で判断すると、けっこう驚くことになるよ。なにしろ、まだ新人講師だったときに、たったひとりで学校相手にけんか売ろうとしたひとだから」

かつて栢野が講師をつとめた専門学校では、生徒へのパワーハラスメント事件が相次いでおり、彼が巻きこまれた件について、昭生もすこしだけ耳にしていた。

その理不尽さと無力感にも負けずにいるだけの胆力があるから、迷う朗を励まし、面倒な問題から救ってもくれたのだろう。圧倒的なまでに陽性の気質を持っているのは、ほんの短い間の会話と今日の初対面で見て取れた。栢野はおおらかさと強さを兼ね備えた、いまどきめずらしい男だと思う。

「そんだけの挫折知ってて、なんであぁして明るくいられんのかな」

ぽつりと昭生がつぶやくと、伊勢は目を伏せたまま答えた。

「挫折は、そうと意識した人間のところにしか訪れないからね。逆説的だけど、気づかないひとは挫折しない。栢野さんはそれにくわえて、育ちのいい人間特有の、健全な自信と強靭《きょうじん》さがある気がするけどね」

健全、という言葉がなんとなくカンに障り、昭生はあえて嘲笑を浮かべた。

「それただの鈍感って言うんじゃないのか？」

「いや、強いんだろ。朗については、あのひとに任せておけば心配ないんじゃない？」

弁護士という仕事柄、人間に対して慎重な伊勢にしては破格の信頼を見せている。穏やかに言われ、昭生は唇を噛んだ。

「まあな。……俺よか、よっぽど頼りになりそうだからな」

自嘲気味につぶやいた言葉に、伊勢はリゾットを食べることに専念するふりで、なにも返さなかった。なぐさめたい気持ちがあっても、弁が立つはずのこの男は不用意な発言をしない。そしてこの沈黙で、伊勢はひそかに安寧を与えようとする。——却《かえ》って昭生の神経を逆撫でるとも知らず。

(あのときも、そうだ。いつも……いつだって)

意識のないひかりに惑乱する昭生の隣でも、気づけば伊勢はこうしてじっと、そばにいた。その事実はいまだに昭生に自己嫌悪を覚えさせる一因だ。

「昭生は、昭生なりにやってるんだから、それでいいんじゃないの」

「俺は、なにもしてやれてない。朗が最悪のときに、よりによって……」

そのさきの言葉を昭生は呑みこんだ。伊勢もさすがに、フォローする言葉が思いつかなかったらしい。無言でじっと昭生を眺め、間を持たせるかのように煙草を取りだし、カウンターのうえにあるマッチ入れを探った。

硫黄と燐が燃える独特のにおいは、なぜだか煙草をうまくする。昭生も新しい煙草に火をつけ、深く吸いつける。

二本の紫煙がゆるゆると、カウンターのうえで絡みあった。

正直、姉の病状が悪化するたび、昭生のほうが人事不省に陥るのは毎度のことだ。大抵その数日間のことは昭生のなかでひどくあいまいで、ほとんど記憶になく、周囲の人間の言葉や態度で、あとから知ることが多い。

自分でも認めたくはないのだが、昭生は、精神的にひどくもろい部分がある。けれどあの一件に関して、そのことがなんの免罪符にもならないこともわかっている。

(栢野は、それを指摘しただけだ)

そして昭生は、栢野の言葉になにひとつとして、反論することができなかった。苦い気分を飲みくだすために、昭生はふたたびエールの瓶を傾けた。

＊　＊　＊

今年の初夏、昭生は病院から、ひかりの容態がひどく悪化したという知らせを受けた。姉の容態は、生まれてこのかた、よくなったり悪くなったりを繰り返している。なかでもこの数年は状況がかんばしくなく、短期間のうち何度も危ない状態に陥ることがあった。ことにその初夏はひどくて、医師に言われた言葉はおそろしかった。

――今回は、さすがに息子さんにもお知らせしたほうがいいと思います。

長年つきあいのある医師は、ひかりが朗によけいな心配をかけたくない、と言っているのをよくよくわかっている。回復する見こみのある場合には、容態が悪化してもけっして朗には教えまいとするのは、相馬家の暗黙の了解のようなものだ。

それをあえて覆す言葉、その意味するところは、細かい説明をされなくともわかっていた。

多少は容態が落ちつき、ひかりが集中治療室から一般病棟に戻されても、昭生は長いこと茫然自失《ぼうぜんじしつ》の状態だった。

病室でうなだれたまま、いったい何時間がすぎたかわからない。ただ、ぼんやりと手足の痺《しび》れを感じているしかできないでいた昭生の肩に、大きな手のひらが載せられた。

「昭生。もう、おまえは家に帰れ。それで、明日までここに来るな」

取り縋るようにして姉のそばを離れなかった昭生へ、滋はきっぱりと告げた。

「ついていてもできることはない。もう峠は越したんだ。おまえが落ちこんでたって、なんの役にも立たないだろう。だいたい、店はどうするんだ。一週間もほったらかして」

「義兄《にい》さんこそ、会社はいいのかよ」

「昭生に心配されるようじゃおしまいだ。問題はなにもない」

いらだちも疲労も感じさせない、淡々とした口調の滋は、ひと晩徹夜したというのに少しも乱れがなく、ネクタイひとつゆるめることはない。病院で経過を見守る合間、外に出ては携帯電話やモバイルで指示を飛ばしていたのは昭生も知っている。

「……朗、どうしたっけ？」

問いかけると、滋は「なにを言っているんだ」という顔をした。

「おまえがぼけてる間に、とっくに帰した。ひかりの容態が落ちついてからは、学校もあるから、とくに来なくていいと言ってある。……もう、五日もまえのことだぞ」

「五日……」

そうか、とつぶやいて昭生は両手で自分の顔を覆った。指先は、小刻みに震えている。ひかりの急変のあと、昭生はこうした際の定宿になっている近くのホテルを取っていた。泊まり込みたいくらいだったが、病院側は見舞客を寝かせるベッドの余裕などない。まして、ひかりの場合はことがことであるため、病室内に入ることも許されないときもあった。

滋にうながされるまま、そのホテルで着替えや風呂などはすませていたが、機械的にこなすばかりで、時間の経過がまったくわからなくなっていた。

（このまえ荷物取りに家に帰ったのって、けっきょくいつだっけ？　三日まえ？　四日まえ……？）

そんなことすら、判断できない自分にぞっとした。なにより、そのホテルではほとんど眠れず、ただ怖くて寒くて――。

（俺、なにしてた？）

ぼんやりかすんでいるのは、頬を撫でる誰かのぬくもり。思い出したいけれど、思い出したくない。そんな記憶がよぎって、昭生はぶるりと身震いした。

「だいじょうぶか」

滋の言葉にうなずいたけれど、いまの状態がおよそ『だいじょうぶ』なわけがないと、昭生も滋もわかりきっていた。

ひかりが意識を失うたび、絶望と希望が交互にやってくるあの感覚に、昭生はいつまで経《た》っても慣れない。むしろ生まれたときから母は病弱だと聞かされ続けた朗や、それを承知で籍を入れた滋のほうが、とっくに覚悟がついているようにも思えるほどだ。

いや、滋の覚悟は結婚当初からのものであったと、昭生は思い直す。

（義兄さんは、俺より長い間ひかりを見てきた）

もともと、ひかりと滋とは、年の離れた幼馴染みだった。いずれも歴史の古い旧家で、互いの親同士が仲のよい友人であり、ひかりの入院している病院は、滋の親族が経営するものだというのも、彼らの結びつきを濃くしていた。

ひかりの先天性の心筋症の治療について、相馬の父はありとあらゆる手を尽くしていたけれど、いずれもはかばかしくはなかった。ひかりの場合は遺伝性で原因の特定がむずかしく、また根治治療を行う手術はあまりにリスクが高すぎたのだ。

ドナーの少なさや、保険対象外の高額な医療費など、問題は山積みだった。また、長年続いた治療のおかげで、相馬家にはそれほど余裕がなかった。

おまけに、心臓移植に関してはひかりががんとして受け入れなかったのだそうだ。

——おとなしくしていれば、生きてる可能性はあるんでしょう？　だったら、いいわ。

ひかりには知らせていなかったが、他人より勘の鋭い彼女は事情をよく知っていた。

昭生を産むなり倒れた母も、死ぬ間際にわかったが、同じ病気だった。ひかりを産んだ際に本人だけは悟っていたようだが、症状の重い長女のことを思い、ずっと調子の悪さを隠していたらしかった。父のひかりへの心配は、ふたたびの喪失への怯《おび》えでもあったのだ。

相馬の父は、心労と過労のためか、癌《がん》をわずらっていた。事業もすでに傾きかけ、このままではひかりの治療どころではないというところまで、追いつめられていた。

ひかりが十六歳で結婚を急いだのには、自分自身のこともむろんだが、父の健康や金銭的な問題もあったのだろう。名前ばかりになった相馬家は、すでに滋の実家である岡崎家にあらゆる意味で頼る以外になくなっていたからだ。

病室での結婚式、いまはもう亡き父が、まるで詫びるかのように滋へと頭をさげていたのが、ひどく印象に残っている。子ども心にも、なぜ、おめでたいはずの結婚式で、あんなに悲痛な顔をしていたのか、不思議でならなかったからだ。

だがよしんばあのとき、昭生が深く考える時間を持てたとしても、八歳の少年の頭ではなにも理解できなかったに違いない。

ひかりは、いつ尽きるとも知れない命を受け継ぐ子どもが欲しいという一心で滋を求め、滋もまたすべてのリスクを知りながら、長年見守ってきた少女と、親の代から続く友情のために、すべてを救うと手をさしのべた。

――滋くん、申し訳ないけれども、ひかりと昭生を、朗を、頼む。

朗が産まれてすぐ、安堵《あんど》したかのように相馬の父は亡くなった。ほとんど傾いた会社と、いつ儚《はかな》くなるか知れない若すぎる花嫁、なにもわかっていない子どもふたりを残して。

滋はそのすべてを受け継いだ。勤めていた一流企業を辞め、ほとんど倒産寸前だった会社を建て直し、新部門を立ちあげ、いまでは一部上場の企業にまでのし上げたのだ。

いくら滋に経営の才能があったとしても、不安定な家族を抱えたまま、どれほどの気力と努力が必要だったのかは、言うまでもないだろう。

幸い、昭生や朗に病魔は遺伝しなかったようで、まったく健康体だった。けれど、だからこそ、すべての事情が呑みこめる年齢になってくると、滋に対して申し訳なかった。

そして、当然のように彼に憧れた。

（義兄さんに比べて、俺は、事態を受け入れることすらまともにできない）

血の気の失《う》せた顔を両手で摑《つか》むようにして、昭生は呻《うめ》いた。落ちた肩を義兄の手が強く摑み、「立ちなさい」と告げる。

「これ以上ここにいても、なんにもならない。おまえのためにもならない。ひかりが目を覚ましたときにも、そうしてひどい顔をさらす気か？」

「義兄さん……」

「ホテルももう引きあげろ。おまえの日常に、家に、ちゃんと、帰れ」

ひとことひとことを区切る滋は、保護者として叱責する声を発した。彼はこんな場面でも冷静で力強く、昭生のように、大人ぶってけっきょくひとりではまともに立てない人間とは違う。打ちのめされながら見あげた昭生の弱った表情に、滋はかすかに眉をひそめた。痛ましいと、その目が告げていて、よけいいたたまれなかった。

滋の言うことを、昭生は機械的なまでに素直に聞いていた。思春期をすぎてから、反抗することも多々あったはずの義兄の言うことが、この場では無条件で信じられた。滋はいつも正しく、絶対の信頼感をもっていられる――幼いころのすり込みが、自失した状況ではもっとも強く作用している。昭生がこんな状態でも人間として機能しているのは、滋が『次にやること』を指示してくれるおかげだった。

「俺の言うこと、聞けるな?」

深く震える息をつき、ゆるゆるとかぶりを振って昭生は立ちあがる。

「一度、帰って寝て、また来る。ひかり、目が覚めたら……電話くれる?」

無意識のまま、幼いころのようなあまえが声に滲んだ。そんな自分を羞《は》じた昭生の髪を、滋は自分の息子にするように——あるいは幼い昭生へと昔よくそうしたように、かき混ぜるようにしてやさしく撫でた。

「ちゃんと電話する。だから、寝て、ちゃんとなにか食べてから、またおいで」

こくりとうなずく昭生の肩を叩いて、軽く押す滋の手に力をもらい、昭生は歩き出す。

去り際、ドアの隙間《すきま》から見た義兄は、眠り続ける妻の手をとり、聞こえないのを承知で、静かになにかをささやいていた。

ひかりと滋の間には、ほかの誰にも理解できないなにかがある。夫婦というだけではなく、なにか——あまりに深いなにかが。

それは、朗という宝を共有している事実がもたらすつながりなのだろうか。どことなく疎外感を覚えながら、昭生は視線を逸らし、病室を出た。


ささやかな異変があったのは、その夜のことだ。

ホテルをチェックアウトした昭生は昼ごろ自宅に戻り、まだうまく働かない頭のまま、風呂に入って仮眠をとった。目が覚めて時計を見ると、朗が帰宅するはずの時刻になっていた。数日ぶりに料理をし、甥を待っていたが、時刻が夜の十時を回っても連絡もなく、帰ってくる気配もない。

「遅いな……朗」

食事はとうに冷めてしまった。最初はどこか外出でもしているのだろうと気楽に考えていたが、時間が経つにつれ、昭生は奇妙な胸騒ぎを覚えた。

(史鶴のところにでも泊まったのか？　いや、それなら電話でもメールでも、なにか連絡してくるはずだ)

朗は驚くくらいに『イイ子』で、昭生と暮らしはじめてから、いちどとして予告なしに帰宅しなかったことはない。時計の針が進むたび、昭生はさきほどまで捕らわれていた形のない不安とは違う、実際的な心配に胸苦しさを感じた。

情けないことに、そうなってはじめて、昭生は自分が甥をどれだけほったらかしていたのかに気づいた。

(五日まえに、来なくていいって、義兄さんは言ってた)

つまり五日間、朗はほとんどひとりで暮らしていたのだ。同じほど不安なはずの朗をなぐさめることも、支えることすらもできなかった。どころか、同じ病室にいたはずなのに、朗がいつ現れたのか、そしていつ去ったのかすら記憶にない。

（なにやってたんだ、俺）

いくら取り乱したとはいえ、朗のことを完全に忘れていたのは、さすがに今回がはじめてだ。その事実にいまさら気づいて、昭生は真っ青になった。

携帯に何度電話を入れても、電源を切っているか電波が届かない場所に――という、お決まりのアナウンスが流れるばかりだ。罪悪感を伴う不安は次第に強迫的なものになりはじめた。もうあと一時間連絡がなければ、それなりのところに連絡をいれるべきだろうか。ひどく思いつめた昭生は、まっさきに浮かんだ名前を慌てて打ち消した。

（伊勢に訊《き》いてどうすんだ）

反射的に彼を頼ろうとした自分への苦い憤りが舌を焼いた。

どうやらまともな思考が働かなくなっている。とりあえず気持ちを落ちつかせるために煙草に火をつけ、深く一服したところで、霧が晴れたように自分がすべきことが浮かんだ。

「あ……そうだ、史鶴、史鶴に電話」

そんな基本的なことすら思い浮かばないほど、焦っていたらしい。じっとりと汗の浮いた手でめったに使わない携帯を取りだし、リストを検索していたとき、電話が鳴った。

家電《いえでん》のコール音にびくりと震え、慌てながら受話器をとりあげた。

『夜半に失礼します。以前、ご連絡さしあげたこともある、朗くんの担任の栢野ですが、本

日、彼をこちらにお預かりしています

ひどく疲れているようだからもう寝かせた』と言われ、うろたえていた昭生は心底ほっとした。

「そうですか、それはお世話になりました。ご迷惑おかけして、申し訳ありません」

いちど、進路問題で連絡があったため、栢野のことは知っていた。正直、担任といっしょだということで安心もしたが——続いた栢野の声は、なぜかひどく皮肉っぽいものだった。

『かまいません。朗くんも、いまはひとりにならないほうがいいでしょうから』

尖った声は、あきらかに昭生への刺《とげ》を滲ませている。昭生は目をまるくした。

「あの、それはどういう意味ですか」

『どういうって、ご自分がいちばん、わかってらっしゃるんじゃないんですか？』

つけつけした言葉に、いったいなんなんだと面食らっていると、栢野は『部外者がよけいな口出しですが』と前置きして、はっきりと非難を口にした。

『正直、ここしばらく朗くんは、相当まいってましたよ。さきほどようやく落ちついて眠りましたけど。最低でも一週間以上、まともに寝ても食べてもいなかったと思います』

「一週間……？」

『ええ。ご家族なのに、なにもお気づきにならなかったんですか』

——もう、五日もまえのことだぞ。

義兄の声が耳をよぎり、昭生はさきほど嚙みしめた後悔をふたたび味わった。

（あいつも、まいってて当然だ。なのに、俺は）

不安にかられて自失していいただけではない。朗にはとても教えられないような、最低な時間をすごしていた。昭生は手のひらに爪が食いこむほど拳《こぶし》を握りしめた。

（俺は、なにしてたんだ、本当に）

こんな状態でなにが保護者だ、言い訳できる状況にまったくない。辛辣な言葉に昭生が無言のまま唇を嚙むと、栢野はさらに言った。

『ひかりさんの問題でいろいろ、皆さんがつらい状況にあるのはお察しします。けれどなぜ、大人が何人もいて、彼の体調や精神状態に気を配ることもできないのか。俺にはまったく理解できません』

あまりに鋭い声の批判に昭生は息を呑んだ。反論の言葉すら探せずにいると、栢野は冷ややかな声で続けた。

『それにどうして彼だけが蚊帳《かや》の外に置かれているんですか。母親の容態をぎりぎりまで教えないなんて、なぜそんなことになってるんです？　彼にも知る権利はあるはずだ』

怒りが滲んではいるものの、疑念の混じる言葉だった。

一瞬、事情もわからない他人が口を出すな、なんの関係があると言ってやろうかとも思ったが、朗を思う栢野の気持ちは理解できる気がした。なにより、この数日間、朗のことすら頭になかった自分は、誰かに批判されてしかるべきだ。

(保護者失格だと、思ってるんだろうな)

少なくとも、この男は昭生より朗をちゃんと見ていた。きついことを言うだけの資格はある。幾度か深呼吸をした昭生は、低い声で過去の事実を栢野に打ち明けた。

「栢野先生の仰るとおりで、朗の様子に気づかなかったことについては、返す言葉もありません。でも、母親の容態を教えないのには、理由もあるんです」

栢野は疑念の残る声で、『理由?』と繰り返し、昭生はできるだけ冷静に説明した。

「朗は覚えていませんが、昔、ひかりが発作を起こしたときに、ひきつけを起こしたんです。そのあとも、忘れ切れていないんだと思う。ひかりがあやうくなるたび、朗は熱を出したり吐いたりがひどかった。だから、朗にはできるだけ見せないようにと……」

幼い朗はひかりの発作を見たあと、彼女が回復してからも、つらい記憶がよみがえるのか、怖がって会おうとしないことが多かった。そういうことが繰り返され、朗へ母の病状を伝えるのは、ひかりが弱っていないときに限ろうと、家族で決めたのだ。

だが、その説明に栢野は納得しなかった。

『それでもおかしいと思います。いまの彼なら病状について理解できているはずだ。事実、毎週欠かさず見舞いに行っている。覚悟だって、とっくにできているでしょう』

「——あいつの覚悟がついてるなんて、なんであんたにわかるんだ!」

かっとなって、昭生は口を開いた。あの嘆きようを、栢野は知らない。幼い朗が引きつけを起こし、夜中には「怖い、怖い」と泣きじゃくった姿を見ていない。なだめるのにも寝しつけるのにもどれほど昭生が苦労してきたか。その泣き顔がどれだけ痛々しいか。

「中学にあがってからも、朗は夜中に何度もうなされてた。朝にはけろっとして、悪夢を覚えてはいなかったけど」

脂汗をかき、うなされる朗に、昭生は胸を痛めてきた。ようやく落ちついたのは、高校に入学して昭生と暮らしだしたころになってからだ。

「それはまだ五年まえだ、たった五年まえまで、朗は苦しんでたんだ！　どうして言えるんだ、あいつに。またあんなふうに泣く朗を見なきゃいけなくなるかもしれない。あんなつらそうな朗は、俺は見たくない！」

親元から離れ、見舞いを週に一度と決めてから、ようやく朗が夜中にうなされることがなくなった。あるいはそれが、彼の成長と重なっただけかもしれないけれど、いまの朗に現実をつきつけて、薄れた悪夢がよみがえらないと誰が言える。

まくし立てるようにして、昭生は過去の痛みを栢野に語った。だが、電話の向こうの男は、どこかあきれさえ滲ませ、昭生の言葉を叩き落とした。

『五年もまえです。子どもは、こちらが思うよりずっと成長が早いし、たくましい。そして俺の知っている相馬朗は、明るくて強い青年です。どんな残酷な事実でも自分なりに受けとめ、むしろ他人を護《まも》ろうとする。そんな彼をもう、子どもとは言えないし、あなたもそう思わないほうがいい』

「他人がっ……」

しょせんは他人の栢野にいったい、なにがわかる。自分たち家族のなにが。だが、混沌《こんとん》とした胸の裡《うち》を、昭生はうまく説明することはできなかった。

（くそ、言葉が……）

いつもそうだ、感情が高ぶって激すると、もどかしいばかりで言葉が出なくなる。

それはどこかで、栢野の指摘も正しいとわかっていたからかもしれない。言葉をなくした昭生に、栢野は『他人だから見えることもあるでしょう』と静かに、だが容赦なく告げた。

『彼は、泣きましたよ。なんでお母さん死にかけてるのに、俺にだけ内緒なんだって』

「……おかあ、さん？」

言葉の響きに、昭生は打ちのめされる。朗の口から、そんな呼び方が発せられたのはいったい、いつのことだっただろう。妙な違和感と胸騒ぎに言葉も紡げない。

『気づいてますか。彼はけっして、あなたがたのことを、関係性をあらわす言葉で呼びません。いつも自分の両親のことを、ひかりちゃん、しーちゃんと、まるで子どものように愛称でしか口にしない。けれど、彼のキャラクターから考えると、ひどく不自然な気がしていました』

栢野は、朗が家族にそう呼びかけるのは、幼児語の延長などではないだろうと指摘した。

『あれは、お父さんとかお母さんとか、関係性をさす言葉で素直に呼ぶのが、むずかしいせいではないんですか。無条件で護ってもらえることを期待するには、むずかしすぎる事情に対しての、彼なりの抵抗じゃないんですか』

お父さん、お母さんと呼べない。それは朗が『叔父さん』ではなく『あーちゃん』と呼ぶ自分に対しても当てはまる。苦々しい指摘だが、昭生はそれをなぜだか否定できなかった。ぐっと苦いものがこみあげ、こらえたせいで声がひずんだ。

「なぜ、そんなふうに思うんですか」

『お父様にも、偶然お会いしました。妙にフレンドリーであまえてみせているし、溺愛《できあい》されているのはひとめでわかる。そのくせに、妙に距離がある。ほかにもいろいろとお話を伺って、すこし……不思議な親子関係だと感じました』

朗の話を聞いていたにせよ、栢野はたった一度で、滋と朗の関係をそこまで見て取ったのかと昭生は内心舌を巻いた。

ときおり、こちらが驚くほど老成したことを言うくせに、年齢より子どもじみた態度や仕《し》種《ぐさ》で、あまえてみせる朗。それは彼が、まだここにいると家族へ訴えるためのパフォーマンスではないかと感じたことが、ないとは言えない。

（それも、あたりまえか……）

相馬家の家族構成とその関係は、あまりに奇妙だ。それは昭生がもっとも感じていることで、朗が同じように考え、感じないわけがない。まして外部から眺める栢野には、異質としか言えないだろう。

悔しいけれど、栢野の言葉になにひとつ反論できなかった。息を呑むばかりの昭生に、栢野は重い声で告げた。

『それから、もうひとつ。これはもう、ほぼ終わったことですけどね。朗くんはぜったいに、自分では言わないでしょうから。……むしろこれが、本題なんですが』

なんでしょうか、と聞き返した声は、ほとんど吐息だけのかすれたものだった。だが、続いた栢野の言葉に、昭生は今度こそ心臓がよじれるような気分を味わった。

『喜屋武《きゃん》、という男をご存じですか？』

喜屋武剛史《たけし》。かつて史鶴と同棲し、彼をめちゃくちゃに傷つけた男だ。もう数年は耳にしなかった名前に、昭生は戸惑い、悪寒を覚えた。

「あ……あいつがどうしたんですか」

『結論から言えば、朗くんを恐喝してきました。とある写真と引き替えに、金を払うか、自分の自由にさせるようにと』

無言で凍りついた昭生が、相づちすら打てないのも無視し、栢野はごく淡々と、なぜ朗が帰れなくなったかという話を、いっさいの感情を交えないまま語った。だが正直、栢野の言葉は、その半分も昭生の耳に入ってこなかった。

（なんで）

（どうして朗を）

（なんで喜屋武が）

ただぐるぐるとそればかりが頭をめぐり、全身の血が音を立ててさがっていくのを感じていた昭生は、あえぐようにして疑問を口にする。

「しゃ、写真ってどんな？」

『それは俺からは言えません。朗くんが、誰にも内緒にと必死になったものですから』

ただ、彼にとってはひどく重たい意味を持つものだとだけ告げられ、昭生は混乱した頭を支えるように、額に手のひらをあてた。

「じゃ、じゃあ、いつですか、それ、いつのことですか。どうして朗は、俺に黙って――」

『……一週間ほどまえ。遭遇したのは偶然でしょうが、タイミングが悪すぎました』

栢野の言葉に、一瞬昭生の視界は真っ暗になった。一週間まえ。ひかりが意識不明になったその日に、朗はそんな目にあっていたというのか。

（俺は、そのとき、どうしてた？）

ただ嘆き悲しんで、自分を見失っていただけだ。後悔などという言葉ではすまされないほどの痛みに、昭生は歯の根を鳴らした。

大事な甥を、喜屋武が悪辣な手口で脅していた。そのことだけでもかなりのショックはあったけれども、追いつめられている朗にいっさい気づけなかった罪悪感のほうがひどい。立っているのすらむずかしくなり、昭生は近くの壁に手をついた。荒い呼吸だけが繰り返され、おそらく栢野にもそれは聞こえていたのだろう。

『とにかく、あさって……いや、しあさってには、そちらに朗くんを戻します』

「あの、どうして、しあさってなんですか」

明日にでも朗を帰してほしい。急《せ》いた気持ちでの問いかけは、栢野に拒まれた。

『一応、この件の処理は俺がするつもりです。それには最低二日はかかる。できるだけ禍根の残らないようカタをつけますから、昭生さんはその間いっさい、動かないでください』

どうして、と声を荒らげそうになった昭生を予測したかのように、栢野は言った。

『喜屋武という男は、あなたの代わりに朗を痛めつける――と、そう言ったそうです。北史鶴の件に関して、あなたが喜屋武に仕向けた報復への意趣返しだと、そんなふうに朗くんは言っていましたが』

「……っ！」

ため息まじりの栢野の言葉に、昭生はなにも考えられず、目のまえの壁を殴った。すさまじい音がしたはずなのに、栢野はいっさいそれに触れず、淡々と続ける。

『俺はもっと、根の深いものを感じた。北の件についてもむしろ、あなたが根っこの要因のように思える。この推察は、間違っていますか？』

ざらざらとかすれた声で、昭生は「……いいえ」と小さく答えた。

栢野の指摘どおり、喜屋武との因縁はかつて彼とつきあいのあった史鶴よりも昭生のほうが深い。だからこそ、史鶴の一件で昭生は憤り、彼を捨てた喜屋武が追いこまれるよう、噂を流し伝手《つて》を使って仕事を妨害した。

感情まかせの、幼稚な報復。伊勢にも止められたそれがめぐりめぐっていま、朗が傷つけられるという最悪の形で昭生を痛めつけている。さきほど壁を殴りつけた拳はすりむけ、血が滲んでいた。小刻みに震えるそれを噛みしめた昭生に、栢野は苦い言葉を浴びせる。

『だから今回はあなたに動かないでほしいんです。俺は喜屋武になんの縁もない。ついでに、いくらか恩も売れる立場にある。事態を始末する人間としては、ちょうどいいでしょう』

その代わり頼みがあると、栢野は言った。昭生に断れるわけもなく、弱い声で「なんでしょうか」と問いかけると、『過去になにがあったのかは知りたいとも思わないし、正直、首を突っこみたくもないんですが』と前置きして、栢野は言った。

『喜屋武という男が、あなたがたにとって根深い問題なら、根底から解決してほしいんです。俺ができるのは、対処療法でしかない。悪縁を断ち切るだけじゃなく、過去にケリをつけなきゃ、なにも片づかないと思いますが、どうでしょうか？』

さすが先生と言うべきか、栢野の言葉はいちいちもっともで、だからこそ反抗心がつのった。

「どうして、そこまで口出しするんですか……最近の専門学校の先生ってのは、生徒の保護者にまであれこれ言うもんなんですか」

呻くような昭生の声に、栢野は迷わず言いきった。

『そういうのを、朗に背負わせるのはやめてほしいからですよ』

「……朗？」

『ええ。あなたが苦しんでいると、朗はそれも抱えようとする。自分だけで精一杯のはずの、あなたがまだ子どもだと言ったはずの朗が、負荷をまともにくらってしまうんです』

さきほどまで『くん』づけをしていた甥の名を、ここに来て栢野は呼び捨てた、その意味はすぐに理解できた。そして朗が叔父の自分や滋ではなく、電話の向こうにいる男を頼った理由は、次の言葉がなくても、昭生は悟ってしまっただろう。

『だからもしあなたが、あなたがたが、あの子を護ってやれないなら、俺がそうします。いずれすべて持っていくつもりですけど、いますぐにさらうことだって、できますよ』

「なん……っふざけんな、てめえ！　だいたい、なに？　どうしてそんな話にっ」

違う意味で血の気が引き、瞬時に逆上した昭生のわめき声に、栢野はこの夜の電話で、はじめて笑い声をあげた。

『保護者面するなら、もうちょっと強くなってくださいよ、叔父さん』

「てめえに叔父さん呼ばわりされたくねえよ！　っていうか、泊めるからって朗に手ぇ出すな、ぜってえ許さねえ！」

怒鳴《どな》り散らした昭生の言葉に、栢野はふふっと余裕ぶった含み笑いを聞かせる。

「なんだよ、その笑い……まさか……」

もう遅いのか。一週間どこかに消え失《う》せていた保護者意識が一気にこみあげ、昭生はぶるぶると震えた。とたん、電話の向こうで栢野が噴きだす。

『とりあえず叔父さんの安心のために言えば、一応、朗はまだ処女ですよ』

あきらかに途中までは手出ししたという気配を滲ませる告白の、どこに安心できるというのか。おまけに『まだ』という言葉を強調したのはあきらかにわざとだ。

「冗談じゃねえよ……なんだそれ……」

『許可については、あなたじゃなくひかりさんにいただくつもりなので、これ以上の弁明と詳細説明はやめておきます』

詳細になんて聞きたくない。すっかり打ちのめされながら、昭生は手の震えが止まっていることに気づいた。

『とにかく朗には、課題の合宿で泊まったと伝えたと、言い訳しておきます』

そのほうが、あなたにとってもいいでしょう？

ほとんど年齢の変わらない昭生に対しても、栢野はまるで生徒に言い含めるかのような口調で言った。それがいっそうの反感を呼んだけれど、なにを言う資格さえないことは、誰より自分が知っていた。

＊　＊　＊

数ヶ月まえの記憶をたどった昭生は、内心でつぶやいた。

(容赦なかったな、あれは)

栢野に徹底的に弾劾され、悔しくなかったと言えば嘘になる。

だが今日、店に現れてからずっと、朗の隣であれこれちょっかいをかけては怒らせていた彼がいなければ、喜屋武の一件を知ることすらなく、どころか、本当に取り返しのつかない事態になっていたのかもしれない。それを思えば、栢野に対してどれほど複雑な気持ちを覚えていても、感謝の念のほうが強い。

(おまけに、わざと話逸らしやがった)

あの電話の終わりしな、朗へ手出ししたことをほのめかした栢野が、昭生の弱さに気づいて手心をくわえたことくらい、わかっていた。

実際、甥の『処女』があやういという思いも寄らない事態に面くらった昭生は、逆上したおかげで気を逸らされたあげく、喜屋武が具体的になにをしたのか栢野からすっかり聞きそびれたと気づいたときには、電話を切ってしまっていた。

(役者が違いすぎた)

むろん、言いたい放題言われたことへの悔しさもあった。おまえがなにを知っている、なんの権利があると、本音ではそう噛みつきたかった。よけいな世話だとも思った。

だが、よりによって朗がもっともつらかった、それも自分への逆恨みで苦しめられていた時期、昭生はそばにいなかった。ただ自分の感情にかまけ、混乱している間に、その権利をあの男に譲り渡してしまったのだと、痛感させられた。そしてまた心のどこかで、真っ正面から昭生を責めた栢野の存在に、歪んだ安堵を覚えたのもわかっている。

最低のへまをしでかした昭生は、一度誰かに叱られなければ、後悔が苦くてやりきれなかった。──それすら、あの『先生』は見透かしていたのかもしれないけれど。

(くそ……)

唇を噛もうとして、煙草をくわえたままだったことに気づいた。軋《きし》んだフィルターに舌打ちし、乱暴にそれをもみ消すと、伊勢が小さく笑った。

「まあ、朗が栢野さんとくっついたおかげで、ひかりさんも元気になったし、いいんじゃないの。結果オーライで」

「結果オーライ、ねえ……」

伊勢が口にした言葉は、まるでとりつくろうようなものだったが、事実だ。

栢野と朗のいきさつや、きっかけとなったできごとを考えればかなり皮肉な話だが、ひとり息子の初恋の成就がひかりを喜ばせ、その相手に会いたいという一心で持ち直させた。

「ひかりは自分のまわりの恋バナが生き甲斐《がい》だからな」

あきれたふうに装いながら、苦笑いする自分の唇が引きつっていることを、昭生は自覚していた。

――すてきな恋をしてね。そして、わたしに教えてね。

繰り返し、朗に告げてきた言葉は、かつて昭生にも向けられたものだった。

病室のなかですごすことの多いひかりは、うつくしく、聡明で、無邪気だ。不思議なことだが、昭生はどんなに姉を心配していても、哀れんだことはない。どうしてか昭生にとってのひかりは、この世の大事なすべてを持っているような、そんな気がする存在だった。

事実、ほとんど学校にいかなくても姉はひどく頭がよかったし、手先も器用で、絵を描いたりものを作ることはかなり得手だった。最近は伏せっていることが多いから、めったに披露することはないが、ベッドのうえでできることなら、彼女はほとんどなんでもこなせた。

その、すべてを持っているひかりにとって、どうしてもままならなかったのが、健やかな身体と自由な恋だ。だから、自分の分身のような弟と息子に、その夢を託した。

そんなひかりだから、昭生が同性を好きになることを、なにひとつ否定はしなかった。むろん朗についても同じくだ。

ただ、残念ながら朗とは違って、昭生の恋は、『すてき』とはおよそ言いがたいものでしかなかったけれど。

「ひかりさん、最近は落ちついてるのか？」

「ああ。暑い時期のほうが、まだ調子いいから」

当たり障りのない会話を交わしつつ、お互いの目はあわせない。ふと訪れた沈黙に耐えかね、昭生は気がかりだったことを口にした。

「……喜屋武のこと、調べ、ついたか」

ごまかすように話題を変えると、伊勢はうなずいた。

「最近はだいぶおとなしい。栢野さん、しっかり押さえるところは押さえたみたいだな。チャンスを与えてやんわり牽制する……北風と太陽で言うところの、太陽だな」

「それならさしずめ、俺は北風だな」

昭生は苦々しく自嘲する。

かつて昭生が喜屋武に対し、感情まかせにしでかしたことによって、彼は追いつめられた。そして大事な甥がめちゃくちゃにされそうになっていたことを、栢野の電話があるまで昭生は知らなかった。その事実は、どうあっても覆らない。

「あのときは、そうするしかなかったんだろ」

「あとさき考えてなかっただけだ、毎度のごとく」

伊勢のなぐさめにかぶりを振って、昭生はエールを呷《あお》った。じっと見つめてくる伊勢の目がいたわしげで、それすらも苦痛だ。

「思いだしてへこむんだったら、考えるのやめとけ」

「そうできりゃ、苦労しねえよ」

そっとかけられた言葉を皮肉な笑いで振り払い、昭生は目元を覆った。

「後悔ばっかりだよ、いつも、どれもこれも」

含みのすぎた言葉に、伊勢はふたたび沈黙で応えた。

クローズしたときにBGMも切ってしまったから、店のなかでは壁にかけた時計の秒針の音が妙に響く。

空気が濃くて、昭生は無意識のまま喉に手をやった。ふだん、こんな深い沈黙を作り出すのはお互いに避けている。主にそれは伊勢の役割だったはずなのに、この日の彼はそういうことを放棄しているかのようにすら思えた。

伊勢はエールを呷った。ずいぶんペースが速いと感じつつ、昭生は二本目を出してやる。

「おまえ、ほんとに疲れてんじゃないのか」

「あれ、心配してくれるんだ？」

微笑む伊勢に顔をしかめる。いつものように、して悪いかとか、うぬぼれるなとか、そういう皮肉を返してやろうと思ったけれど、伊勢の気配が妙に弱くて、口にできない。

「長いつきあいだからな。そんなのは、見てりゃわかるだろ」

昭生のあえて突き放したような口調に、彼は一瞬目を瞠る。そしてふっとため息をつき、小さな声でこぼした。

「いまちょっと、ややこしい案件、ふたつほど抱えててね」

「どんな？」

思わず問いかけたあとに、昭生は唇を噛んだ。弁護士である彼には守秘義務があり、おいそれと問いかけていい話ではないのもむろんだが——まるで自分が、彼の愚痴を聞く立場にあるかのような、そんな気やすい口調だったからだ。

「っと、悪い。一般人に言える話じゃないよな」

あえて皮肉に唇を歪め、身体ごと一歩引いてみる。伊勢はそんな昭生をじっと眺めたあとに、疲れた苦笑を浮かべる。

「離婚調停と、交通関係の裁判だよ。詳細は言えないけど、べつに友人に愚痴を言っていけないってことはないだろ」

友人という言葉をことさら強調してみせる伊勢に、昭生も目を伏せた。

伊勢と昭生は高校の同級生だった。そして、卒業してからの十年以上、腐れ縁を続けている。微妙であいまいな、そのくせひりついた緊張感の漂う関係を、腐れ縁と言っていいのならば、だが。

「昭生、聞いてくれるのか？」

「……話したければ話せよ」

伊勢はエールの瓶を抱えて、上目遣いに昭生を見た。昭生も同じく瓶をかかげ、軽く打ち鳴らしていまさらの乾杯をする。

すこしぬるまったエールで口を湿らせ、伊勢が口を開こうとしたとき、ふたたび伊勢の携帯電話が鳴った。しばしそれを眺めてため息をついた伊勢は、通話をオンにする。

「はい、伊勢です……ああ、みちるさん。こんばんは。どうなさいました？」

とたん、ひどくやさしい声を発した伊勢に、昭生は眉をひそめた。

（またべつの女か）

なかばあきれつつ目を眇めると、伊勢が眉をさげてみせた。

「いえ、だいじょうぶですよ。ただ、出先なので折り返しても？　……そうですか。じゃあ、また後日、あらためて」

ため息をついて、通話を切る。今度は言い訳もしないで、テーブルに肘《ひじ》をついた。

「あのさ、電話のたびにそういう顔するの、やめないか？」

「どんな顔だっつんだよ」

つっけんどんに返すと、伊勢はなにごとかを言いかけ、ややあって口を閉じる。なんだかひどくくたびれた顔で、整えた髪を乱すようにこめかみを掻《か》いた。

「二センチ開いたと思ったら閉じたな。バリケード築かれた」

伊勢にしては、あまり余裕のない気配だった。ふだん昭生がなにをどう言おうと、軽くかわしてしまえるはずの男が浮かべた皮肉な笑みは、昭生の神経を逆撫でる。

「どういう意味だ」

「そのまんまだろう？　昭生はいつも、心に壁がある」

不機嫌な声で問うと、たたみかけるように言葉を返された。伊勢にしてはひどく剣呑なそれに、昭生は目を眇める。

「だから、それがどういう意味だっつってんだよ」

「言わなきゃわかんない？　それとも、とぼけてる？」

伊勢は読めない笑みで、目を細めた。しばし無言のまま睨《にら》みあっていると、いきなり背後から声をかけられた。

「なにけんかしてんの？」

ふたりは一瞬ぎくりと身を強《こわ》ばらせる。現れたのは、パジャマ代わりのTシャツとハーフパンツ姿の甥だった。自宅からの出入り口から顔を出し、サンダルを引っかけてカウンターのなかにはいってくる。

「朗、まだ起きてたのか」

「課題やってたんだもん。喉渇いたから、なんかもらおうと思って」

昭生の強ばった表情と声に気づかないのか、少し眠そうな顔をした甥は、ぽてぽてと歩いてカウンター内部の冷蔵庫を開けた。

「こっちに来ないで、台所でお茶でも淹《い》れりゃいいだろ」

「俺は炭酸系が飲みたいの。自宅《うえ》の台所の冷蔵庫にはなかったんだもん」

言いながら、朗はソーダを取りだして頬に当てている。

「おい、それ、酒割るための、ただのソーダだぞ」

「俺、これが好きなんだもん。いいだろ」

冷たい瓶に頬ずりをしながら幸せそうにゆるんだ表情に、昭生も伊勢も毒気を抜かれた。

そのタイミングを甥は見逃さなかった。

「……で、なんでけんかしてたの？」

「べつにっ……」

心配そうに首をかしげる朗は、すこしだけ不安そうな目をしていた。昭生がへたな否定をするよりも早く、伊勢がさらりと微笑んでみせる。

「けんかはしてないよ。俺の仕事の話をしてただけ。ちょっとシリアスな話だったから」

「あ、そうなのか」

朗は目に見えてほっとした顔になったが、まだ微妙に漂う空気になにかを感じたのか、その場を去ろうとはせず、ソーダの瓶をぶら下げながら伊勢の隣に腰かけた。

「シリアスな話って、どういうの？　事件とか？」

栓を抜いたソーダの瓶に口をつけ、喉を鳴らした朗の問いに、伊勢は苦笑してみせた。

「だからさ、朗。俺には守秘義務があるんだってば」

「いいじゃん。お仕事に障らない程度で。世間話で」

ね、とわがままを言ってみせる朗の頰に漂う、かすかな緊張感に昭生は気づいた。

(勘づいたか)

明るく元気に見せかけ、いっそ無神経ぶった口調を気取ることもあるけれども、誰よりひとの感情に敏感だ。昔から、伊勢と昭生が揉《も》めそうになるたび、いつもよりことさらに子どもっぽい顔で、ふたりの間に座ってはしゃいだ。

「しょうがないな、朗はもう……」

伊勢もそれを知っているのだろう。無下にもできない様子で、口を開く。

「そうだな。いま抱えてるうちの一件は、ショットガンマリッジのなれの果てって感じで、感情的なもつれがひどい」

「っていうと？」

「まあ、きっかけは、男の浮気だって奥さんは言うんだけど……」

伊勢がそう口にしたとたん、昭生は自分の周囲で空気が凍りつくのを知った。

「最低だな」

鋭い口調で決めつけた昭生へ、伊勢は苦笑いを漏らす。

「そう言ってやるなよ。これにも事情があるんだ」

「事情もクソも、浮気するほうが悪いに決まってるだろう」

「だからさ、いろいろこじれてるんだって」

「……えっと、こじれてるって、どういうふうに？」

すこしひきつった顔の朗が、無理に浮かべた笑みで口を挟んでくる。伊勢はため息をついたあと、言葉を続けた。

「そもそも『浮気相手』のほうが、ダンナの本命だったらしいんだよ」

戸籍上の妻にあたる女は、妊娠したと言って結婚を迫った。けれど、それはじつは狂言で、籍を入れて数ヶ月経ったあとに、まったく兆候すらなかったことがわかったらしい。

「親の決めた婚約者同士で、お互い気乗りしてなかった。男のほうに長いつきあいの本命の恋人がいたし、頃合いを見て婚約破棄しようと言ってたのに、たまたま男がＩＴの波に乗ってお金持っちゃったんで、揉めに揉めてね」

朗は「なんかさきが読めたなあ」と苦笑いしながら続きをうながした。

「男を話しあいの場に呼び出して、酒に薬混ぜて無理やり飲ませて、既成事実があったみたいに見せかけた。ほんとは酔いつぶれてただけなんだけど、罪悪感につけこまれて入籍」

「そりゃまた……逞《たくま》しいっていうか、悪賢いっていうか」

「事実がばれたあとの、元婚約者嬢の開き直りっぷりもすごかったよ。どうせ結婚するんだし、妊娠も遅かれ早かれなのに、なぜいけないの？　ってね」

そんなひと本当にいるのか、と朗は目をまるくしている。伊勢もやれやれというように、深いため息をついた。

「そんなわけで、男はだまされたって大激怒。家出して本命の恋人のところに転がり込んで同棲中。裁判も、これ以上ゴネるなら離婚だけじゃなく、詐欺でも訴えてやるってさ」

「ふわー……どろっどろだ。昼メロみたい」

「大人の世界はすごかろう？」

伊勢は朗に対して茶化してみせるけれど、昭生は笑えないままだった。

おそらく、伊勢の抱える案件のなかでもいちばん当たり障りのない話をしたのだろうとは思う。この手の泥沼話はどこにでも転がっているものだし、いまの話から個人を特定できる情報は、いっさい口にしていない。

だが、よりによって昭生のまえで浮気に絡んだ話を選んだことに、胸が悪くなった。

(なんのつもりだ、伊勢)

無意識のまま、指が白くなるほどシンクを摑んでいたことに気づいた昭生はまだ長いままの煙草を揉みつぶし、新しいものに火をつけながら吐き捨てた。

「笑って言える話か、そんなのが。朗も、ゴシップ好きなおばさんみたいな反応するんじゃない。飲むもの飲んだら、さっさと寝ろ」

地を這《は》うような叔父の声に、朗は今度こそなにかを察したようだった。一瞬だけ叔父と伊勢を見比べたあと、「……はあい」とうつむきかげんで渋々立ちあがり、伊勢に向かってしかつめらしい顔を作った。

「お邪魔しました。伊勢さんも、あんま浮気しちゃだめだよ」

「ちょっとちょっと、今日のこれは俺の話じゃないだろ」

「いつもいろんなひと連れて歩くから、あーちゃんの機嫌悪いんだよ。じゃあ、おやすみ」

なにも知らない甥の言葉が、昭生に突き刺さる。浮気ネタを冗談めかしてほのめかすのは伊勢と朗のいつものやりとりで、けれど今夜の昭生は、すこしも笑えなかった。

朗が去ってしまうと、いきなり静かになった。残されたふたりにとって沈黙は重すぎる。

(いっそ、また女からの電話が入ってくれたほうがマシだ)

昭生は伊勢に背を向け、シンクによりかかったまま無言で煙草をふかし続ける。

「いまの話は、単なる世間話だよ」

静かな声を発して、伊勢が立ちあがった。カウンターのなかに入ってこようとする男に対し、抵抗も反応もいっさいしないことで、昭生は拒絶を訴える。

さらに距離を詰められ、昭生はようやく口を開いた。

「世間話にしちゃ、ネタが悪趣味なんじゃねえ?」

ふかすばかりの苦い煙草が唇から抜き取られ、顎を摑まれた。照明はこのカウンターまわりしかつけていない、薄暗い店内では、伊勢の表情は陰が濃すぎて読み取れない。

「朗に話して聴かせるには、あれくらいありがちなネタじゃなきゃ、まずいだろ」

「……栢野さんのときは、ずいぶんいろいろ教えてあげちゃったみてえじゃんかよ」

言い訳じみたことを口にする男に、皮肉な笑いを浮かべて顎を振る。長い指から逃れたつもりだったけれど、いつになく執拗《しつよう》に追いかけてきた伊勢の手が肩を摑んだ。

唇が近づいても、昭生はいっさい動かなかった。ただじっと伊勢を睨み、もうすぐで触れる寸前で、冷ややかな声を発する。

「よせよ」

「そう言うなら、逃げればいいだろ」

「おまえがやめればすむ話だろう」

「やめないね。昭生がはっきり拒絶して逃げない限り、俺がやめるわけないだろ？」

吐息の触れる距離で、互いの唇から発する言葉が凍りついている。けれど視線だけは灼き焦がすかのように熱く、険しい。

「いまも、ひさしぶりに抱かせてもらえそうだって期待してる。そのまえにキスしたのは、半年もまえだ。覚えてるか？」

「半年まえなんてそんなん、いちいち覚えてるわけねえだろ」

交わす視線は火花が散りそうなのに、唇からは凍りつくような言葉しか出てこない。朗にはいっさい見せたことのない、このひりついたやりとりも、もう何度目だろうか。

「でも、あのときのことは覚えてるよな」

目を伏せた伊勢の言葉に、昭生はびくりと凍りついた。

「いや、覚えてないか。……おまえ、ひかりさんの具合悪くならない限り、ろくにやらせてくれないからな。ああいうとき、いつももうろうとしてるから、なにしたかも記憶にないよな」

わざとらしい口調で突きつけられた事実に、昭生は青ざめ、目を逸らした。小刻みに震える細い身体を見おろしながら、伊勢は小さな声でつぶやく。

「朗が外泊しててくれてよかったな、あのときは」

「……やめろ、伊勢」

「ひさしぶりに、ホテルじゃなくて昭生のベッドでセックスできた。あれって何年ぶり？」

恥ずべき事実をわざと口にした伊勢を、昭生は険しい目で睨みつけた。だが色のない、いっそ穏やかなほどの目でじっと見つめ返され、けっきょくは目を逸らすしかなかった。

「すごかったよな。ほとんど毎日セックスしまくりだったのに、どれだけやれんのかって、自分でも感心――」

「やめろって言ってんだろ！」

反射的に殴りつけそうになった手を、伊勢が摑んで止める。

「殴ってどうすんの、昭生。なかったことになんないだろ、なんにも」

昭生が朗に対してうしろめたくてたまらず、また弾劾してきた栢野に対してなんの反論もできなかった、その理由が目のまえの男の存在だ。

「ひかりさんの意識がなかった間中、俺たちはやりまくってた。それ欲しがったのは、昭生だろ？　俺を呼んだのは、昭生だっただろ？」

伊勢の言葉どおり、あのときの昭生は、見舞いのために取ったホテルで伊勢に抱かれた。朗を置き去りにしたまま、自分はなぐさめられていたのだ。

言葉どおりの慰撫ではない、もっともなまなましく、くだらない、低俗なやりかたで、意識を飛ばし身体をくたびれさせ、眠るために、伊勢を利用している。

あげくに栢野の電話に衝撃を受けた昭生は、勢いで伊勢を呼び出した。そして甥のいない自宅で彼と寝たのだ。

「……おまえには、悪かったと思ってる」

「悪くないよ、なにも。あんな状態でもなきゃ昭生はろくに抱かせてくれないし。睡眠薬や安定剤の代わりでも、俺はかまわない」

なじるでもなく、淡々とした口調だからこそ、よけいにいたたまれなかった。

「べつに、そんなんじゃない」

「そんなんって、なにが」

「睡眠薬とか安定剤とか、そんなんじゃ……」

反論した言葉はどこまでも白々しく、語尾がぐずぐずに消えていった。

ひかりの容態が悪化するたび、これが最後かと精神状態がぼろぼろになるまで思いつめる昭生は、どんなにつらくても眠れなくなる。睡眠薬も酒も、ひととおり試したけれどまったく効き目はない。そして、張りつめた神経を鎮め、昭生を眠らせることができるのは、伊勢のくれる過度のセックスだけだ。

快楽に逃げて溺《おぼ》れて、いったいなにをしているのかという自己嫌悪は毎回ひどかった。けれど、いま生きている自分を感じるために、それ以外の方法が見つからない。

定宿のホテルに、いつ伊勢が現れるのか、呼び出したのか訪ねられたのか、それすら毎回覚えていない。むしろ伊勢に抱きつぶされたあと、ようやく彼の存在を認識し、後悔とともに朝を迎えるのがパターンだ。

記憶が怪しくなるほど思いつめる、自分のあやうさにときどき、ぞっとする。伊勢もまた、こんな危ないものを抱えた人間によくつきあうものだと思う。

あきれたことに、ひかりの状態がひどければひどいほど、伊勢とのセックスは濃厚になるらしい。伊勢は言葉ではっきり言ったことはないけれど、意識を取り戻した際の疲労具合や、身体に残る余韻《よいん》、そしておぼろな記憶で充分にわかる。

いつのころからか習慣じみてしまった、まるで儀式のようなセックス。平常時のそれとは比べものにならないほど淫《みだ》らに乱れて、意識がもうろうとするままにそれが終わると、昭生は疲労困憊《こんぱい》で眠りにつくことができる。

断ち切れない悪癖だ。それは目のまえにいる男そのものでもある。

(俺はどうして、弱いんだ)

昭生がなにも言えずにうなだれていると、伊勢が小さく笑った。喉声はさきほどまでの尖った陰を含むものではなく、どこかあきらめまじりのやさしいものだった。

「責めてるわけじゃないんだ。俺はかまわないんだよ、ほんとに。いつでも、いつだって、おまえが欲しがるなら、なんでもやるよ。……でも」

言葉を切り、長い腕を腰にまわした伊勢が、ゆっくりと肩に頭をもたれさせてくる。触れあった頬が妙にざらついていて、本当に彼が疲れていることを昭生は知った。

「でも、たまには俺にも、ご褒美くれたっていいだろう?」

ひかりの件で昭生が取り乱すたび、支えてくれるのは伊勢だ。無言のまま肩を抱き、震える唇を塞《ふさ》いで、硬く強ばる身体を強引に眠らせ、そして目覚めるときには、伊勢はその場にいない。昭生の後悔にまみれた顔を見たくないことくらい、さすがに理解はしている。

それらのすべてが、もう薄れて色あせてしまった、過去のできごとによる罪悪感から来る情だと知っていて、つけこんであまえ、溺れる昭生が悪い。

（わかってる。こいつだけ、責められない。――でも）

いまさら、譲歩することもできそうにない。ここまでお互いの関係をこじれさせてしまった過去が、素直な気持ちや、やわらかい感情を封じこめてしまっている。

昭生は睨みつけていた男から、けっしてそうしたくはないと思いつつ顔を逸らし、ついでに口づけからも逃れた。

「……あれ、本気でしないのか？」

「しねえよ。そんな疲れた顔してる男とは」

爪のさきで頬を撫でられ、覚えのありすぎる感覚に背筋が震えた。けれど強情に目をあわせないまま、昭生はせせら笑ってみせる。

「弁護士の体力舐《な》めんなよ。……いっそ、今夜は眠らせないよとか言えばいいわけか？」

茶化してみせたそれで、さきほどまでの息づまるような空気が抜けていく。昭生はこっそりと安堵しながら、鼻で笑ってみせた。

「おまえの言葉はどうしてそう、いちいち嘘くさいんだよ」

「言葉が商売なもんでね」

じろりと昭生は睨みつける。饒舌《じょうぜつ》な伊勢とは正反対で、昭生は口べただ。けれど目尻の吊った鋭いまなざしは、なにより雄弁で嘘をつけない。

「口先だけの男は信用できないって？」

答えず、昭生はふたたび目を逸らす。追いかけた伊勢の長い指が、昭生の首筋を撫でる。虫にでも這われたような嫌悪を滲ませた怜悧《れいり》な顔に、伊勢は弱く笑った。

「そこまでいやがるなよ」

「しないっつっただろ」

「触っただけだろう？」

指を引っこめ、なにか大事なものを包むかのように伊勢はそれを握りしめた。仕種ひとつにも艶《つや》の滲んだ男の姿から、昭生はかたくなに目を逸らし続ける。

「さっきの電話は本当に、依頼人と、営業だよ」

依頼人と、営業。今日の電話については、昭生も疑っているわけではない。だが軽い口調で、言葉ばかり言い訳がましいことを口にすると、よけい疑わしい。おそらくわかっていて、わざと髪に顔を埋《うず》め、あまい声で含み笑ってみせる伊勢は、相当にタチが悪いと思う。

「だから、そういうのは、俺は――」

昭生を求める一方で、遊ぶこともやめない男とは、まともにつきあうことなどしたくはない――。いつもならそう言ってのけるところだけれど、この夜はなんとなく、刺のある言葉は控えたかった。

事情を知らない甥はよく、伊勢が浮気をするから昭生が相手をしないのだ、とからかう。

さきほどのように、年中誰かしらから電話が入るうえに、伊勢を知る者ならば、彼が街中で小ぎれいな女や男を連れて歩いているのも、一度ならず見かけているからだ。

伊勢のつとめる事務所は、彼の言うとおりいわゆる町弁――町医者的な『かかりつけ』の弁護士事務所で、扱う案件も離婚訴訟や遺産分割、債務整理などがメインだ。刑事事件も扱うけれど、交通事故レベルのものが大半らしい。

老若男女問わず依頼者は訪れ、伊勢はそのルックスのよさと若さから、対応を任されることが多いらしい。年配の弁護士のほうが信頼感はあるけれど、却って萎縮《いしゅく》してしまうようなタイプに対しての『窓口』なのだと本人は言う。

――依頼人とか、接待とか、いろいろつきあいがあるんだよ。

伊勢が言う言葉は、たぶん事実だろう。昭生も、それらをすべて情事や色恋と思いこむほど、短絡的ではなかった。なによりいま現在の伊勢が、軽い言葉をいくら装っていようと、誰彼かまわず口説《くど》いて回るほどばかではないことくらい知っていた。

(だいたい町弁やってて、夜は俺のとこにいて、遊ぶ暇なんかねえだろ)

けれど、たとえけんか腰の口調でも、その言葉はどうしても声にならなかった。唇を噛んだ昭生に、伊勢はふっと微笑んで、額を軽くぶつけるようにしてあわせた。

「わかってるよ、おまえのことは、なんでも」

「嘘をつくな」

「嘘はつかないよ。ほんとに……二度とつかない。昭生以外とも、寝ないよ」

さきほどまでと違う、揶揄の色のない真摯《しんし》な声に昭生は一瞬息をつまらせた。動揺した自分に気づかれるのは怖くて目を逸らし、そっけなく吐き捨てる。

「……べつに、俺に、言い訳する必要はないだろ」

「それって、どっちの意味なのかな」

信じてくれているのか、それとも――本当に『必要がない』のか。苦みのある伊勢の声に含まれた問いを、昭生は沈黙で受け流そうとして、けっきょくは口を開いた。

「もうそれは、言ってあるだろ。……もう一回言わないとだめなのか、それ」

すべてがいまさらだ。七年もまえに、昭生から告げた言葉だ。

この店のなかで、最後と決めて。

「リセットしようって。おまえも、束縛しないつきあいでいこうって」

だから、伊勢が誰と寝ても浮気にはならない。昭生もそれはしかりで、この形のない関係を、ふたりでちゃんと決めたはずだ。

静かな声で告げると、昭生の髪に顔を埋めていた伊勢は、ややあって顔を起こした。昭生にじゃれつき、少し乱れた前髪が目元にかかっていて、そこに生まれた翳《かげ》りにどきりとする。

「昭生は、まだそれがいい？」

「え……」

「あのままの、関係のない関係が、いまも、それがいいか？」

唇の端をかすめる、微妙なキス。ほんの一瞬触れて離れたそれに、震える自分を気づかれたくはなく、昭生は拳を握って男の肩を押し返し、伊勢はあきらめたように笑って目を閉じた。

「……まだ、許してくれないのか？」

穏やかに笑って伊勢は言うけれど、声音の奥に真剣ななにかがひそんでいる。知っていて、昭生はそれをはぐらかした。

「許すって、なにをだよ。俺らの間に、なんかあったか」

まったく感情を覗かせない平坦な声。伊勢の薄く形のいい唇には、あきらめたような微苦笑が浮かんだ。

「……つくづく、因果って巡るよな」

意味深なひとことだけをつぶやいて、伊勢は口調をあらためる。

「ところで、頼みがあるんだけど」

「なんだよ？」

「この店、ランチのあと夕方からの営業まで、三時間くらいクローズするだろ。その時間、ちょっと貸してくれないか？」

どういうことだと昭生が目で問いかけると、伊勢は長い指を組んで昭生をじっと見あげた。

「いまの、依頼人のひとりなんだけどさ。できればこの店で、話しあいしたいんだ」

「なんでわざわざ、うちでやるんだよ」

浮気疑惑を晴らすためだけなら、お門違いだと暗に告げれば、含みを持たせた言葉に伊勢は苦笑し、「浮気の件じゃないよ」と言った。

「デリケートな話をするのに適した場所だと思っただけだ」

「デリケートって、なにがだよ。おまえがやると、いちいちわざとらしいパフォーマンスだとしか思えない」

疑うと、伊勢はむしろしらけた顔で言った。

「弁護士のパフォーマンスは、そんなとこでやるもんじゃないよ」

どういう意味だと顔をしかめるが、伊勢は問いには答えず、皮肉に嗤《わら》った。

「裁判に挑まなきゃならない依頼人ってのは、かなりナイーブなんだ。自分がなにに関わってるのか、そういう話を他人に聞かれたくないと思ってる」

「事務所で話せばいいだろう」

「俺以外の誰にも話したくないって言ってるんだ。いちど、弁護士に裏切られてるから」

どういうことだと、昭生は眉をひそめた。だが伊勢は口をつぐんだまま、けっしてそのさきを語ろうとはしない。

こうなったときの彼が、自分よりよほど強情なことを昭生は知っている。

「とにかく、この店ならほかに聞かれることもないし、昭生なら信頼できるから」

信頼。自分たちにはずいぶん遠い言葉だと思いながらも、昭生はまっすぐな伊勢の目には勝てなかった。

「……わかった。好きにしろ。茶くらいなら出してやる」

「ありがとう」

ほっとしたように、伊勢の薄く引き結ばれていた唇がほころびた。ひさかたぶりに見る、伊勢の屈託のない笑みになぜか胸が騒ぎ、昭生は身体を離そうとする。だがその肩を捕らえていた伊勢は、力をこめて引き寄せ、強引に抱きしめてきた。

「おい……」

「疲れてんだよ、俺。たまにはなんの理由もなく、こうしたっていいだろう」

ぎゅっと抱きしめられ、肩に顎を載せられる。強引ではあったけれど、抱擁したあとはけっして無理に捕まえようとはしていない。

いつでも逃げられる程度の力で捕まえている男は、選択肢を昭生に委《ゆだ》ねている。このまま振りほどいてもけっして怒りはしないだろうし、いつものように笑ってごまかすだろうことも想像がついた。

だが、この夜の伊勢はどうしてか、ひどく弱々しい気配を漂わせていた。壊れそうな——などという形容詞がおよそ似合わない、堂々とした体軀《たいく》の男なのに、いまも昭生を包みこむかのように抱きしめているのに、指先にはまるで縋《すが》るような強さがこもっている。

(どうしたいんだ、俺は)

惑って、昭生は一瞬目を閉じる。

(どうする)

突き放すかどうしようかと迷い、広い胸に手を添えた昭生は、けっきょく手のひらに力をこめることはしなかった。そして、いつになく弱っている男の腰に、軽く腕をまわす。

伊勢は一瞬硬直したあと、ぐっと昭生の身体を抱く腕を強くした。渇望するような強さに、じんわりした熱さと苦さを感じる。

「……いいの？」

「どっか適当に、ホテル、取れよ」

朗がいるだろうとほのめかすと、強《こわ》ばっていた広い肩から力が抜けていくのがわかる。ぎゅうっと、抱きしめる腕が強くなり、安堵に似た長い息を伊勢は漏らした。

触れあった身体が、衣服を通しても熱い。伊勢の心音は乱れていて、かき抱くように昭生を捕まえているのがわかる。

まるで、ものすごく欲しいものを、やっと得たかのような抱擁。そしてじっさい、伊勢は昭生を欲しがっている。

こんなふうに、伊勢に対して自分の影響力が強いことを思い知るのは不思議な気分だった。そんな価値はもうとうに、なくしてしまったと思っていたから。

戸締まりをしたのち、ふたりで連れだって行くのはさすがに目立つだろうと、ばらばらに店を出た。落ち合ったのは、この界隈でいくつも林立しているそれ専用のホテルではなく、寂れたビジネスホテル。ここを使うのもいったい何度目だろう。

（朗がうちに来てからだから……もう五年くらいになるのか）

ぼんやり考えていると、頭上からは苦い声が降ってくる。

「……集中しろよ」

「ああ、悪い」

ぎしりと、安っぽいスプリングが軋む。もう形すら覚えてしまった伊勢のそれが奥深くへと入りこんでいて、ぐらぐらと揺れる天井を昭生は眺めた。あのころからボロかったホテルには、たいして経年変化も見られないようだ。

身体の奥に男がいる。この感覚を昭生に最初に教えたのは伊勢だった。最初は本当に大変で、どうしたらいいのかもわからず手探りで、痛かったり滑稽《こっけい》だったり、それでも真剣にセックスをした。

あれからずいぶん、遠いところに来てしまったのだなと、揺さぶられながら昭生は思う。

「だから、集中しろって」

すこしいらだったような声とともに、頰に手を添えられ、唇が重ねられる。いつもは整えている伊勢の髪が乱れていて、なにも考えないまま昭生も手を伸ばし、前髪を払った。やさしさからではなく、ただたんに習い性の仕種だ。それでも、もし他人が見ればずいぶん親密に触れあっていると思えただろうほどに、昭生と伊勢はお互いに触れることに慣れていた。

昭生の少し長めの髪も、汗に湿って束になり、肌に張りついている。伊勢はそれを唇で挟み、毛先を少し嚙んだあとにかきあげて、あらわになった昭生の顔を両手で包んだ。

かすかに煙草のにおいが染みついた、硬い指先。ほんのすこし、昭生は笑う。

(俺の指も、似たようなにおいがするかな)

お互いの頰に触れあったまま、静かに腰を動かしていると、なにかちりりとした、感傷的な痛みが胸を走った。

「……っ」

押し殺したような声が漏れて、こういうのもめずらしいと思った。伊勢とのセックスで、身体的な反応以外でなにかを感じることなど、もうないと思っていたのに。

ごまかすように目を伏せたけれど、昭生が感じた正体不明の動揺を、伊勢はしっかり見抜いたらしい。

「感じるなら、素直に受け入れれば？」

「べつ、に……いやがっちゃ、いないだろ」

軽く突きあげて揺すられ、息を切らしながら言葉を返すと、伊勢はまた頰を撫でてくる。

その感触に、ふとデジャブを感じて、あえぎながら目を閉じた昭生はおぼろな記憶を探った。

身体を重ねることは、もう数えきれないほどにした。けれど、お互いの身体に慣れれば慣れるほど、はじめてのときに伊勢から与えられたなにかが薄れていくのを感じていた。

だがこの日、いつになく熱っぽく頰を撫で、唇をあわせてくる伊勢の仕種に、妙に胸が疼《うず》いた。

(なんだろう、これ)

ごく最近、こうしてなだめるように触れられたことがある。あまい接触などずいぶんまえになくなった自分たちのはずなのに、いったい――と考えていた昭生を、伊勢が強く突きあげる。

「……っ、てめ、いきなり深く……」

「頼むから上の空になるのだけ、やめてくれよ。萎える」

言葉と裏腹のそれを押しこみながら、伊勢は昭生の唇を塞いだ。

かすかな息遣い以外には、きしきしとベッドの鳴る音以外しない部屋。ぬるく怠惰な、いっそ冷めているような性行為。

こんなセックスでも、伊勢はしたいのだろうか。いつでも、昭生が正気のときの行為はどこか冷めてしらけた空気が漂い、本当に、排泄のために互いの身体を使ったような時間になってしまう。

（俺、あのときはどんな反応してんだろうな）

意識がもうろうとしているときの伊勢とのセックスは、覚えていた試しがない。いちど、あまりに記憶がないのがおそろしくて、カウンセリングも受けてみたが、おそらくストレスからの防衛のために意識を遮断しているのだろうと言われた。

遮断したというなら、なぜあんなに、熱い肌の感触だけがなまなましいのだろうか。自分はどんなふうに違うのだろうか。伊勢はその時間、どうふるまっているのだろう。

（なんでいまさら、そんなことを気にするんだ）

複雑な感情はひとつも言葉にならないまま、昭生の感情をいたずらに波立たせ、困惑を呼んだ。そしてあれから昭生は、ずっと混乱している。

いや、この混乱がはじまったのは、そんな浅い時期ではないのだろう。

「どうした？」

「なんでも……」

身を強ばらせた昭生に、伊勢が怪訝《けげん》な顔をする。肌をあわせることだけは慣れすぎてしまった男を相手に、奇妙な恥ずかしさのようなものを覚えた自分が不思議だった。

「いいから、動けよ。さっさとしろ」

投げやりに言い捨てると、伊勢は眉をひそめてもどかしげに唇を震わせ、けれどけっきょくはなにも言わなかった。ただ、知り尽くした身体の弱みを機械的に探り、性感を刺激して終わりを迎えるために動いた。

ふたりは、気まずい空気を埋めるためのおしゃべりや、言い争いもしないですむ、確実な方法をとった。

挿入し、摩擦し、愛撫して射精する、その一連の静かなセックスの時間、互いの唇は吐息すら貪るようにぴったりと重なりあう。

けれど、伏せた瞼《まぶた》の向こうになにを見ているのかは、まったくわからないままだった。

「……帰る」

「そう？　じゃあ、俺は泊まってくよ」

ベッドに腰かけ、身繕いをはじめた昭生に、伊勢は怠惰に寝転がったまま笑った。

「疲れてたとこ、悪かったな、昭生」

つきあわせた、と言外に告げるそれに胸苦しさを覚え、昭生は背を向けたまま言った。

「べつに。この間は、俺がつきあわせたし」

そのひとことに、部屋の空気がまた重たくなった。どうしてこうよけいなことばかり言うのかと、昭生は苦々しく唇を噛む。

「そうだな。ひさしぶりだったしな。嬉しかったよ」

あくまで穏やかに告げられて、よけいに気まずさはつのった。

「……まあ、俺と寝ることって、昭生にとって、気晴らしだけじゃなく、自傷行為みたいなもんなんだろうけど」

疲れた顔でつぶやく伊勢を、昭生はシャツのボタンを留める手を止め、睨みつけた。

ひさしぶりに、なんの理由もなく——いや、伊勢にとっては憂さ晴らしの意味もあったかもしれないが、比較的穏やかにベッドを共にした夜に、聞きたい言葉ではなかった。

「だから、悪いって言ったろ。覚えてねえんだよ、ほんとに。蒸し返して絡むな」

「絡んでるか？　俺」

その態度を絡んでいると言わずして、なんと言うのか。自嘲気味にくつくつと嗤う伊勢はだらりとうつぶせ、裸の背を無防備にさらしている。

引き締まった筋肉の、広い背中。もう何十回、何百回とここに腕をまわした。だがこの背が本当の意味で昭生のものであったのは、ほんの一時期のことだ。

言うなれば伊勢と昭生は、お互いに『長期貸し出し』の札をぶら下げているような関係でしかない。それを望んだのは昭生ではなく、伊勢だと自分に言い聞かせた。

「伊勢。ほんとにきついか」

まだ衰えるには早い年齢だけれど、ほんの少し背中が張って見える。疲労がひどいのはじっさいのことなのだろうと、昭生はその背を軽く揉みはじめた。

「……いいよ、昭生。そんなのしなくても」

「おまえ、見てわかるほど腫れてるぞ、背中」

昭生も立ち仕事のため腰痛をこじらせた時期があり、その際日々のケアにと、知人のマッサージ師にひととおりのツボを習ったことがある。記憶が正しければ、肩胛骨の左下あたりは肝臓のツボがあるはずだ。触ると、しこりのように腫れて疲労物質がたまっていた。

「いっ、いて」

「酒、控えろよ。煙草も。肝機能、落ちてきてるぞ」

軽く押しただけで呻きをあげた伊勢に、きつい口調で告げると、振り向いた彼はなぜだか目をまるくし、そして照れたように笑った。

「……なんだよ」

「ほんとに心配してくれたんだ？」

まるで少年のようなその表情に、どういう意味だと昭生はむっとした。身体のことは、古いなじみとして当然のように心配だろう。

「俺が心配したら、悪いのかよ」

「悪くない」

顔を逸らすと、慌てて起きあがった伊勢は昭生の頬を両手で包み「ごめん」と言った。

「嬉しかったんだ。それだけだ。ごめん。もっと心配してくれ」

「……意味わっかんねえ。そこは、もう心配かけないようにする、っつうとこだろう」

「うん、そうなんだけどな」

そうなんだけど。繰り返して伊勢は昭生の頬を撫で、こちらがいたたまれなくなるような目でじっと見つめてくる。その瞬間、ちかりと昭生のなかで、記憶がつながった。

近いのにどこかぎこちない体温、頬を撫でる指——見つめる目。

(これって……?)

さきほど引っかかったあれは、ひかりが意識を失った夜のことだった。

断片的に覚えているのは、真っ白な顔をしたひかりのベッドに、まるでしがみつくようにうずくまっていたことと、その周囲で慌ただしくひとが動き回っていたこと、それから。

——昭生、もう、よせ。

ICU患者の身内用待合い室のソファ、一睡もせずに凍りついていた昭生は、大きな手をした低い声の持ち主に、なだめるように声をかけられた。うずくまっていたソファから引き剝《は》がされ、ベッドに寝かされたあとも、誰かがこうして強ばった頬を撫で続けてくれていた。

その後、気絶するように眠ってしまって、目が覚めたらそこには滋の姿しかなかったため、てっきり彼がベッドに運んでくれたのだろうと思いこんでいた。

だがその後、帰宅をうながされてからもずっと、黙って隣にいる伊勢の姿にも、そして声と手のひらの感触にも、あまりに覚えがありすぎた。

(あれは、おまえか)

なにが一週間ぶっ通しのセックスだ。最初の二日は、なにもしてやしなかったじゃないか。そう嚙みつこうとして、昭生はけっきょく口をつぐんだ。

「どうした？」

「なんでもねえよ。もう帰るって言っただろ。離せ」

強引に伊勢の手首を摑み、振り払う。ほんの一瞬まえまでおとなしく撫でられていた昭生の豹変に、伊勢はため息をついた。

近かった距離が開き、かすかにつながっていたなにかが断ち切られる。むろん、そうしたのは昭生のほうだ。

「おまえも、もうそろそろ自立しろよ」

「どういう意味だよ」

「いろんな意味で」

昭生の牽制に、伊勢は応じない。裸の上半身をさらしたまま、強い視線でじっと昭生を見つめる。

「なにがわかるんだよ、おまえに」

「……わかるよ。俺は、おまえを知ってるから」

苦い顔でつぶやかれ、昭生はなにも言えなかった。たしかに伊勢は昭生を知っている。すごした時間のことばかりではなく、昭生すら知らない昭生の顔を、知っているのだ。

手首が、じんじん痺れている。気持ちの問題だけではなく、伊勢はさきほど、穏やかな表情や声と裏腹に、握りつぶすような力でここを掴んでいたからだ。

「あーあ。ほんとに、ひさびさにふつうっぽいエッチだったのにな」

またベッドに転がった伊勢が、ふざけたような声を発する。とりあえずこの夜はお開きらしいと感じて、昭生はかすかにほっとしていた。

「おまえがよけいなこと言うからだろ」

「そうね。俺が悪かった」

あっさりと認めて笑ってみせる、その余裕すら腹立たしく、昭生は思わず口走る。

「それに、俺らはそういうんじゃないだろ」

「そういうのって？」

「……恋人、とか。そういうのはもう、やめただろ。ただの、腐れ縁だろ」

けっきょく、店での会話を蒸し返した昭生に、伊勢はなにも言わなかった。ただ目を閉じたまま苦笑しただけだ。

昭生は今度こそ身繕いをすませ、自分のぶんの料金をサイドテーブルに置くと、部屋を出て行く。さよならとも、じゃあなとも、またなとも言わなかった。ただ、薄い背中を伊勢の声がそろりと逆撫でた。

「昭生がそう言うなら、それでいいよ」

苦く気まずいばかりの去り際、まるで逃げているようだと感じた。

（いや、逃げてんのか）

なまぬるい夏の夜の風が、肌を舐めていく。ここにたどりつくまでは、むしろ薄寒い気分すらしていたのに、冷えきった肌がどろどろと溶けるようだ。

道すがら、夜間営業の花屋を見つける。不夜城新宿ほどでもないけれど、池袋もまた夜が長い街だ。ホストやキャバクラ嬢たちが、客に贈ったり贈られたりするための花々のなかに、きれいに咲いたひまわりを見つける。

さきほど脱がせたスーツの端に、これを象《かたど》ったバッヂが光っていたことを思いだし、昭生は陰鬱《いんうつ》なため息をついた。

「ふつうっぽいエッチ、か」

セックスはたまにする、けれど恋人とは言わない、相手を束縛もしない――これがふたりのスタンスだ。昭生の決めた、スタンスだ。

腐れ縁というならば、腐って消えてしまえばいいと、昭生は投げやりに考えていた。

＊　＊　＊

週末直前の金曜日、開店まえに『コントラスト』のドアが開いても、昭生は誰何《すいか》の声をあげなかった。

「お疲れさまです、岡《おか》先輩」

「うっす。毎度どうも」

のそりと顔を出した、体格のいいひげ面の男は、朗のアルバイトさき、『珈琲専門店・帆《ほ》影《かげ》』の店長であり、昭生の大学のＯＢでもある岡義人《よしひと》だ。

岡は店内をぐるりと見まわし、満足そうにうなずいた。

「繁盛してるみたいだな、いいことだ」

「誰もいないのに、わかるんですか？」

「流行《はや》らない店は、どっか、くすんでんだよ。この店はいろいろ行き届いてる。まあ、おまえの神経質で繊細な性格なら、さもありなんか」

ほかの誰も言わないことを、ずけずけと岡は指摘した。口調が乱暴でぶっきらぼう、クールでドライと言われる昭生に対し『神経質で繊細』などと面と向かって言うのは岡くらいだ。

そして昭生も、豪放磊落《ごうほうらいらく》であたたかい岡には、ほかの誰にも感じたことのない信頼を寄せている。

「それに比べて、おまえの甥っ子はけっこうおおざっぱだよなあ」

「ああ、そうだった。いつも、朗が世話になってます」

あわてて頭をさげると、岡は分厚い肩をゆらしてからからと笑った。

「よせよせ、堅苦しい。それより、茶でも淹れてくれよ」

「豆を煎《い》る機械まで買った先輩に、コーヒーは出したくないんですけどねえ……」

「気持ちこもってりゃいいんだよ」

「そう言いながら毎度、ダメだしするじゃないですか」

笑って、昭生はケトルに火をかけた。カフェバーを営業し、そこそこうまいと評判になっているが、そもそも昭生にコーヒーの淹れかたを教えたのはこの岡なのだ。師匠に弟子がなにか振る舞うなど、ヒヤヒヤしてしかたがない。

「先輩には感謝してます。たまたま酔いつぶれたとこ看病してもらったっていう縁だったのに、バイトさきにこの店紹介してもらって、リニューアル開店にも相談に乗ってもらって。おまけに、いまじゃ俺の甥っ子まで、面倒みてもらって」

「なんだかそう言われると、俺がえらい善人みたいだなあ。人手足りないバーに暇そうな後輩あてがったのも、チビをアルバイトに使うのも、べつにめずらしいことじゃねえだろ」

岡はけろりと言うけれど、彼に良縁を運んでくる才能があるのはたしかだ。不思議と、岡が引き合わせた誰かとなにかはうまくいく。すでにそれは伝説化しており、近年も大学の後輩だというまったくの他人が、岡に向かって『会社の面接のためにつきあってくれ』などと頼むという、むちゃくちゃな事件まで起きていた。

「柏手打って頼まれても、まったく知らんやつの人生なんか背負えるかっつうの。俺は弁財天じゃねえんだよ」

「俺がバイトからオーナー店長になったって話に尾ひれがついたみたいですからねえ」

その言葉に、「勘弁しろや」と岡はうんざりした顔をみせる。笑いながら、昭生がていねいに淹れたコーヒーをうやうやしく差し出すと、一瞬だけ眉をあげてみせ、ひとくち飲んだ。

「どう、ですか？」

「……まあ、こんなもんだろ」

やっぱり査定したじゃないか。苦笑いしつつ、昭生は本題に入ることにした。

「で、これなんですけど……」

「今回はマドレーヌか。うまそうだな」

昭生が取りだしたのは、ボックスに入った大量の焼き菓子だった。

岡の喫茶店で出している菓子類は、じつのところ昭生が焼いたものがいくつかあった。週にいちどしか提供できないので、パウンドケーキやマドレーヌ、スコーン、クッキーなど、少し日持ちするものに限るけれど、ひっそり評判がいいと言われている。

だが、その作り手はいっさい内緒で、ムースやプリンなどの生菓子や店での軽食は岡自身がつくっているため、周囲には岡がすべて作っていると思われていた。

「キャラに似合わないからって、隠すことはないだろうよ」

「や、だってなんか、恥ずかしいじゃないですか」

まだひかりが、多少は家に帰れていた幼いころ、姉弟は家のなかでの遊びをたくさんした。そのうちのひとつが、遊べておいしくて楽しい、菓子作りだった。

「……少なくとも、ひかりさんにはバレてると思うが？」

ぽつりと言った岡の言葉に、昭生は笑みをほどいた。

毎週の朗の見舞いの日、岡には手作りのケーキを持たせてくれるよう頼んである。ひかりのために、昭生が焼いたそれを、しかし朗は岡の作ったものだと思っている。

「おまえ、なんで朗に隠す？　どうして、ひかりさんが起きてるときは来ないんだ」

「……なんでって、べつに……」

「朗と正反対だよな。あいつは毎週、ひかりさんの調子のいいときにだけ顔を出すように言われてる。おまえは、ひかりさんがろくに目も開けてらんねえときしか、顔出さない」

じっと見つめてくる岡の目は澄んでいて、だからこそ苦しかった。思わず煙草を取り出すと「俺のまえで吸うな」と岡が睨む。

「あれ、嫌煙家でしたっけ……」

「わけがあるか。おまえは生粋のスモーカーなんじゃなくて、会話とか気持ちの逃避のためにふかすから不愉快なんだ。嗜好品はちゃんと味わえ」

じろりと睨みながらの言葉にあらがえず、昭生は煙草をカウンターテーブルに置いた。それをさっと取りあげて、岡は一本くわえる。

「ひかりさんに会いたくないのか」

無言のままうなだれていると、ジッポーを取りだした岡が蓋《ふた》をはじく。

「それとも会いたくないのは、滋さんの隣にいる、誰かのことか？」

じり、と煙草のさきが焦げて、昭生はごくりと息を呑んだ。

岡の声はあくまで穏やかだけれど、はっきりと昭生を咎めていた。

「危篤状態になれば、さすがに『他人』は割りこんでこられないしな。滋さんが病院につきりとなれば、代わりに会社を切り回す誰かが必要だ。――篠木《しのき》さんがそうだ」

篠木亜由美《あゆみ》という女性が昭生のまえに現れたのは、昭生が十代のなかばのころだ。現在の彼女は滋の秘書だが、仕事上の裁量を任されているほどだから、片腕と言ってもいいだろう。そして、私生活での亜由美は、事実上滋の伴侶にも等しい、恋人だ。

彼女を知ってからおよそ十五年近くが経っているのに、昭生はその名に対してどうしても顔をひきつらせる。すでに習慣じみたそれに、岡はため息をついた。

「仕事上、滋さんが彼女を手放すことはできない。おそらく、それ以外の部分でも、そうなんだろう。――あのひとも、おまえの大事な『家族』になっちまってる。朗はそれ、認めてるだろうが」

どうしておまえは、認めてやれない？

声にならないままそう問われても、昭生にはなにも言えない。

「いつまでも伊勢くんを逃げ場にするなよ、昭生。問題解決にはならんだろ」

すべてを知っている人間は容赦がない。そしてその容赦のなさにこそ、ほっとしてしまう自分がどこまでも情けないことを、昭生はよく知っている。

——過去にケリをつけなきゃ、なにも片づかないと思いますが、どうでしょうか？

栢野の言葉が奥深くに突き刺さったのは、それが真実だったからだ。遡《さかのぼ》って修正できるものなら、そうしたいと、誰より昭生が願っている。けれど、この混沌と歪んだものがいったい、いつからはじまったのかと考えれば、あまりの根深さにため息しか出てこない。

うつむいたまま、頭を抱えてしまった昭生を一瞥し、岡はくわえ煙草のまま立ちあがり、マドレーヌの詰まった箱を持ちあげた。

「とにかく、預かっていくから。ほんとに材料費だけでいいのか？」

「あ、ええ。だいじょうぶです」

「……ほんとにそのうち、顔出せ。ちゃんと」

時間がいつまであるのかは、わからないから。岡の口にしなかった言葉を読みとって、昭生はもう一度両手に顔を埋めた。

閉じた視界の端、岡が無言で店を出て行ったのが知れた。けれど、見送るほどの気力は残っておらず、昭生は過去へと沈みこんでいった。

＊　＊　＊

ひかりが朗を産んでからの数年間、昭生と滋、朗は三人で家族の形を作っていた。

とはいえ乳幼児期の朗の面倒は、ほとんどの時間を病院ですごす姉の代わりに、特例で病院が見てくれることになっていて、実質的には滋とふたり暮らしのようなものだった。

（しーちゃんは、俺たちのためにたくさん、犠牲になったんだ）

昭生も長じるに連れ、ひかりと滋の結婚が、純粋な男女の情だけでなく、さまざまな事情のうえに成り立ったことを徐々に理解し、自分のできることで滋に恩返しをし、滋に尽くそうと考えるようになっていた。

彼がいなければ、朗は生まれず、相馬の家も財産もすべてなくし、ひかりの治療も続けられなかった。かわいい甥に大好きな姉、自分の大事なすべてを護ってくれたのは、凜々しく端整な滋にほかならない。

このころの昭生は、穏やかな義兄をほとんど崇拝していた。せめて恩返しをしたい、役に立ちたいと純粋に思い、小学校の高学年から、相馬家の家事いっさいは昭生の役割になっていた。

「昭生、おまえがそこまでしなくても、誰か家政婦を頼んだりすればいいんだぞ？」

はりきる義弟に滋はそう言ったけれど、昭生は「自分がする」と言い張った。

「ひかりができないぶん、俺がやらなきゃ。家族なんだから、助けあえばいいだろ？　俺、ちゃんとできるよ」

慣れない料理は失敗も多かったが、幸い幼いころ、姉の凝《こ》ったお菓子作りにつきあわされたので、調理の基本はわかっていたし、やってやれないことはなかった。

自分が気負っていることすらわからないでいる昭生の行動を、滋は苦笑いで受け入れた。

「じゃ、昭生はお母さんの代わりだな。よろしく頼む」

頭ごなしに無理をするなと止めても、昭生はきっと納得しなかっただろう。家事を任されたことが、プライドと心を傷つけまいとしての許諾であることは、子ども心にも理解できた。それによって、ますます昭生のなかの純粋な憧れと罪悪感は膨らみ、滋に対して傾倒していく心もまた大きくなっていった。

がんばれば、がんばっただけ滋は誉《ほ》めてくれた。ひかりもまた、張り切る弟に目をまるくしながらも、慣れない料理でこしらえた疵《きず》を手当し、頭を撫でてくれた。

「あーちゃんがいるから、安心していられるの。いつも、ありがとうね。朗をよろしくね」

まかせて、と満面の笑みでうなずく昭生の腕のなかに、小さなお人形のような朗がいた。

ふわふわしてあまい、マシュマロのような幼子にも、昭生は夢中だった。

八歳の昭生の目に焼き付いた、世界一きれいな花嫁と花婿は、幸せのシロップを集めて煮つめ、やわらかに固めた砂糖菓子のようにも感じられた。そのふたりに尽くせることは、昭生にとってはひどく嬉しいことであり、ひかりの不在を埋めている自分と朗の存在が、滋の支えにもなっているのだと、傲慢にも思いこんでいた。

(俺と、しーちゃんと、ひかりと、朗)

これだけ揃っていれば、すべてが完璧だと思いこんでいた昭生は、ひかりと滋の気遣わしげな視線にも、まったく気づいていなかった。

そして、それらのなにもかもが、昭生の幻想でしかなかったと思い知ったのは、昭生が高校にあがる直前のことだった。

「どういうこと……女のひと呼ぶって」

その日、帰宅した滋から、家事手伝いをしてくれる女性を招きいれると言われたとき、昭生は一瞬、その意味を摑みあぐねた。

「義兄さん、なんで？　ここ、俺らの家じゃん。どうして他人が入ってくるの」

「昭生ももう、高校生になるのに、家のことばかりやっていられないだろ」

膝《ひざ》のうえでは小さな朗が、じたばたとオモチャを手に暴れている。転んで怪我をしないように、まるっこいお尻を支えてやる昭生の手は、冷たく強ばっていた。

「住みこみじゃないんだよ。俺の仕事のアシスタントだけど、時間外で家事も手伝ってくれるんだ」

「だから、どうしてそんなひと頼むんだよ。俺、やれてない？　なにか失敗した？」

思いつめた顔で問いかけてくる義弟に、滋はネクタイをほどきながらため息をついた。

「なにも失敗していない。昭生はよくやってくれてる。料理も掃除も完璧、朗の面倒もほとんどひとりで見てくれて、幼稚園の送迎もこなしてる」

「じゃあ、いいじゃん、このままで！」

なにが悪いのだと涙目で見あげたさき、義兄の目は心配をあらわに曇っていた。

「あのな昭生、いまの生活のなかで、おまえの時間がどこにあるんだ？」

家事と子育てを十代でやってのけようとする昭生は、当然ながら部活にも入らず、ろくに友人もいなかった。登下校時には朗のお迎え、放課後には速攻帰宅して、家にいる時間はすべて家事に費やされ、学校の宿題をする時間以外、ほとんどなにもする暇はない。

それが問題なのだと滋は言った。

「子どもを、子どもが育ててると言われたよ。俺もおまえにあまえすぎた」

誰に言われたんだと噛みついたが、そんなことは問題ではないと滋はとりあわなかった。

「昭生が、すごくがんばってくれたことは知ってる。けど家のなかだけの狭い世界にいて、俺や朗のためだけに尽くして――そんなふうに、おまえを閉じこめたかったわけじゃない」

ともだちもろくにいない、ものも欲しがらない。遊ぶこともしない昭生のいまの状態は、あまりに不健全なのだと、滋は諭すように言った。

「しーちゃん、でも、おれは」

中学にはいったあたりで、昭生は滋を義兄さんと呼ぶようになっていた。けれど幼いころの呼び名が口をついて出たのはあまったれている証拠でしかない。

「昭生は、自分のことをしていいんだ。もう俺たちにばかりかまわなくていい。好きに遊んでいいんだ。ふつうの子みたいに、ともだち作ったり、外に出たりしていいんだ」

「ふつうの……？」

それは思いやりの言葉でもあったけれど、すべてを滋たちのために捧げようと思っていた昭生にとってはひどい裏切りのようにも思えた。まるで、もう役立たずのおまえはいらないから、その場所をどいて譲れと言われたような気がした。

ふつうの子、という言葉もまた、昭生を打ちのめしていた。昭生にとって、いまの環境こそが『ふつう』で、なにもおかしいところなどないと信じていた。

（なんで？　俺、おかしいの？）

さすがにその問いかけを口にするのは屈辱的で、昭生は震える唇を嚙みしめ、どうにか言葉を絞り出す。

「いまさら、だって。自分のことって言われても」

なにをしていいのかすら思いつかないのにと、昭生は途方に暮れた。

「他人任せにして、遊んでいいとか言われても、俺、どうしたらいいかわかんないし」

ひどくショックを受けた様子の義弟に、滋もすこしだけ気まずそうにしていた。

「いまさらか。なにも思いつかないくらい、縛りつけてしまったんだな……本当に、ごめん」

滋の声は、苦いものが滲んでいた。思いやりが裏目に出たと、彼に気を遣わせてしまったのだろうか。昭生はひやりとしたものを覚えたけれど、続いた言葉に自分の不安が杞憂《きゆう》でもなんでもないことを教えられた。

「……それに、そう、他人とも言えないから」

「え？」

「なんでもないよ。そのうち、わかる」

ため息をついた滋は、二度はその言葉を繰り返さなかった。けれどもその端整な横顔は、ひどく疲れて、険しさだけが漂っていた。

（やっぱり、疲れてるのかな）

相馬の父からひかりごと譲られた、傾いた事業を立て直すことに力を入れる滋は、裕福な実家の力を借りようとはしなかった。親同士の仲はよかったらしいが、当初ひかりとの結婚を反対されたことで、滋自身はその親と良好な関係を結べているとは言いがたかった。

親族の病院にひかりを入院させているのも、じつのところ彼としては不本意な部分もあったらしいが、治療を継続するために転院はむずかしかったようだ。

おまけに幼児と思春期の子どもを抱えている。いくら昭生が自分も手伝う、家のことは自分がやると言ったところで、彼にとっては庇護すべき対象がいるだけの話だ。

まだ二十代のなかばで家庭を持たされることになり、ぎりぎりまで力を尽くしている滋の疲労を、昭生だけがわかってやれると思っていた。

だがもしかしたら、昭生ががんばればがんばるだけ、滋にとっては心配の種が増えていただけだったのか。

(俺じゃ……役に立てないんだ。どんなにがんばっても)

子どもでいる自分が悔しかった。いずれは滋の仕事を手伝ってやりたいとも思うけれど、現実の昭生はまだ学生で、なんの力もない。

「わかった。滋さんが思ったように、していいよ」

いままでの行動が全否定されたような気分になって、昭生はすこし泣きたかった。けれど、理解者ぶってそう告げるのが、そのときの昭生の精一杯だった。

(それに、もしかしたら)

家の手伝いに来るという女性が、昭生よりすぐれているとは限らない。やっぱり他人より家族だと、滋はそう思い直してくれるかもしれない。

いやらしい考えだと自分でも思ったが、そのころの昭生にとって『相馬』の名に連なる人間以外は必要ではなく、変則的でいびつだからこそ必死に結びつきを強くしようと思う心だけは、全員同じだと信じていた。

だが――それは本当にただの思いこみだったのだと、すぐに昭生は思い知らされた。

＊　＊　＊

家政婦兼アシスタントという女性は、目を瞠る美人、というわけではないが、ふっくらとして健康そうで、潑剌と明るい。

「はじめまして、篠木亜由美です」

相馬家の居間、朗を抱っこした昭生のまえで、ほがらかに笑ってみせた彼女はまだ二十歳そこそこの若さ。つまり昭生と五つ程度の差、ひかりとはほとんど変わらない年齢だった。

それが昭生にいやな予感を覚えさせた。

思わず隣の滋を仰ぎ見て、顔をしかめてしまう。

「……なんか、すげえ、若いじゃん。大学は？　辞めたの？」

「彼女は去年、短大の秘書科を出てすぐうちの会社に入ったんだ。有能で気が利《き》くし、いろいろ助かってる。おまけに調理師免許も持ってるらしいから、料理の腕もすごくて――」

昭生は、亜由美のプロフィールなど、ほとんど聞こえていなかった。正直、彼女の履歴などどうでもよかった。

問題だったのは、滋のその照れくさそうな表情だ。滋が、ひかりのまえでも昭生のまえでも、いちどとして見せたことのない、男の顔で微笑んでいた。

まだ、手も触れてはいない。気持ちをたしかめあってもいないだろう。けれど思春期の少年にすらおぼろに感じ取れる、男女の仲に通じあうなにかが、ふたりの間を漂っている。

その瞬間、世界のすべてが壊れた気がした。

(なに、それ。嘘だろ)

滋が、まったく隠す気もないのがショックだった。いったいなにが起きているのかわからない。呆然《ぼうぜん》としたまま見つめた義兄は、すこし眉を寄せて昭生に言った。

「だから、他人ってわけじゃないいんだ」

わかってくれるだろうと、その目が言った。昭生は、腕のなかでじたばた暴れる朗の身体を、ぎゅうっと抱きしめる。

「あーちゃん、いた、いたいよ」

ふざけていると思ったのだろう、朗はけらけらと笑い、小さな足で昭生の身体を蹴った。滋が「こらこら」と苦笑して、腕のなかから朗を取りあげる。亜由美がそれを、微笑ましげに見つめている。

日当たりのいい、休日の午後の居間で、笑いあう男女が幼い子どもを膝に乗せ、あやしている。穏やかに見える光景は、昭生にとってぞっとするほど醜悪なものだった。

「なんで、あんたが、そこにいる？」

ひかりが座ることのできない、その場所に。わきあがった心の声は、いつのまにか昭生の唇を動かしていた。凍りつくような声が数秒経って自分の耳に入りこみ、気づけば、青ざめた顔の亜由美と滋、そしてなにもわからない朗が、昭生を眺めている。

この瞬間の空気を害なすものと見なされたのがわかった。これではまるで、自分のほうが部外者だ。青ざめ、唇をひきつらせた昭生は、よろけながら立ちあがる。

「……意味わかんねえ」

つぶやいて、呼び止める声も聞かずに昭生は去った。背中で閉じたドアに遮られ、光はここに届かない。

そして滋は、追ってもこなければ弁明もしない。

薄暗い廊下に立ちつくしたまま、昭生は唇から血が滲むほど、それを噛んだ。

望む望まざるにかかわらず、亜由美は相馬家のなかに入りこんだ。そして昭生が十六歳になるころ、滋はほとんど家に寄りつかなくなっていた。もともと会社が本当に忙しく、自宅に帰る余裕などなかったのだと、そのころになってようやく昭生は悟っていた。

(本当に俺は、お荷物だったんだな)

夕食を作って待っている昭生の期待を裏切れず、無理を押して帰宅していたのだと知ったのは、亜由美が退社後、夕飯を作りに来ては去っていくことで知れた。

「あの、今日も社長は遅くなるの。だから、さきに食べていてほしいって」

毎回、気まずそうに告げる亜由美の存在は相変わらず不愉快だったが、それよりも滋に対しての憤りがすさまじかった。

「……あの昭生さん、だいじょうぶですか?」

初対面から話しかけても返事もしない、敵意もあらわに睨みつけるばかりのむっつりと唇を結んだ少年に、亜由美はいやな顔をしたり、泣いたりもしなかった。

おっとりしていても芯《しん》が強いのだろう。けっして投げやりにならない。昭生が彼女の作った食事をすべて手つかずで捨てても、ぐっと唇を結んで、微笑んでみせる。

いまもまた、できあがった夕食に背を向け、眠った朗をあやしているふりで亜由美のすべてを拒絶する昭生に、辛抱強く彼女は話しかけていた。

「気に入らないものがあったら、言ってくださいね。昭生さんはすごく料理が上手だって、社長から聞いて——」

「俺に取り入っても意味ないよ。あんたの『パパ』に言いなよ、そういうのは」

人生のなかで、もっともいやな人間になる時期があるとしたら、この時期のことを昭生はあげるだろう。最低なあてこすりだと、自分でもわかっていて口にした。亜由美が真っ青になったとたん、すぐに後悔は襲ってきて、けれど口にした言葉は戻らない。

(謝るもんか。ほんとのことだろ)

滋と亜由美がつきあっているのは間違いようがなかった。むろん子どもたちのいるまえで無節操な真似をする義兄ではなかったけれど、ときおり帰りが遅い夜には、必ず亜由美といっしょにいるのはすぐにわかった。

なにより見交わす視線や、ふたりの間に通う空気のあまさに、昭生は打ちのめされた。

(裏切られた。俺も、ひかりも、朗も――)

病弱な妻がいる状態で、平然と女を家に連れこみ、あまつさえ自分の息子や義弟の面倒をみさせようとする滋のことが、昭生にはいっさい理解できないと思った。

「いやな役目押しつけられて、大変だよな。あのさ、義兄さんにさ、俺らふたりで勝手にするから、あんたもういらないって言ってたって、伝えて?」

「そんな、社長は、昭生さんのこと思って」

「うっせえな、愛人に飯作らす男の思いやりとか、受け取れるかよ!」

ばん、とテーブルを叩くと、その音で驚いた朗が目を覚ました。ぽかんとしていた甥は、強ばった昭生の顔を見て、みるみるうちに目に涙を浮かべた。

「……あーちゃ、なに？　怒った？　あきらに、おこった？」

つぶやいたとたん、大声で泣き出してしまう。

「あ、あ……ごめん、ごめん朗」

あわてて小さな身体を抱きしめる。えぐえぐと泣く朗は自分が叱られたと思ったのだろう。

「あーくん、わるいこ？　ごめんなさい、ごめんなさい……」

甥が自分のことをあーくんと呼ぶのは、完全に赤ちゃん返りしている証拠だ。感受性の強い朗は、身内の不機嫌や険悪な空気にひどく敏感だった。ショックを受けると、ひかりが発作を起こしたときのように、こうなってしまう。

(朗はなんにも、悪くないのに)

ごめんなさい、ごめんなさい、と舌足らずに繰り返す、悲痛な泣き方につられて涙が出そうで、昭生は頬の内側を噛んでこらえた。

わあわあと泣く朗を、腕のなかに閉じこめるように抱きしめて、昭生は声を振り絞る。

「ねえ、亜由美さん。ほんとにさ、俺、いやな人間になりたくないんだ」

背後にいる亜由美は青ざめた顔のまま、どうしていいのかわからないように立ちつくしていた。声に涙が滲んだことを気づかれたくはなく、必死に感情を抑えると、自分でもぞっとするほどきつい口調になった。

「頼むからもう、帰って。俺、女のひとに、これ以上、やなこと言いたくない」

背後の亜由美が息を呑んだのがわかった。彼女はしばしの逡巡《しゅんじゅん》のあと、覚悟を決めたような声で告げる。

「わたし、また明日、来るね」

「来るな」

「ごめん、でも、社長に言われてるから。……また、来るね」

どうにか絞り出したような声で、亜由美は静かに立ち去っていく。小さく洟《はな》をすする音も聞こえたから、もしかしたら泣かせてしまったかもしれない。

滋と亜由美への拭《ぬぐ》えない嫌悪感と、自己嫌悪と、罪悪感。負の感情はマーブルになって昭生を包みこみ、膝から力が抜けていく。

「……ごめんな」

ぽつりと落ちたつぶやきと涙は、しがみついてくる小さな甥へと向けたものなのか、亜由美に向けたものなのか、昭生自身、もうわからなかった。

亜由美は宣言どおり、昭生にどれほど無視されようと、敵意剝《む》きだしにものを言われようと、通ってくることをやめなかった。

事情がわかるような年齢でもない朗は、すぐに亜由美になついた。甥の行動は、単純にやさしい女のひとへの好意を示しているだけだとわかっていたが、感情が納得しなかった。

なにもかもがいやで、昭生は次第に家に帰るのが遅くなり、町をふらつくようになった。

あれほど心血を注いでいた家事も、朗の面倒をみることも、いっさいがっさいを放棄した。

それまでは家事手伝いばかりで夜遊び自体したこともなく、すぎるほどまじめな少年だった昭生の変化に、滋もひどく悩んだらしかった。

自分のせいかと何度も問われることがあって、そのたびに違うと言い捨てたけれど、態度は反抗的で、とても誉められたものではなかった。

「昭生、いったい毎日、どこにいってるんだ」

無理に仕事を切りあげ、家に戻ってきた滋に話をしたいと言われたとき、昭生はくだらないことを言われたとばかりに、乾いた笑いを浮かべた。

「どこでもいいんじゃないの？　だって、義兄さんが言ったんだろ、外で遊んでこいって」

「だからって、毎晩ほとんど帰ってこないそうじゃないか」

「だって家には亜由美ちゃんがいるし、朗も彼女になついてる。俺はもういらないよね？」

嘲笑まじりに吐き捨てると、滋は真っ青になっていた。怒りなのか苦痛なのか、よくわからないものをこらえる姿は、いまや昭生の軽蔑の対象でしかなかった。

「……俺は、そんなつもりで、彼女に頼んだわけじゃない」

「どういうつもりでも、べつにもういいよ」

ため息をつき、昭生は歪みきった表情で、憧れだった義兄をあざけった。

「ああ……でもいっこだけ。あのさ、頼むからうちでだけはセックスしないでくれる？」

滋のぎょっとしたような顔に、一瞬だけ胸がすいた。そのあと襲ってきたのは、吐き気がするほどの自己嫌悪だった。なのに、腹のなかにどろどろになったぜんぶを、目の前の男にすべて投げつけてしまうまで、走り出した口は止まらなかった。

「俺さ、潔癖な青少年だからさ。そういうの見せられるとさすがに刺激強いし。朗の教育にも悪いだろ。母親がいないだけでもカワイソーなのに、父親が愛人連れこんだとかさあ」

「昭生っ……」

「いまさら、なにもやってねえとか言うなよ、裏切り者！」

端整な顔が歪むのを見たいわけもなく、昭生はぷいと目を逸らし、そして行く当てもないまま、また家を飛び出した。

自分がどんどん腐っていく。こんなふうになりたかったわけではないのに、どこで止めればいいのか、まったくわからない。

(なにが、どうして、こうなったんだ)

問いかけに答えるひとは、誰もいない。つきつけられた、悪夢のような現実に向かって、昭生はただ走った。

そんなやりとりが、半年も経たない間に何度も繰り返され、昭生はすさんでいった。

罪悪感から滋は強く咎められずにいたらしいが、それを許さなかったのはひかりだった。

「あーちゃんは、いったいなにを反抗してるの？」

おっとりとかまえたひかりが、病室でりんごをかじりながら問いかけてきたとき、この姉はなにを言っているのかと思った。

「なにをって、なにが？　ひかりこそ、なんでそう落ちついてんの？」

「亜由美ちゃんのこと？　いい子じゃない。なにがそんなに気に入らないの」

すべてだ。けろりとした顔で愛人を許す姉も、それを堂々と家に引き入れる義兄も。この一年ですっかり険しくなった目をさらに尖らせる。

「裏切られて、なんでそう平然としてられるんだよ。どういう神経してんの、ひかり」

声を鋭くしても、姉はいっさい動じなかった。心臓が弱いくせに、違う意味ではもっとも心が強いのは、おそらくこの姉なのだろう。

昭生の激昂《げっこう》を静かなまなざしで見つめるばかりの姉に、気まずさを覚えたころ、彼女はやっと口を開いた。

「あのね、あーちゃん。わたしはしーちゃんの奥さんだけど、恋人じゃないの。わかる？」

「……どういうこと」

「しーちゃんは、誰も裏切ってないの。わたしは奥さん、亜由美ちゃんは恋人。そのふたつはまったく違うの。そして、わたしがそうしてちょうだいって言ったの、あのひとに」

「ひかりが？　自分で言ったのか？　愛人作れって……なんだそれ!?」

「愛人じゃなくて恋人。ニュアンスが違うじゃない、間違えないでよ」

混乱しながら、昭生は眉をひそめる。そして出産前夜、ひかりこそが「いずれ自分を支えてくれるひとができたら、恋人を作れ」と滋に勧めたのだと聞かされ、昭生は絶句した。

「なに考えてんだひかり、どういうつもり!?」

「だってわたし、いつ死ぬんだかわからないもの。さきに遺言しておかないと、しーちゃんのことだから、わたしに操立ててひとりになっちゃうじゃない。そんなの可哀想」

けろっと言われて、昭生はますます混乱した。

「ひとりって……じゃあ、朗は？　俺は？」

いてもいなくても同じなのかと震える声で問いかけると、ひかりは「こっちにおいで」と昭生を手招いた。そして手のひらと手のひらをあわせてみせる。

「ね、あーちゃんは男の子で、だいぶ大きくなったけど、まだわたしとあんまり、手の大きさが変わらないよね？」

細さはさすがに違いすぎるけれど、指の長いひかりと昭生のそれは、ほぼぴたりと重なる。それがなんなんだと思っていると、ひかりは「でもしーちゃんの手は、もっと大きい」とささやくように言った。

「そりゃ、大人の男なんだから、あたりまえ……」

「そう。大人の男のひとと、わたし、あなた、朗ちゃん。しーちゃんは手がかかる子ども、三人抱えた状態なのよ」

わかっているでしょうと目を覗きこまれ、昭生は唇を震わせた。弟の手を握りしめて、ひかりは何度もそれを上下に振った。朗を抱いてあやすときと、同じリズムで。

「昭生が思ってるほど、あのひとは強くないの。器用でもないの。いまの状態だって、ほんとにつらいの。だからしーちゃんだって、あまえる場所がほしいでしょう」

どこから見ても大人の男である滋に『あまえる』という言葉はあまりに似合わなかった。それも滋が亜由美にあまえる――いかがわしい想像しかできず、そういう自分にも嫌悪を覚え、昭生は顔をしかめたままうめく。

「俺には、わからないよ」

「うん。あーちゃんがわからないのも、わかる。でも恋愛は、しーちゃんの自由なの。だってわたしが許したから。……お願いしたから」

にっこり微笑んだくせに、弟の混乱にも、ひかりはいっさい譲らなかった。

「五年もかかったけど、やっと見つけてくれたの。しーちゃんはいま、やっと安心できる場所ができたの。だから、それを邪魔してはだめ」

「安心って……」

「わたしは、あのひとに心配をかけるの。でも亜由美ちゃんは強くて元気だから、しーちゃんがまったく心配しないでいられる。そういう安心は、わたしがしーちゃんの『うちの子』だからこそ、ぜったいにあげられない」

穏やかな口調なのに、この圧倒的な強さはなんなのだろうか。声を出すこともできないまま、昭生はひかりを見つめるしかなかった。

ふだんはひどくふわふわしているくせに、こうなったときのひかりは誰の意見も受け容《い》れない。死に至るかもしれないとわかっていて、朗を産むと決めたときも、そのために結婚すると決めたときも、周囲の言葉には頑として耳を貸さなかった。

「あのひとは、わたしのためにたくさん捨ててくれた。だからしーちゃんに、滋さんに、反抗しないで。亜由美ちゃんに冷たくしないで。恋をさせてあげて」

「ひかり、でも……」

「これは、わたしからのお願い」

ずるい、と昭生は唇を嚙んだ。ひかりの『お願い』は昭生のなかで最も優先されるべきことで、それは昔から変わらない。

「いいよね？　あーちゃん」

「……わかった」

なにひとつ納得できていないくせに、まだ裏切られたような気分もわだかまりも、少年の潔癖さから来る嫌悪感も胸に溢《あふ》れているのに、昭生はうなずくしかない。

ひかりの願うことを、相馬と名のついた男が断れるはずがなかったからだ。

「よかった。あーちゃんもきっと、恋したらわかってくれると思うの」

自分こそが、恋を知らずにいると常々口にするくせに、ひかりはそう言って微笑んだ。

「あーちゃんも、好きなひとができたら、ぜったいに教えてね。応援するからね」

いまのいままで話していた内容を忘れたかのように、少女のような目でひかりはそう告げる。一児の母であり、夫に愛人をあてがおうとする姉の、乙女チックな精神構造が、昭生は本当にわからない。

けれど、ひかりはこう言うのだ。

「わたしも元気だったら、いろんなひとに出会って、いっぱい、恋愛したかもしれないなあ……。それだけは、すこし、残念」

どれほどつらいかと思うのに、自由にならない身体についてわがままも言わず、癇癪《かんしゃく》も起こさない、苦しいと訴えたこともいちどもない姉の、不思議に子どもっぽい憧れを、昭生はとても否定できない。

透き通るような笑みを曇らせることもできず、その場はあいまいにうなずいてみせるほかに、どうしようもなかった。

昭生はその後、意味のない夜の徘徊《はいかい》をやめた。

滋はかなり悪い想像をして心配していたらしいが、じつのところ夜遊びと言ったところで、昭生たちの住む街は東京都下。都心に繰り出すほどの行動力もない昭生は、適当に自転車で走り回り、店に入るといっても二十四時間営業のマンガ喫茶や、ファミリーレストランで時間をつぶしていただけのことだった。

ときどき、こういう微妙な田舎にありがちのいかにも不良、といった連中に誘われたこともあったが、揉めたことはなかった。もともとコミュニケーション能力が高いとは言えない昭生の不器用な受け答えに、なぜか不良少年たちはウケたらしく、たまにコンビニまえで立ち話をする程度だ。

その当時の短い交流で学んだことといえば、睨むような目つきと口の悪さだけで、そのことはひかりと滋をある意味安心させ、ある意味では嘆かせた。

高校では、相変わらずあまりともだちはできなかったけれど、もともと手に入れてなかったものを欲しいとも思わない。とくに運動も好きではなく、趣味もないから、部活にも入らなかった。代わりに、とにかく勉強した。

（いつか、義兄さんの会社、手伝うことがあるかもしれないし）

幻滅したし、傷つきもしたけれど、昭生のなかで滋への恩義はやはり薄れてはいなかった。感情のうえで、まったく納得できてはいない滋と亜由美の関係については、ひかりに諭されて以来、知らぬこととして目をつぶることにした。

(ひかりがいいなら、それでいい)

男と女のことは、自分にはきっとわからない、複雑なものがあるのだろう。そんなふうに自分を納得させることで、いやな考えを捨てようと思った。——根底の部分で、なにも変わっていないことには、昭生は気づいていなかったけれど。

(ひかりが言うから、しかたない)

なににおいても、優先すべきはひかりの意思だと自分に言い聞かせた。また、滋や亜由美らにいつまでも反抗的な態度を取っていられなかったのは、無邪気な朗の存在によるところが大きかっただろう。

昭生がいらつくたび、亜由美や滋にきつい言葉を投げかけるたびに、朗が泣くのだ。そしてなぜかあの子どもは、誰でもない昭生に向かって「ごめんなさい」と繰り返す。

(朗が謝ることは、なんにもないのに)

それが哀しくて可哀想で、表面だけでも穏やかな顔を作ることを覚えた。

そうして、亜由美の手助けについては受け入れたが、登下校の送り迎えだけは自分にさせてほしいと頼んだ。保育園を卒園し、送り迎えも本当は必要ではなかったけれど、甥の通う小学校や彼の遊び場へ、昭生は必ず迎えにいった。

かつての昭生自身、ほとんどの時間は家政婦や、それに準じるひとびとの世話になって大きくなった。父や滋は多忙で、ひかりは家族の面倒を見られる状況になかったからだ。

――よそのひとに迎えに来られたとか、そういう記憶は、朗には持ってほしくない。俺も、そうだったから。

誰もいない家に帰る寂しさは、昭生のほうがよく知っている。母は早いうちになく、姉は病気がち、父親は次第に傾く事業のために奔走して、ひどく寂しい幼少期を送った。

昭生が、滋と朗と三人で暮らしたことに、こだわったのはそのせいだろうかと、自分で分析してみることもあった。だが、理性では十代の感情をひもとくことはできず、ただ鬱々《うつうつ》とすごしていることが多かった。

だからこそ弟のような甥に、あの寂しさを味わわせたくはない。嫌味ではなくまじめに告げると、滋も承諾してくれた。

そして昭生の生活は、表面上は穏やかさを取り戻した。学校と家を往復するだけの単調な日々のなか、唯一楽しいと思えるのが、朗との登下校時の会話だった。

つないだ手をぶらぶらさせながら、子どもの歩調にあわせて歩く。このひとときが、手のひらのやわらかな温度だけが、昭生にとってのすべてだった。

「あーちゃん、聞いてもいーい？」

「なーに」

いつもの「聞いてもいーい」が出たなと、昭生は笑った。朗は好奇心旺盛で、たまにやんちゃだけれど、おおむね聞きわけのいい子どもだった。

姉のことも義兄のことも、なんだかよくわからなくなっていて、昭生が信じられたのは、無邪気な甥だけだった。

(こいつだけは、ぜったいに俺を裏切らない。俺も、朗を裏切らない)

だがその無邪気さで、朗はざっくりと現実をえぐった。

「なんでパパには、ママと違うオクさんがいるの？」

突然のそれに、昭生はどう答えればいいのかわからなくなった。動揺を悟られまいと、無意味に薄笑いを浮かべてしまう。

「……どうして、そんなこと訊くんだ？」

「おうちでごはん作ったりお掃除とかするの、オクさんっていうんでしょ？　ふつうは、ママがするんだって。でも、うちは亜由美ちゃんがするよね」

「亜由美ちゃんは、お手伝いのひとだろ？」

昭生がやんわりと否定するために、問いかけに問いで返すと、朗は子ども特有の頰を膨らませ、尖った唇をきゅっと結んだ。その顔に、大人たちが思うよりも、子どもはよほど状況がわかっているのだと気づかされる。

「それ、パパに、訊いてみたか？」

ふるふる、と朗はかぶりを振った。幼心に、触ってはいけないなにかなのだと感じていたらしい。いたいけな子どもの心を痛めてまで、あのひとたちはいったいなにをしているのかと、押しこめたはずの不快感がこみあげてきたが、昭生はそれを、唇を嚙んでやりすごした。

(朗だけは、俺が護ってやらないと)

それは、ただ生活の面倒を見るということではない。純粋できれいなままの心が傷つかないように、包みこむということだ。

昭生はしばし黙った。そして、自分ならどんな答えが欲しいだろうと考えて、口を開いた。

「うちはな、ちょっと変わってる。全員、変わってる。けど、誰も悪くない」

それは直接的な答えでは、ないのかもしれない。けれど、朗が傷つかないようにと、精一杯考えての言葉だった。

「おまえのママは、俺の姉さんは、とんでもなく器のでかい女だ。もうありゃ天使だ。それを、おまえのパパも俺も知ってる。朗も、だからちゃんと、わかっとけ」

わかるか、と見おろした甥は、すこしむずかしいというように眉をひそめ、それでもこくとうなずいた。

「みんな、全員、愛しあってる。それだけは事実なんだ」

半分は、それが昭生の願いでもあった。変則的にすぎる家族関係で、これ以上、傷つけあうことはしたくなかった。

――これは、わたしからのお願い。

なかば脅迫とも言えるあの言葉を、ひかりがどんなつもりで言ったのかは、昭生にはわからない。いまだに納得もできていない。けれど、そうすると約束した。

朗が動揺することを、ひかりも滋も考えなかったわけではないはずだ。たぶん、朗へのフォローもあのひとことには含まれている。とんでもないものを押しつけてくれたものだと思うけれど、自分よりあきらかに小さなやわらかい生き物をまえにしていると、反抗心や嫌悪感など、二の次にすべきことじゃないか、そう思えた。

「朗は、自分の名前の意味、知ってるか」

「しらなーい」

「ほがらか、って意味だ。お天気みたいに、明るくて元気ってことだよ」

「ほがらか……」

あどけない口調で繰り返した甥に、昭生は微笑みかけた。まだ意味のわからなそうな甥に、ふと目についた花屋の店先を指さしてやる。

「ああいう感じ。わかるか」

「ひまわり？」

太陽を模したような鮮やかな形と色で、天を向いてまっすぐに咲く花をじっと見つめ、朗は何度もまばたきをした。

「おまえのママが、そういうふうにいてほしいってつけたんだ。だから、朗はいつも元気で、いい子でいるんだぞ」

「うん！」

にこっと笑った甥の笑顔は、大ぶりのひまわりそのものだった。つないだ、小さくやわらかい手がぎゅっと昭生の指を握りしめ、なぜか涙が出そうになった。

まるで、頼るのはこの指のさきにいる誰かだけだと、朗の手は訴えているかのようだった。

そして、それは自分にもそのまま当てはまるのだ。

滋とひかりは、朗というかけがえのない存在でつながっている。むろん、昭生もひかりの弟である以上、家族のなかにいるけれど、滋とはけっきょく、義兄と義弟という関わりしかない。

亜由美という異分子が訪れたことで、それをひかりが容認したことで、自分が家族の輪からはずれることがいちばん怖かったのだと、朗を説得しながら昭生は悟った。

だが、朗だけは昭生をはじき出したりしない。つないだ手は、ちゃんとあたたかい。

「……おまえのママはひかりちゃんで、パパはしーちゃんだ。それはなんにも変わらない。朗は、大事に愛されてるから」

もしかしたら、他人に知られたら批判される以外にない、どうしようもなくめちゃくちゃな家族関係を、昭生なりにきれいに繕いたかったのかもしれない。いっさい納得できていない自分を、ごまかすためだったのかもしれない。

だが、ごまかしだとしても、きれいな嘘のほうがマシじゃないか。言い張れば真実になるのかもしれない。

まだ疼《うず》く胸の奥で、きれいごとでごまかすのかと誰かがささやいた気がした。

けれど昭生はそれを無視して、朗の手をつないで家路を急いだ。

ごまかしとおせばいつか本物になるのだと、このときは信じていたかった。

＊　＊　＊

ぎりぎりのバランスで成り立っている生活に変化が訪れたのは、昭生が高校二年になった、十六歳の夏のことだった。

（暑い……）

梅雨《つゆ》はいったいどこにいったのだという、異様に暑かった六月のとある日。昭生は教室の窓際の席で、ぼんやりと外を眺めていた。

カリキュラムはホームルームも含めてすべて終わり、帰り支度をする生徒たちのはしゃいだ声がする。昭生も帰ればよかったのだが、最後の授業が水泳だったせいで妙に身体がだるく、すぐに外に出て行く気にはなれなかった。

やがて来る夏を目前に、校内はすこし浮き足立っていた。

(気が早いよなあ、夏休みって、まだあと一ヶ月あるってのに)

高校二年という時期は複雑で、来年の大学受験を思えばそうはしゃいでもいられない。だが、だったらいまのうちに遊んでおきたい。もっぱら、ナンパに旅行と、実現性があるものないもの取り混ぜて計画を立てる生徒たちの、浮ついた空気が教室には満ちている。

(……女とか、そんなにほしいかね)

この学校は男子校のせいか、性的な話題もオープンになりがちではあったが、一応は進学校と名高い私立の生徒たちは案外お行儀もよく、年相応のきわどい会話も、照れと誇張をまじえた、あまり現実味のないものばかりだった。

——今年の夏は、彼女できるかな。もしかしたら、童貞捨てられるかも？

夢見がちな会話を、昭生はしらけたふうに聞き流していることが多かった。むろん会話にくわわるわけもなかったが、昭生はそもそも、そうしたことを話しあう相手も、まして友人のひとりすら、いまだにいなかった。

(眠い……)

仲のいい友人同士、夏の予定をあれこれと立てているのを小耳に挟みながら、ぼうっと眠気が襲ってくる。肘《ひじ》を突いて顎を支えたまま、見るともなしに眺めた視線のさき、中庭の花壇では、夏の象徴のような黄色く背の高い花が風に揺れていた。

ひまわりの開花時期は七月ごろからしいけれど、この暑さになにかが狂ったのだろう。ひとあし早く夏を伝える黄色い花弁に、昭生は目を細めた。

(朗の花だ)

明るくまっすぐな花を見つめた昭生が、ほんのかすかに唇をほころばせ、いま甥っ子はなにをしているのだろうかと、ぼんやり考えた、そのときだった。

「なに笑ってんの?」

唐突にかけられた声が、自分に向けてのものだと、昭生はしばらく気づかなかった。

「相馬。相馬昭生くん。寝てる?」

自分の名前を、この学校で、用事を言いつける教師以外に呼ばれたことなどなかった昭生は、ひどく不思議な感覚を胸にゆっくり顔をあげた。

「あ、やっとこっち見た。やっぱり、寝てた?」

そこに見つけた笑顔が、夏空のように明るく映ったのは、ひまわりの黄色い花弁の残像が残っていたせいだろうか。幾度かまばたきをしたあと、昭生の席の前で、すこし屈みこむようにしている背の高い青年をまじまじと見つめる。

「……なに?」

「なにって、だから、なんで笑ってたのかって訊いたんだけど」

「笑ってた……？」

無自覚のままだったものを、理由を問われて答えられるわけもない。第一、相手がなんで話しかけてきたのかもよくわからないまま、昭生はひたすら困惑した。

気まずくなるほどの長い間、無言のままでいる昭生に、なぜか相手は去っていかない。

（なんなんだろう）

昭生の対人スキルのなさは、この当時ピークに達していて、とくに学校だと、ひとと会話することがろくにできなくなっていた。ことに、なんの悩みもなさそうな同級生らの発する、健全でさわやかな空気には、自分ひとり異質だと思い知らされるようで、苦しかった。

滋に反抗して夜の街を徘徊していたときには、不良少年らと適当な会話をかわすこともできたのだが、思えばあれは、なんの約束もなければどんなコミュニティにも属していない、完全な他人という無関係さのおかげだったのだと思う。また、彼らのなかには昭生と同じように、家族や集団からはみだした人間特有の不器用な翳《かげ》りがあって、同種のにおいに昭生もあまりかまえずにいられた。

だが、目の前に立つ青年は、完全に自分とは異質な生き物だ。長い沈黙にさすがに気まずくなり、昭生はおずおずと上目遣いに彼の名を呼んだ。

「あの、伊勢……」

「あっ、俺の名前、知っててくれたんだ？」

くしゃりと笑った。一重まぶたのせいなのか、すっきりとした端整な顔は笑うととたんに愛嬌のある顔になる。面くらいつつ、昭生はぼそぼそと言った。

「まあ……名前、変わってるから」

伊勢逸見という、どっちが姓なのか名なのか、という不思議な名前にはインパクトがあった。そして正直言えば、昭生は二年になり編成されたクラスのなかで、もっとも伊勢が苦手だった。

「あれ、そういう理由なのか。俺、もうちょっとインパクトあると思ってたんだけど」

けろりと自分で言ってのけるあたりが嫌味で、昭生はうろんな目を向けた。

背の高い彼は、性格も明るく、どこか飄々《ひょうひょう》とした雰囲気のせいか、やや軽薄な印象すらあった。そのくせ常に成績はトップクラスで、とくに体育会系部に属しているわけではないけれど、運動神経もいいのは体育の時間で知っている。一年のときには生徒会で書記もつとめ、いまはたしか副会長をやっていたはずだ。

要するにどの学校にもひとりはいる、男女問わず人気があって、ひどく目立つヒーロータイプの生徒。それが伊勢で、昭生は彼をどこか遠い存在のようにして斜めに眺めていた。クラスでも中心人物となることの多い伊勢が、どちらかというまでもなく、地味にすごしている昭生に、どうして目をつけたのかよくわからない。

早くどこかにいってくれないだろうか。落ち着かない気分のまま、昭生は最初の問いかけに答えて会話を打ち切ろうとした。

「とにかく、べつに理由があって、笑ったわけじゃないから、訊かれてもわからない」

「ああ。俺もそれが知りたかったわけじゃないし、どうでもいいよ」

なんだそれは、と目をまるくしていると、昭生のまえ、いまは誰もいない椅子を引き、背もたれを抱くようにして伊勢は座った。

「なあ、相馬って彼女とかいるの？　他校に、とか」

また唐突な話題をふられて、昭生は今度こそ困惑をあらわにした。

「なんで？」

「質問に質問で返すのって、それ、クセ？」

「ていうより、どうして伊勢が俺のことあれこれ、いきなり訊くのかわからない」

そういう伊勢こそ、たぶん共学だったら、すごくモテただろう。クラスの人間関係などろくに把握していないけれど、しょっちゅう他校生に告白されているという話を耳にしたことはあるし、五月に行われた体育祭でも、近隣の女子高生たちが伊勢に群がっていたのは見かけた。

「で、どうなの、いるの？」

「……いないし、興味ない」

しつこい伊勢にあきれまじりのため息をこぼし、昭生は投げやりに返事をした。そして、年ごろらしく色恋沙汰《ざた》に興味がある伊勢も、やっぱりふつうの男子高校生なのだなと、なんだかすこしがっかりしていた。

しかし、続いた伊勢の言葉に、昭生はぎょっと目を剝いた。

「おーい、相馬、彼女いないってよ」

「やり、俺のひとり勝ち」

「わ、まじで？　ちぇー」

「なんだよ、いてくれよ相馬ぁ！」

いきなりわっと歓声があがって、なんのことやらと呆《ほお》けていた昭生は、せわしなく行き交う五百円玉に、どうやら自分が賭《かけ》の対象であったのだと気づかされた。あきれを隠さないまま、伊勢へとしらけた目を向ける。

「なるほどね、そういうことか」

「あれ、怒らないんだ？」

唐突に話しかけてきた理由がはっきりして、却ってほっとしたくらいだ。賭け金を回収しているクラスメイトをちらりと一瞥《いちべつ》し、昭生は肩をすくめた。

「べつに、どうでもいい。でもあんまり、他人を賭の対象にするとか、やらないほうがいいんじゃねえの」

気が抜けたせいで、言葉遣いがすこし素になった。夜遊び時代に覚えてしまった、あまりガラがいいとは言えない冷ややかな口調は、昭生の顔だとインパクトが強すぎるらしく、大抵の人間はぎょっとする。伊勢もまた、面食らったような顔をしていた。

「さっさと賭け金でもなんでも、もらってこいよ。で、てめえもう、どっかいけ」

他人を追い払うにはちょうどいいので、昭生もそれをあらためる気はない。冷たい一瞥を向けたのち、ふいと窓の外に目をやって伊勢を視界から追い出した。

（ばかばかしい）

無意識のまま、昭生は眉をひそめる。じんわりと脳裏に浮かぶのはやはり滋と亜由美の姿で、完全には殺し切れていない感情が疼くのを知った。

ひかりがなにをどう言おうと、自分は恋愛など絶対にしない。

滋に関しても不信感は強いが、その両腕につながっている女性たちのことこそ、昭生は理解不能だった。もとから規格外なひかりはともかくとして、亜由美もある意味ではおそろしく図太いのかとすら思う。

いくら滋の命令だとはいえ、邪険にされても顔を出し続けた彼女は、昭生に対して気を遣いこそすれ、悪いことをしたという態度で卑屈に振る舞ったことがない。

彼らがどんなつもりでいるのか、昭生にはまったく理解できない。女は、恋愛は、本当にわからない。——そう思いつめるうしろに、なにか得体のしれない、黒いもやのようなものが見える気がした。

（知らない。そんなの、見ない。女なんて、わけがわからない……）

わざわざ女子のいない学校を選んだ理由も、反射的にこみあげてくる拒絶感も、いまはなにも考えたくはない——。

「なあ、やっぱり、怒ってる？」

「えっ？」

窺《うかが》うような声に、はっとした。振り返ると、とっくにいなくなっていると思った伊勢は、まだそこにいて昭生をじっと眺めていた。もしかしたら苦々しく歪んだ顔を見られたかもしれない。

「なに、もう、賭は終わったんだろ？　金もらって、帰れば」

怪訝な顔で軽く顎をしゃくると、伊勢はなぜか背もたれを摑んだままがたがたと椅子を鳴らして引きずり、さらに距離をつめてくる。

「な、なんだよ」

「俺、賭はやってないよ。だから、聞き出す係になったの」

あまりにじっと見つめられて、居心地が悪かった。おまけに伊勢は賭にくわわっていないという。ますますわけがわからず、昭生も困ったように見つめ返していると、「んん」と首をかしげた伊勢が身を乗り出すようにして、顔を近づけてきた。

「あのさ、相馬はクラスいっしょになってからさ、いっかいもしゃべったことないだろ」

「……それが？」

昭生は伊勢がつめよったぶんだけ背をのけぞらせ、どうにか机ひとつぶんの距離を保つ。ろこつな態度も気にせず、背もたれに肘をついて顎を支えながら、伊勢は言った。

「どんなやつなのかなと思ってさ、すごく気になってた。落ちついてて、超然としてるっていうか。群れないじゃん？　なんかかっこいいなと思って」

「かっこ……いい？」

自分の未熟さや、大人たちのわけのわからない行動に振りまわされていた昭生にとって、その言葉はあまりに意外だった。

高校生にもなれば、群れからはぐれた人間でもそれなりに生きていく道はあり、穏やかな孤独はさして悪いものではなかった。だが、そういう自分を見ていた人間がいたことは、ひどく意外で、そして、ほんのすこし自尊心をくすぐられた。

だが伊勢の言葉にかすかな高揚を覚えさせせられると同時に、そんなにできた人間ではないと、居心地が悪くなったのも事実だ。

このころの昭生は、淀んで停滞した時間を漂っていた。理由のひとつは、甥の成長だろう。小学生の朗も徐々に自分なりの時間や学校でできたともだちとの交流を大事にしはじめて、登下校の送り迎えも、もういらないと、当人に断られていた。

——あーちゃんは、あーちゃんのともだち、大事にしなよ。

こまっしゃくれた口調で言った甥は、彼なりに昭生を思いやってくれたのだと思う。面倒をみさせて申し訳ないと、そんな気遣いまでできるようになったのは、単純に兄代わり、保護者代わりとして、誇らしい。

（いい子に育ったよな、朗）

だが、すくすく育つ朗に手がかからなくなったぶんだけ、昭生の孤独は増していた。

（いねえしな、ともだちとか）

ふつうの子のように遊んでみろと言った義兄の言葉の意味が、いまになってすこし理解できた。あまりに家族に依存していたせいで、それがなくなったときの自分というのが、ずいぶんからっぽなのだと気づかされたからだ。

勉強だけは相変わらずしていたが、徐々に具体化してくる将来というものをまえに、疑問を覚えることも多くなっていた。

またこのころには、滋の営む会社はさらに規模を拡げ、輸入販売や雑貨などの企画開発と手広く展開していた。ひかりの敏感肌にあわせて開発した天然素材のせっけんは、朗のらくがきをパッケージにしたことも相まって、手作り感溢れる素朴さが受け、口コミでじわじわとマーケットを拡げているらしい。

慣れというのは不思議なもので、あれほど反発した亜由美の存在についても、二年も経つころになるとすでにいちいち反応することもなくなり、顔をあわせればふつうに雑談する程度の関係になった。

むろん、過分なまでのあきらめと忍耐をもって、慣れようとしたのは事実だ。

もめごとが減った理由のひとつには、家事手伝いがメインだったはずの亜由美が本来の業務のフォローにまわることが増えたせいもあるだろう。

このころの滋は急成長する会社のおかげでめったに自宅には戻らず、会社近くのマンションで彼女と暮らしている状況だった。いろっぽい理由というよりも、二十四時間体制の仕事に対応するためなのだということは、さすがに昭生も理解していた。

昭生ひとりならば、それでも放っておけただろうけれど、朗には世話をする人間が、やはり必要だった。けっきょく、相馬家にはベテランの家政婦が通いで来ることになった。

淡々と掃除と料理をこなし、帰っていく彼女に礼儀正しく接しながら、なぜ滋はあのとき、亜由美ではなくこういうプロの女性を雇わなかったのか、と昭生は思った。

(俺も、なんであんなことできると思いこんでたんだか)

意固地になって母親代わりをしようとしていたが、冷静に考えれば、子どもの自分では無理もあったし限界もあった。

手伝いの人間がいる必要性を諭されれば、一時的に意地を張ったかもしれないが、おそらく受け入れただろう。なによりも、あくまで仕事で頼んだ人間なら、ああまで滋との仲がこじれなかったのは間違いない。

この数年、強引に亜由美を家に入れたのはやはり、滋なりになにか思惑があったのだろうか。それともあれも、もしかしたらひかりの気まぐれだったのか。

（まさか、他人を入れるのがいやだと言ったから、愛人を——とかじゃないよな？）

あの破天荒な姉なら言い出しそうなことだ。昭生は失笑した。

（まあ、でも、もうそんなのも、どうでもいい）

考えると苦しくなるので、昭生は思考停止を覚え、自分をあまやかすことにした。爆発的な憤りや嫌悪を押しこめることを覚えた代わりに、慢性的な無力感に見舞われるようになったけれども、泣いたり怒ったりすることに、もはや疲れきっていた。

そんな自分のなにを見て、かっこいいなどと言ったのか、本当にさっぱりわからなかった。

「なんか、勝手に思いこまれてもキモいんだけど」

ふいと顔を背けると、伊勢は「あれ、誉めたのに」とまた笑った。それが癇に障り、昭生は無言で帰り支度をはじめた。

「帰るの？　家、どっちのほう？」

問いかけてくる伊勢が立ちあがる。知ってはいたが、並び立つと頭ひとつ近く身長が違い、その圧迫感にもいらだちは増した。

（なにがかっこいいんだよ）

こんな男に言われても嫌味なだけだ。じろりと睨みつけたあと、答えもせずに昭生は歩き出す。自分でも相当にいやな態度を取ったとわかっているというのに、伊勢は暢気《のんき》な声を背中にぶつけてきた。

「また明日ね、相馬」

振り返ることもせず、昭生は教室から出て行った。またなどあるわけないと、そう思っていたのに――これがすべての、はじまりだった。


予想は大きくはずれ、伊勢は翌日から、しつこいくらいに話しかけてくるようになった。

「相馬、相馬、課題やった？」

「今度の日曜、暇？　買いものいかない？」

「なあ、相馬、昭生って呼んでいい？」

ほとんど返事もしない相馬に対して、いったいどんな楽しさがあるのかわからないけれども、とにかく彼はしつこかった。

（毛色の変わったおもちゃでも、見つけたつもりなのか？）

昭生のぼんやりと持っていた印象よりも、伊勢は摑みどころがなかった。なにしろどれだけ邪険にしても、懲りる様子がない。

一週間近く無視してみたが、一向にやめる様子もないので、ついに昭生は問いかけた。

「おまえさ、なにが楽しくて俺に話しかけるの」

「うん、それ。そのそっけない態度？」

怒りまじりの冷ややかな視線に、嬉しげに目を輝かされ、昭生は面食らった。あげく続いた言葉には、あきれともつかない感情を覚えた。

「昭生って、俺に興味がないだろ。俺にっていうか、誰にもだけど。それが、楽なんだ」

「はあ……？」

よくよく聞いてみると、伊勢は昭生と真逆の意味で、浮いていた。

こんなに自分ばかり相手にして、周囲の連中になにを言われているものかと、最初こそ思った。だが、人気者で友人の多い伊勢はどうやら、逆に人気者すぎて、親友と言える人間ができにくかったらしい。

「俺さ、中学のころも生徒会役員とか委員長とかやってて、他人の面倒見るのがふつうになっちゃっててさ。それこそ中学のときとか、不登校の子の世話とかまでしてたんだけど」

聞いてもいないのに、伊勢は勝手に自分のことを語った。

「それですっごい、濃いなつかれかたしたことあって。俺がほかのやつとしゃべってると、ものすごい顔で睨んだり、じゃましたりとかされたんだよね」

「それ、女？」

「いや、男。あ、でも女の子もいた、かな？」

一年のときと、二年のときと……と指折り数える伊勢に、何人の面倒を見て、好かれまくってきたのやらと昭生はうろんな目になったが、はたと気づいて顔をしかめる。

「おまえ、俺についても、クラスになじめるように……とか、ボランティアやってんじゃないだろうな」

「え？　それこそまさかだよ。高校に来てまで、そんな命令出す先生いないし、だいたい昭生の場合、好きで孤立してるみたいだし、協調性って言葉が辞書になさそうだし、やるだけ無駄じゃん」

だったらほうっておけと睨めば、伊勢はさらにこうも言った。

「あとさあ、誰にもなつかない動物手なずけると、気持ちいいじゃん。いまがんばって接近中ってとこかなあ」

「誰が動物だ！」

じろりと睨むと、伊勢はけらけらと笑ってみせた。屈託のない表情はまぶしく、無自覚ではあったがひととの交流に飢えていた昭生の心に染みいるようだった。

ずけずけと言われて腹が立つことも多かったが、ここ数年腫れ物に触るような態度で接せられることの多かった昭生には、伊勢の独特のアイロニーや、若さもくわわった怖いもの知らずの態度が新鮮だった。

「ところでさあ、昭生は夏休みって、なんか予定とかある？」

「べつに予定はない、けど」

口ごもった昭生に、伊勢は「ん？」と首をかしげてみせる。

「遊びの予定とかは、むずかしい。俺、ちょっといろいろあるから」

昭生は家の事情に触れそうになると、口ごもり、目を伏せる。そういうときの伊勢は、思いがけないところで、ひどく繊細な気遣いをみせた。

「……訊いていいこと？　訊かないほうがいいこと？」

ひとによっては『察して引っこめろ』と言われるようなデリケートな質問だろうけれど、伊勢は必ず目を細め、ストレートな言葉を穏やかな声で問いかける。昭生のように他人とのコミュニケーションが得手ではない人間にとって、やさしく、けれど白黒つけてくれる伊勢のやりかたは、楽だった。

「うち、姉さんが病気してて、長く入院してる。いつ、なにがあるかわからないから、遠くまで出かけるとか、そういうのはできない」

昭生は無自覚だったが、このときはじめて、他人に自分の内側を開いた。ほんのささやかに、おずおずとしたそれを、伊勢がどう受けとるかと思うと、すこし怖かった。

（引くかな。困るだろうか。それとも同情する？）

伊勢は、そのどれとも違う反応をした。ふうん、とあっさりうなずいたのち、「それってどの程度？」と問いかけてきた。

「それって、どれ？」

「遠くにって、どんくらい？　ってこと。渋谷とかでも、遠くになる？」

東京と名がついてはいるものの、ほとんど他県に近い都下に住む高校生にとって、都心部に遊びに出るのはちょっとした『お出かけ』だ。昭生は、さすがにそこまでの拘束はない、とすこし慌て気味に言った。

「携帯持たされてるし、連絡さえつけば問題ないと思う。ただ甥の面倒も見なきゃいけないから、あんまり遊びに出るとかは……」

「へえ、甥っこいんの？　何歳？」

もそもそと昭生が言うのを遮って、伊勢が目を輝かせる。意外なリアクションに驚いて「いま、八歳」と昭生が答えると、彼は目がなくなるくらいににっこり笑った。

「じゃあさあ、その甥っこ連れて遊べばいい？」

「え？　子守になるぞ、いいのか？」

「いいよべつに。俺、子ども好きなんだ。あいつら、おもしろいよな。おまえんちの甥っこ、なんつうの？　生意気？　かわいい？」

そのとたん、昭生は声を明るくした。

「朗はすげえ、かわいいよ！」

まったく自覚はなかったけれど、この高校で——いや、ここ数年朗以外にはいちどとして向けたことのない、満面の笑みを浮かべた昭生に、伊勢は静かに息を呑んだ。

「小さいころとか、ほとんど俺が面倒みたんだ。おむつだって換えたし、いっつもいっしょに寝てた。素直だし、ほんとにかわいいんだ。あーちゃん、あーちゃんって俺にくっついてきて、あまえんぼうで……」

はたと気づくと、伊勢が目をまるくして昭生を眺めていた。とたんに恥ずかしくなり、真っ赤になった昭生が口をつぐむ。

「なんだよ、急に黙って」

「……ば、ばかにしただろ、いま。叔父ばかとか思っただろ」

「思ってない。昭生、かわいいな」

かーっと頬が熱くなった。やっぱりばかにしているじゃないかと睨んだけれど、なぜか伊勢がとても、やさしい顔で見ていたから、悪態は口にできなかった。

「すっごいかわいがってんだな、その……朗？　俺も会ってみたいな」

本当に、ばかにしてはいないらしい。すこしほっとして、昭生はもういちど口元をゆるめ、うなずいた。そして、とても大事な秘密を打ち明けるように、小さくつぶやいた。

「俺、あいつがいちばん大事なんだ」

伊勢はその言葉に「ふうん」とうなずいたあと、不思議な顔でぽつりと言った。

「そっか。……いいな、朗」

「え？」

なんでもない、と首を振った伊勢は、その後、夏休みに朗をまじえてどうやって遊ぶか、という計画を立てはじめた。そのことも嬉しくて、昭生はそのあとしばらく、頬をゆるませっぱなしだった。

長いこと、家族にだけ濃すぎる情を向けていた昭生にとって、自分のつれなさに怯《ひる》むことなく、どんどん近づいてくる伊勢に、同世代との接触に飢えていたことをいまさら気づかされたようなものだ。

はじめてできた友人は、もしかしたら親友と呼んでもいいのかもしれない。そう考えるのはこそばゆく、同時にいままでに知らなかった感動のようなものも覚えていた。

（いいやつだな、こいつ）

ある種の尊敬と賞賛をもって、昭生が彼に心を預けていくのはあっという間だった。

十代の一日はとても濃くて、日増しに大きくなる伊勢の存在は、はじめて言葉を交わしてから一ヶ月もするうちに、昭生のなかにすっかり根ざしてしまっていた。

学校のなかで、常にそばにいる人間がいるというのが、どれだけ心強いのか、昭生は伊勢と出会ってはじめて知った。空き時間になれば、いつも話をした。

けれど、なんとなくふたりきりになり、なんとなく無言ですごしていることも多かった。

廊下の端に立って、会話もないまま外を眺めたり、本を読む伊勢の隣で音楽を聴いていたりと、気を遣わずにいられる存在のありがたさと安心感に、昭生はどっぷりと浸かっていた。同級生なのに頭がよくて、誰より昭生を理解してくれていて、やさしく穏やかで、頼りになる伊勢。そばにいると、呼吸がとても深く落ちつく、そんな他人ははじめてだった。

(なんか、すごく、楽しい……違うな、楽、だ)

たぶん、伊勢との出会いは、砂漠でオアシスを見つけたようなものだった。渇いていた昭生は、無条件の信頼や情といったものを、伊勢が与えてくれるままに、貪って飲み干した。

彼に対する想いが、かつての義兄に向けていたのとまるで同じ感情であると気づけず——それが意味するところもまったくわからないまま、向かう心は加速を増して、止められなくなっていた。

＊　＊　＊

もうあとわずかで夏休みに突入する、夏も盛りへと近づいたある日の放課後のことだ。

ようやく終わった試験にほっと息をつき、気分もかなりゆるんでいたけれど、伊勢は生徒会の書類を作らなければならず、昭生はつきあいで居残っていた。

「終わったか?」

教室にはもう、誰の姿もない。今年度の部内予算会議の報告書をまとめながら、伊勢はボールペンの端で頭を掻いた。

「もうちょいかかる。……昭生、帰ってもいいぞ？」

ちらりと上目にうかがわれ、文庫本を手にしていた昭生は伊勢を見ないまま「待っててやるよ」とえらそうに言ってみせた。

「朗のお迎えとか、いいのか？」

「うん。あいつ最近、ともだちとけっこう遅くまで遊んでくるし」

日が長くなったせいで、やんちゃな甥は学校の校庭で、あたりが暗くなるまで遊んでいる。おかげで真っ黒に日焼けしたのだと語る、毎度のごとく朗に関してはあまったるい笑顔を浮かべる昭生を、伊勢はまじまじと見つめた。

「……？　なんだよ」

「昭生ってさあ、きれいだよな」

「は？　なにそれ、唐突に」

伊勢の言動については、日頃からすこし不思議だと思っていたが、さすがにこのときは、なにを言っているのかとめんくらった。

「いや、ひかりさんって美人なんだよな？　おまえと似てるんだろ？」

「それ言うなら、俺がひかりに似てんだよ。っていうか、話の方向まったく見えねえぞ？」

わからないやつだと、昭生は噴きだした。ごく自然に、そうして笑うことができるようになった自分がどれだけ変わったのか、自分ではよくわかっていなかった。

最近では、伊勢には家庭の事情をあらかた——亜由美と滋の件についてだけは伏せて——打ち明けてしまっていた。たぶん彼ならば、それを受けとめてくれると昭生は信じていたし、じっさい、口にしたぶんだけ気が軽くなることがほとんどだった。

数年かけてためこんだ鬱屈を、たった一ヶ月程度で忘れてしまうことはできなかったが、少なくとも伊勢とばかな話をしている時間、昭生はいつも楽だった。

だからその笑顔に、伊勢がなんだか苦しげに顔を歪めたときも、困ったように眉を寄せるばかりで、無意識のまま上目遣いに、彼をじっと見つめてしまった。

「……昭生って、俺には無防備だよな」

「はあ？　なに言ってんだよ、なんだそれ」

陽射《ひざ》しが厳しくなるにつれ、昭生と目があうと、ときどき、伊勢は苦しそうな顔をすることが増えた。暑さのせいにはできない熱がその目にこもっていることもあり、そのたびに昭生の心臓は騒いだ。

（なんか、変なこと言ったのか？）

ひとづきあいのへたくそな昭生は、言動の基準がわからない。ことに伊勢ははじめての友人で、自分でも知らないまま、言いすぎてしまったり、あまえすぎていることがあると、薄々気づいていた。

失敗したと思うたび、心臓を冷たい手で掴まれたような気分になった。そして伊勢が見捨てたらどうしようと考えると、眠れなくなるくらいに怖いとも思った。

それがどれだけあやうい感覚なのかもわからぬままだったのが、間違いだったのかもしれない。少なくとも、他人に心をまるごと預けてしまうには、お互いあまりに未熟すぎた。

恋愛というものをはじめて味わう際に、それがはっきり『そう』だとわかることは、たぶんむずかしい。ことに、昭生にとっての伊勢は、家族以外ではじめての心を許せる他人であり、はじめての親友だった。

たぶん、のぼせあがっているのが昭生ひとりであったなら、なにもはじまらず、穏やかなままに終わっただろうと、あとになって昭生は、何度も考えた。

友情との境目はあいまいで、執着に似たものが芽生えていることは薄々感じていたけれども、それがどういう種類なのか、昭生はまったく自覚がなかった。

気づかせたのは――それに恋だと名前をつけたのは、伊勢のほうだった。

「伊勢、なんだよ、ほんとに――」

沈黙に耐えかねての言葉は、ふわりとやわらかい感触に途切れた。

いきなりのキスは、なにがなんだかわからなかった。ぽかんと薄く唇を開き、目を瞠ったままの昭生は、至近距離にある伊勢の顔を呆然と見ているしかなかった。

「なあ、好きだ」

告白が、脳に染みいるまでに数秒かかった。驚いたことに、言語野がそれを意味のある言葉として受けとめるよりも早く、心臓が早鐘《はやがね》を打ち、顔が一気に赤くなっていく。

「すき、って、あの」

「俺、昭生が好きだ。こういう意味で」

こういう、と言って伊勢はまた、軽く触れるだけのキスをする。返事もまだなのに、昭生の気持ちをたしかめてすらいないのに、いつの間にかぎゅっと手が握られている。

もうずっと、朗以外だれも握りしめることのなかった、昭生の手。それが、伊勢の大きな手のひらのなかにあると、ずいぶん小さく感じられた。

（大きい、手……義兄さんと、同じくらいだ）

一瞬、そう考えて、なぜだか異様な冷たさが背中を走るのを感じた。うしろめたさに似た感情に昭生は静かにパニックを起こしたけれど、その理由まではまるでわからなかった。

「……おまえは？」

いきなりのそれで、考える暇もなく伊勢は返事をねだる。彼らしいストレートさで好きだと言われて、どうしようもないくらいに胸がときめいたのは事実だ。

だが、それが生まれてはじめての告白だからなのか、伊勢からの言葉だったからなのか、昭生は判断することができなかった。

「好きだよな？」

手をきつく握ったまま立ちあがった伊勢が、長い腕をまわして身体を包みこみ、なにも考えられなくなった昭生に、三度のキスをしかけたからだ。

気づけば、広い背中に腕をまわして、はじめての口づけに溺れながら、昭生はうわごとのようにつぶやいていた。

「……好き」

すんなり受け入れた理由のひとつに、昭生の通った高校が男子校だったこともあるだろう。みっちりと男ばかりで詰めこまれた空間のなか、疑似恋愛的な空気に陥ることはめずらしくもなく——また、大人の男に裏切られた気分でいた昭生にとって、伊勢の向けてくるストレートな愛情表現は、涙ぐみそうなほど嬉しかった。

同時に、息苦しさも感じていた。思春期をすぎて、ごくうっすらと疑っていた自分のセクシャリティに、ついに真正面から向きあうことになってしまったからだ。

伊勢の強い腕、広い胸に抱かれて、昭生は驚くくらい自然に受け入れている自分を知った。なにより、「ああ、そうなのか」という納得がすとんと落ちてきたと同時に考えたことがあった。

(俺、これで、結婚しないでいいんだ。女を、好きにならないでいい)

むろん、そこにはある種の罪悪感も混じっていたけれど、なぜだか安堵のほうが大きかった。同性愛を肯定して『楽だ』と感じるくらい、あの一件により男女間の恋愛への拒絶反応を植えつけられている自分に気づいて、さすがにうそ寒いものを覚えた。

それから、怖いのにはもうひとつ、理由があった。

「伊勢、伊勢は……男が、好きなのか？」

高校の一年時には、他校に彼女がいたことを、本人の口から聞いて知っている。

抱きしめられたまま、愚にもつかない質問をしたとすぐに思った。だが伊勢はごまかさず、いつもの彼らしく率直に答える。

「わかんない。けど、おまえは好き」

その答えに、伊勢は違うのだな、と直感的に思った。完全なゲイセクシャルでは、たぶんない。学校という閉鎖空間での錯覚や気の迷いとか、そういう面もかなりあるはずだ。

懺悔《ざんげ》でもするように、かすれた声でつぶやいたのは、そのせいだった。

「俺は、たぶん女の子、だめだな」

「いいんじゃやない？　おかげで俺が、おまえとつきあえるだろ」

不安をそっと口にしたとき、そうやって笑い飛ばしてくれる伊勢を好きだなと思った。

「……ほんとに、好きだよ」

ささやく声も、世界のすべてから護るとでもいうようにしっかりと抱きしめてくれる腕も、なにもかもが心地よすぎて、安心できすぎた。

伊勢へと向けた混沌とした情が、どんな種類の好意なのか、まだわからないままなのに、恋をはじめるのは、あまりに簡単だった。

簡単すぎて、昭生はやはりどうしても、この恋が怖かった。

＊　＊　＊

夏休みがはじまって、昭生と伊勢は、ほとんど毎日のようにいっしょにいた。

かねてから言っていたとおり、姉の見舞いもあるし、子どもの世話をしなければならないから、あまり遊べないかもしれないと告げたが、伊勢は面倒な見舞いの行き帰りにもつきあい、朗ともすぐに仲良くなった。

だが伊勢は、けっして病室までついてこようとはしなかった。

「他人が見舞いに行くと、気を遣うだろ？」

そう言って、病院の外で待っている彼の気遣いはありがたかった。伊勢のおかげで、週いちどの見舞いについて、いろいろと楽になったからだ。

かつて昭生と滋は、必ず朗を連れて姉を見舞ったあと、三人で外食するのが習慣だった。だが亜由美が病室に訪れるようになり、どうしてもかたくなになる心が止められない昭生にとって、伊勢の存在は恰好の言い訳だったのだ。

病室で彼らと顔をあわせるなり「ともだちが待ってるから」と昭生はそそくさと帰り支度

をし、愛想笑いを浮かべてみせた。

「義兄さんと亘由美さんは、今日も仕事あるんだろ？　そのまま行きなよ」

ほとんど休みが取れないくらいのふたりが、それでも週にいちどの見舞いだけは欠かさない。気持ちだけは一応、汲《く》んでやるべきだろうと昭生はこらえた。

ひかりも朗も、もめごとの気配には過敏だ。面会日に顔をあわせるときも、けっして不機嫌は顔に出すまいと努力するのは、家族のつとめだと昭生は思っていた。

「朗は俺たちが連れて帰るから、かまわないから」

滋は、申し訳なさそうに眉を寄せたあと、母親との面会にはしゃぎすぎて疲れ、眠りこんだままの朗を昭生へと渡した。むろんこのはしゃぎぶりが、母についでめったに会えない父親と会えた喜びだと、この場の誰もが知っている。

「……今日は、ご機嫌だったわね」

「うん。ひかりちゃんに会うんだって、昨夜からはしゃいでたよ」

教えると、姉はほっとしたように微笑んでいた。

ひかりの発作を見てしまって以来、ときどき母親に怯えることのあった朗だが、この日はずいぶん楽しそうだった。小柄なほうとはいえ、だいぶ重たくなった朗を抱きあげた昭生が、寝顔を見つめてほっと息をついたとき、小さな声がした。

「ごめんね、昭生さん……」

「亜由美さんに言われることじゃないよ」

なにげなく答えたつもりでも、声に冷ややかさが混じるのはしかたがなかっただろう。一瞬哀しそうな顔をした亜由美には一瞥もくれないまま、昭生は「さきに出る」と朗を抱いてその場を辞した。

ひかりの視線に咎められている気はしたけれども、彼女はなにも言わなかった。

(だって、ほんとになんで、俺が謝られるの?)

せっかく冷静で穏やかでいようとつとめたのに、台無しにされた気分だ。甥を任せられるのは家族としてあたりまえのことなのに、なんで他人の、義兄の愛人の、あんな女に――。

「うー……」

眠っていた朗がぐずったことで、昭生ははっとした。ひどくいやな考えに呑まれていた。こんな歪んだ顔を伊勢にさらしたくはない。けれど、すこしあまえたいのも本音だ。

どうしようと迷いながらロビーへと向かうと、待合室の入り口付近、イヤフォンで音楽を聴きながら待っていた伊勢が、ぱっと立ちあがって笑いかけてくる。屈託のない笑顔になんだかほっとして、朗を抱いたまま昭生は軽く手を振った。

「――昭生! って……あ、なんだ朗寝ちゃったのか」

「うん、疲れたみたいだ。な、どっかファミレスでも入らない? こいつ、起きたらぜったい腹減らしてるから」

「俺も腹減った」

なにもない場所で、ひとりで待たせたというのに、伊勢は退屈だったと愚痴も言わなければ、文句も言わない。申し訳なさとありがたさを覚えた昭生は、ゆるんだ頬を腕のなかの朗を揺すりあげることで隠した。

自宅までの道すがら、とりとめのない話をしながらともに進む。日曜の夕暮れ、かつて滋とたどった道を、いまは伊勢と歩いているのが奇妙な気分だった。

「……あのさ、昭生。見舞い、しんどいのか？　お姉さん、悪いの？」

そっと問いかけてくるやさしい彼氏に、昭生はなぜかうしろめたさを覚えた。

「そういうんじゃないんだけど……ごめん、いまは、話せない。いろいろ、あって」

亜由美と滋のふたりに、いつまでも嫌悪感を持ってしまう自分を幼いとも思ったが、あの変則的な関係を、誰にどう話せばいいのかわからない。ましてや伊勢には、知られたくない。

伊勢は学校でも優等生で、何度か連れていってもらった実家も、両親と兄のいる、穏やかで裕福な、落ちついた家庭だった。伊勢の明るさやおおらかさが、どういう環境で育まれたのかがよくわかる。だからこそ、昭生はすこしだけ居心地が悪かった。

（わかってもらえるわけがない）

あまりにも健康的で明るい伊勢。その性格にも思いやりにも救われているのに、だからこそ胸の裡《うち》が打ち明けられないのはひどくせつないと思った。

家の近くに来るころには、もう互いの顔も判別がつかなくなるほど薄暗くなっていた。そのことで見えない不安がいや増して、昭生の口はますます重くなっていく。

「……昭生」

黙りこくって歩いていると、伊勢が奇妙な声で名前を呼んだ。「なに」と返した昭生の声もまた、緊張のあまり色のないものになっていた。

「なあ、俺ら、つきあってるよな？」

「え……？」

唐突なそれに、昭生は目をしばたたかせる。どういう意味だと思って伊勢を見ると、薄暗がりのなかにいる彼の表情は、あまり読み取れなかった。

「なんかさ、休みに入ってから毎日会ってるだろ。けど、ふつうのともだちと、どう違うかわかんない。実感ないんだ」

「って、言われても……俺、誰かとつきあったこととか、ないし」

なにが言いたいのかよくわからず、昭生は戸惑った。

そもそも、まともな友人づきあいすらろくにしたことのない昭生にとって、誰かと『つきあう』ことなどほとんど未知の領域だ。

好きだと言われて、ちゃんと答えた。キスもあのとき、ちゃんとした。毎日会って、たとえ今日のように昭生の用事につきそってもらっていても、気持ちのうえではデートのつもりだったのだ。

(なんだろ、俺、なんか間違ったのかな……)

伊勢がなにを言いたいのか、なにを求めているのか、まるでわからない。静かに混乱していると、彼は妙に真剣な声で言った。

「なんか、まだ、壁を感じる。おまえ、俺のこと、特別に思ってるか? 俺のこと好き?」

「思ってるよ。思ってなきゃ、こんなふうにいっしょにいない」

ひかりについて打ち明けたのは、伊勢以外誰もいないのだ。それがどれだけ特別なことなのか、自分が伊勢をどれだけ頼りにしているのか、信じているのか、わかってもらえないことがひどく哀しかった。

たぶん、他人のなかでは誰より伊勢を信じていたし、最大級の好意を持っている。けれど昭生は、それを素直に表現することは、めったになかった。

ときどき、出会い頭の会話を思いだして、怖くなったからだ。

(こいつが近づいてきた理由って、俺が伊勢に興味ないから、だ)

昭生は、朗を猫かわいがりしたり、ひかりに対してはっきりシスコンと言いきれることからも、自分が相当に情が濃いタイプなのはわかっていた。めったなことでは気を許さないけれど、いちど内側に入れたらそれこそ、彼我《ひが》の差が見えなくなるところもある。

滋を許せなかったのは、それが理由だったのだと、第三者とのつきあいをしたことによって少しずつ悟った昭生は、自分を律するようにつとめた。

（べたべたしないようにしなきゃ……）

あまりなつかれるのは好きではない。そう言った伊勢が引かないよう、言動はそっけないままだった。彼はそんな昭生をときどき大げさに『冷たい』と嘆いてみせながらも、独特のキャラクターだと好意的に受けとめてくれていた。

だからこそ、この日の伊勢がなにを言いたいのかわからなかった。昭生は昭生なりに、伊勢を本当に特別扱いしている。そのうえで、彼にきらわれないよう、できる限りいやなことは伏せ、まとわりつくような真似もしないようにと気をつけている。

「伊勢、なんで、そんなこと言うんだ。俺、なにか、したか？」

「そういうんじゃなくってさ……」

「じゃあなんなんだよ！　絡まれたって、どうすりゃいいかわかんないだろ。俺、ちゃんと伊勢のこと特別だし、そうじゃなきゃ、こんな――」

まくし立てていた唇に、不意打ちでやわらかいものが触れる。驚いて固まった昭生に、伊勢は「へへ」と少年っぽい笑みをみせた。

「こんな、なに？」

「お、おまえ、ここどこだと……朗もいるんだぞ！」

「平気だよ。まわり、誰もいないだろ。それに朗寝てるし、その角度じゃ見えないって」

眠ったまま昭生の肩によだれを垂らしている子どもを指さしたあと、伊勢はあっけらかんと言った。

「昭生って、キスは、俺がはじめてだよな？　この間のあれ、ファーストキス？」

絶句した昭生は、顔を真っ赤に染め、無言のまま足早に歩き出す。

「あ、ごめん、ごめんって昭生」

「知るか！　ばか！」

照れるなと言われたけれど、この動揺はそんなたぐいのものではないと思った。はじめてだろうと指摘した伊勢の声は、嬉しそうにしながらも、なにか探るようなものを含んでいたことに、昭生は気づいていた。

（なんか、違う）

いきなりのキスは、この間教室で交わしたときのような、単純な衝動から来ている気がしなかった。なにかを試されたような、探られたような、そんな感覚が唇に残っている。

無性に悔しかった。なにか、よくわからないけれど伊勢は昭生を疑っている。こんなにも預けきった他人など、いままでの誰にもいないのに、信じられないほど特別扱いしているというのに、不安がられて腹が立っていた。

「昭生、ごめん、怒らないで」

行こうかと言っていたファミレスを通りすぎ、自宅の玄関まえまで来て、ようやく伊勢もまずいと感じたらしかった。腕を摑んで、真剣な顔で謝ってくる。

「いきなりごめん、でもなんか、焦ってて」

「焦るって、こういうことしてないからか」

眠っている甥をたしかめたあと、今度は昭生からぶつけるように唇を押しつけた。今度はさきほどと真逆で、伊勢のほうがめんくらった顔をする。

逢魔が時と呼ばれる、すべてがあいまいに薄暗いこの時間のおかげで、昭生の歪んだ表情はおそらく気取《けど》られない。

「キスとか、セックスしたら、実感わくのか」

「セッ……いや、そこまでいきなりは、考えてなかったけど」

直接的な単語にぎょっとしたように、伊勢は視線をうろつかせた。だが、表情は言葉と真逆のことを語っている。

教室でのあのとき以後、伊勢はこういう接触を求めてはこなかった。それはその気になれなかったとか、昭生に気を遣ったわけではないのだと、一瞬だけ光った目に教えられる。

「ほんとに、考えてないのか。伊勢、俺と、やりたくないの」

口にしたとたん、伊勢がぶるっと震える。昭生の背中にも、ぞくりとしたものが走った。どこかうしろぐらい興奮は、伊勢と出会うよりまえ、身の裡に巣くっていたいらだちにも似ている。あるいは、その根っこにあるものは、まるで同じものだったのかもしれない。

（めちゃくちゃに、したい）

差し出したものを、本物なのかと疑った伊勢に、なにかをやり返したい。

自分のなかにひそむ、衝動的な破壊願望を、このとき昭生ははじめて自覚した。攻撃性がどこへ向かうのかはまるでわかっておらず、むろん、その後のこともまったく考えられない。

暗がりのなか、じっと見つめあう。表情は読み取れないけれど、お互いの目だけがぎらぎらと光っているのだけはわかる。心音が高まり、伊勢の喉がごくりと動いた。

緊張を破ったのは、じっとり汗ばんだ頬を昭生の肩に預けて眠る、朗だった。

「うー……う、んにゃ」

もにゃもにゃと寝言を言った甥が、腕のなかで身じろいだ。はっとして、伊勢はあわてたように目を逸らしてしまう。なんだかそれがひどく悔しく、残念な気がした。

それでも、沈黙のなかにまだ、さきほどの火花は散っている。ひりついた頬がひどく痒《かゆ》いのは、伊勢がうかがうようにこっそり、見つめているせいだ。

昭生はため息をつき、眠っている甥を揺すりながら、「鍵《かぎ》」とぶっきらぼうに告げる。

「え？」

「尻のポケットに入ってる。取って、開けてくれ」

うながした伊勢は、「あ、ああ」とうわずった声を出し、すこしおぼつかない手つきで昭生の尻ポケットを探った。うつむいた彼の耳朶《みみたぶ》が、玄関の小さな灯《あか》りでもわかるほど赤い。

どうしても触れてしまうことに緊張している様子に、昭生は妙な優越感を覚えた。

（いつもは、逆なのに）

妙に強ばった顔で鍵を開けた伊勢は、なにか大きな役目を果たしたかのようなため息をつき、とりつくろうように笑みを浮かべた。

「じゃあ、俺……」

「あがってけよ。義兄さんはどうせ帰ってこないし、朗、起きそうにないし」

「か、家政婦さんは？」

「飯食って帰ってくるつもりだったから、今日はお休み取ってもらった」

ふたりきりだと言外に告げると、伊勢は、さきほどキスをされた昭生のように硬直した。

昭生は彼の手に鍵を握らせたまま靴を脱ぎ、一階の子ども部屋へと朗を運んでいく。

子ども部屋から戻っても、伊勢は玄関の三和土《たたき》で、靴も脱がずに立ちすくんでいた。

「あ、昭生、あの俺――」

うろたえきった伊勢に、さきほどの優越感がよみがえってくる。まったく経験もないというのに、なぜか昭生は、このあと自分が取るべき行動がすべてわかっている気がした。

「暑かった。汗かいたな」

言いながら、まとっていたTシャツをいきなりめくりあげ、汗に湿ったそれを脱ぎ捨てる。

「あ……」と小さく声をあげた伊勢は、ごくりと喉を鳴らした。

「俺、風呂入ってくるけど。部屋にあがるなら、あがってて」

心臓が破裂しそうなのに、なぜだかにやりと笑みが浮かんだ。そのまま伊勢に背を向け、浴室へと歩き出したところで、ばたんと大きな音がする。

玄関の扉へ背中を押しつけるようにして、伊勢が鍵をかけた。その顔はもう笑ってはおらず、ぎらついたような目で昭生を凝視している。

「からかってんのか」

押し殺したような声で靴を脱いだ伊勢が近づいてきた。今度は喉を鳴らすのは昭生のほうで、無言のままかぶりを振る。伊勢の、十代にしてすでに完成されはじめた胸が大きく膨らんでしぼんだ。ぴったりと張り付いたシャツは、昭生のそれと同じくらい、湿っている。

「ふ……風呂、いっしょに入る？」

さらりと言うつもりで、舌がもつれた。無言のまま近づいてきた伊勢が手首を摑み、壁に押しつけるようにして抱きしめてくる。

「ちょっ……」

驚くくらい硬いものが、腰に押しつけられた。昭生を拘束している手の力はあまりに強くて、すこしも逆らうことができない。いらだちにまかせて挑発してみせたけれども、いざ目《ま》の当たりにした伊勢の興奮に、昭生は怯んだ。

「ま、待って、伊勢」

荒れた息が頬にあたったのは、唇を求められて避けたからだ。伊勢は、焦れたように舌打ちをした。

「なんだよ、おまえが誘ったんだろ」

声すら別人のようにかすれている。電気もまだつけないまま、廊下で、立ったままで、昭生を食い破りたいと見つめてくる情動の強さに、昭生は震えた。

「昭生、……昭生」

切羽詰まった声が、耳に噛みついてくる。

「しょうがないだろ、おまえ、俺が我慢してたのに。なんで、煽《あお》るの」

「ちが、だって……こんなつもりじゃ」

「じゃあどういうつもりだよ！」

怖さと、後悔が襲ってきたのはそのときだった。心のどこかで、やさしい伊勢はいざとなっても、昭生を逃がしてくれると思いこんでいた。けれど痣《あざ》になりそうなくらいに締めつけてくる指の強さが、あさはかな思いこみを嗤う。

「なあ、俺のこと好きだよな。おんなじ意味で、好きだよな？」

狂おしいような目で問われて、どうしてか答えられなかった。こういうものが伊勢の求める『好き』だというなら、自分は同じものを返せるかどうか、自信がない。

（待って、すこしだけ、待ってくれたら）

もうすこしちゃんと考えるから、たしかめるから。そう言いたくて、けれどいまさら、言えるわけがない。気遣ってくれていた伊勢を追いつめたのは昭生で、すべて自業自得だ。

「なんで、黙ってんの」

「わか、わかんない……」

昭生のためらいと怯えを、伊勢は傷ついたような目で受けとめた。そして二度とは問わず、昭生の顎を摑んで唇をぶつけてくる。

今度のキスは、嚙みつくような激しさで、いまここがどこなのか、自分がなにをしようとしているのか、いっさい考えられなくなるほどいやらしかった。

「んん……!」

ぬめりを帯びた舌が唇を這いまわる。快感など拾えるわけもなく、強引さと伊勢の力が怖くて、喉奥で悲鳴をあげながら肩を拳で叩くと、はっとしたように伊勢が身体を離した。

「どっか、痛くしたか？　いきなりすぎた？」

硬直した昭生に気づいて、そっと問いかけてくる。まだ息は荒れていて、興奮がおさまったとも思えないのに、ここでとどまれたのはひとえに彼の心が強いからだ。

そして、昭生を思ってくれているからだ。

無言でかぶりを振ったのは、窺う目に傷つきやすい光が揺らめいていたからだ。こんな目をさせてはいけないと、それだけを思って、昭生は長いキスに痺れた舌を必死に動かした。

「俺、ちゃんと、伊勢が好き、だ」

「……ほんと？」

わななかいた唇を噛み、何度もうなずいて、昭生は震える手で伊勢の腕を撫でる。

そのくせ、胸の奥がひやりとするのは、なぜだろう。

「でも、い、いきなりサカるなよ。こっちだって、ビビるだろ……腕、痛いし」

「それは、ごめん。やっぱ怖がらせたか」

つぶやいて伊勢は肩の力を抜いた。Tシャツから伸びた長い腕が汗に湿っているのは、外が暑かったせいだけではない。発熱したような人肌の熱さに、めまいがする。

おずおずと、今度はやさしく抱きしめられた。密着した瞬間、脳天から爪先まであまい痛みが走り、やっぱり伊勢が好きだと思う。なのに、抱きしめ返した瞬間、なにとはつかない違和感が頭をよぎった。

「あの、やさしくするんで、抱いていい？」

あいまいなその感覚を、ごまかしていいことだとは思えなかった。けれど、精一杯自制しながら訊ねてくる伊勢をこれ以上失望させたくはなく、昭生は答えの代わりに、二階の自室を指さして見せた。

ベッドのうえで、裸になって転がるまでのことは、ほとんど記憶になかった。

とにかく、ぜんぶがはじめてだった。キスをして、舌を入れるタイミングがわからず戸惑っていると、伊勢の指が昭生の胸をそっとかすめ、あるかないかわからない、いままで意識さえしたことのない乳首を探り当て、まだやわらかいそれを周囲の肉ごとつまんだ。

びくりと昭生は震え、思わず開いた口にぬるりとしたものが入りこんだ。

たぶん、のちになって思い返せば笑ってしまうほど拙《つたな》いキスだった。舌を吸うことなど考えもつかず、お互いのそれを闇雲に追いかけ回して、接触による快楽よりも『ディープなキスをしている』事実のほうに陶酔することによっての興奮しかなかった。

愛撫にしてもそうだ。つまれた、それ自体はただの接触でしかなかったけれども、性的な意味を持って自分の胸に触れられたのが生まれてはじめてだった。そのことに神経が高ぶり、身体も引きずられた。

「あ、あ、あ……っ、あ！」

最初は性器を握り合っただけで、ふたりとも声をあげ、すぐに達した。ふたりぶんの精液を絡めた指をそのままつないで、唇が腫れるほどキスをしたら、またすぐに勃起した。

「やばい……俺、どっか、壊れてる。おさまんない」

「俺、俺も」

今度は身体をくっつけて、お互いの性器同士を重ね、ぬるぬると腰を動かした。伊勢はそうしながら、昭生の肩でも腕でも嚙みつくように口づけてきて、とくに薄っぺらい胸の先端、縮こまった小さな突起には、しつこく吸いついてくる。

（ほんとに、やばい）

強く吸われると痛いはずなのに、そのあと舌で撫でられると腰がくねる。さきほどまで、気持ちの興奮に引きずられていただけの身体が、ざわざわと内側から変わりはじめるのがわかった。

無意識なのかわざとなのかわからないが、胸を吸い、舐めるたびに伊勢は腰を強く動かし、昭生の性器の先端をいじる。連動する快楽に、昭生は声が止まらない。

「昭生、乳首、かわい……」

「ばか！」

叫んで、伊勢の頭を殴った。怖かった。自分でも意識したことすらない小さな突起にしつこくされて、ここは気持ちのいい場所なのだと伊勢に教えこまれている気がした。そしてもう、忘れられない。乳首に彼の手が触れ、ひねり、舌でいじられた記憶が、昭生の官能としっかり結びつく。

「む、胸なんかないぞ。触り心地、よくないだろ」

「そんなの、こっち揉むからいいよ」

言って、伊勢は昭生とシーツの間に手をさし入れ、背中を撫で下ろし、尻を摑んだ。揉みほぐすような卑猥な手つきに昭生は声もなく、ついには両手でそこを摑まれ、うえに乗った伊勢にまるで挿入されているかのように腰を使われて、しゃくりあげながら、また射精した。

立て続けのそれにぐったりとしていると、腹を汚した粘液を掬《すく》いとった伊勢が、人差し指で昭生の腹に線を描き、へそのしたのあたりで指を止めた。

「……昭生、このなか、入れたい」

昭生とは違い、伊勢は二度目の到達を踏みとどまっていた。たぶんぎりぎりで我慢したのは、それを求めるせいなのだろうことは理解できた。

しばし見つめあったあと、涙ぐんだ昭生は両腕で目元を覆い、破裂しそうな心臓をこらえながら、こくんとうなずいた。

それからはまた、ちょっとけんかになりかけながら、身体の奥の奥を明け渡した。

幸い昭生は身体もやわらかく、伊勢も熱心でやさしくて、痛かったり苦しかったりはしたけれども、怪我をすることなく、身体をつなげた。快楽は、残念ながらなかった。挿入される瞬間、怖くて怖くて、誰でもいいから助けてと、本当は祈っていたくらいだ。

（やだ。こわい。痛い。やめて、たすけて……）

動き出されたときには内臓がひっくり返るような不気味な感じがした。めいっぱい開いた身体を伊勢に預けたまま、とにかく早く終わってくれと目をつぶっているばかりの昭生が萎《な》えていることに、汗だくの伊勢は何度も謝った。

「ごめんな、すぐいくから。痛くしてるよな、ごめん……」

「いいよ、もう」

準備も足りなかったし、不器用で、失敗も多くて、もうやめると何度も言った。そのたび伊勢になだめすかされ、昭生もまた彼の気持ちがわかるから、本当には拒めなかった。

（伊勢のため、伊勢のため）

内心でそう繰り返していなければ逃げ出したいほどだったけれど、どうにか我慢できた。いつでもやさしさをくれる伊勢が我を忘れ、本当に気持ちよさそうに腰を動かして、昭生の身体に縋りついてくる。優越感と、なにかわからないあたたかい感情に包まれて、汗だくの背中をそっと撫でた。

「あ、あ……っ」

伊勢のあえぎと、終わる瞬間の震えを感じとって、昭生もまた身震いした。彼が昭生のなかで達したとき、どこか不思議な満足感と——そして、抱きしめた背中の感触に、やはり違和感を覚えていた。

「……終わった？」

「うん……」

汗だくのシーツを替えることもできないまま、ふたりともぐったりとベッドに伏せた。

男の身体が、誰かの欲望の対象になるというのが、この状況でもまだ信じられなかった。

しかし伊勢は触り心地がいいとも思えない薄い胸をずっと撫でている。

「すげえ、まだ、どきどき言ってる」

興奮と緊張で、伊勢の声はかすれていた。うるさい、とむくれて、昭生は顔をしかめる。

「お、おまえと違ってはじめてだったんだから、しかたないだろ」

はじめて触れる人肌に、おっかなびっくりでいる昭生とは違い、伊勢はたぶん、こういうことを誰かとしたことがあるんじゃないかと、そう思っていた。だが、そのことをおずおずと口にすると、真っ赤になった彼は「ばか」と怒ったように言った。

「俺だってはじめてだよ、悪かったな！」

「えっ、だ、だって彼女いたって聞いた」

「あいつとは、ここまでしなかったんだよ！　するまえにけんか別れしたの！」

そうだったのかと、昭生はつられて赤くなる。お互いじっと見つめあったあと、なんとなく恥ずかしくて目を逸らした。

「前の彼女は、あっちからすげえアプローチされて、彼女作ってみたかったからつきあったんだけど」

「サイテーじゃん、それ」

「うるさいな！　でも、どっちにしろお互い、なんか違うって思って、すぐ別れた」

ベッドに横たわり、お互いの身体に触れあいながらぼそぼそ話すのは、不思議な気分だった。ひどく親密で――さきほど、これ以上ない親密な行為をしたばかりだというのに、昭生はセックスよりもこういう時間のほうが楽しい、と思った。

快楽は、ひどく性急に追いかけてきて奪いとられるようで、どうしても怖さがつきまとう。これは慣れないせいなのか、そのうち違和感なく抱き合えるようになるのかと、ぼんやり考えていた昭生は、続いた伊勢の言葉になぜか、息を呑んだ。

「……ほんとに好きなやつとしか、したくないなって思ってたんだ」

それがおまえだと言うように、伊勢は昭生の小さな乳首を軽くつまみ、ゆったりと胸を撫でる。愛撫とは違う、大事なものを手にしたことをたしかめるような触れかたで。

「昭生とこんなことできるなんて、夢みたいだ……」

その言葉が、いま触れられている場所の奥に突き刺さった。なにか、とんでもない裏切りをしているような、うしろめたさでいっぱいになった。

（違う）

まだ、昭生は伊勢の気持ちに追いついていない。好意は持っているし、身体を重ねるなら彼がいいとも思っていた。けれど、本当に肌を触れあわせたそのとき、昭生はまた、さきほどと同じぼんやりとした違和感に苛《さいな》まれていた。

「昭生、疲れた？」

「え、いや……」

頬に口づけてくる伊勢の上機嫌に水を差したくはなくて、昭生は彼に抱きつくことで引きつる顔をごまかす。

伊勢の背中は広い。けれどまだ、十代の青年らしく胸板はそう厚くもなく、身体の節々に骨が目立つ。抱きしめられると絶対の安心をもらえる、みっしりと重たい筋肉をまとった、大人の身体ではない。

(滋さんと違う……)

反射的にそう思って、愕然《がくぜん》とした。そしてあらためて、手の大きさも、声も、においも、なにもかもが違う。あたりまえのことに、奇妙なくらいうろたえていた。

(え、なに……なんで、ここで、義兄さんのことなんか)

あの大きな身体に、幼いころにはいまの朗と同じように、あやしてもらったこともある。けれど、滋には、いちどとしてこんな触れかたをしたことなどない。だというのに、自分でも思いもよらないほど、彼の感触を覚えていることに愕然となった。

さきほど、伊勢に身体を重ねられ、挿入されそうになって怯えた自分は、誰に助けを求めただろうか。

――こわい。痛い。やめて、たすけて……義兄さん。

(俺……)

その瞬間、昭生はすべてを理解した気がした。そして、自分に吐き気がした。

どうしてあそこまで亜由美の存在が許せなかったのか、あんなにもしつこく腹を立てたのか。義兄の存在が、恐ろしくなるほど自分の奥深くに住み着いているからだ。

滋とは、家族だった。朗をまじえて、三人で、ひかりのいない隙間を必死に埋めるため、昭生は彼らに尽くすように、面倒を見続けていた。

そのせいで、どこかで勘違いをしてしまったのだろう。まるで——自分こそが滋の伴侶かのような錯覚に囚《とら》われてしまったのだろう。

(俺、どれだけ、思いあがって……間違えて)

滋とひかりは、昭生にとっては完璧な一対に思えた。その片方に、尋常ではない、憧れだけではすまされない感情を覚えることなど、とうてい許されることではないと感じた。

まして、このいまになって気づくことなど。

「どうしたんだ?」

「なん、でもない」

不器用にもほどがある態度で、昭生は硬くなった身体を縮め、伊勢に背を向けた。「照れてるのか」とはにかんだような声で問われたときにも、うしろめたさと情けなさ、そして申し訳なさで頭のなかはいっぱいだった。

(俺は、伊勢が好き、なのに)

とんでもないことをしてしまった。もう滋や亜由美を責められない。なによりも、あんなに大事に思いを向けてくれた伊勢に、どんな顔をしていいのかわからず、昭生はぞっとそそけだつ身体を自分で抱きしめた。

かすかに残っている身体の痛みが、遅きに失した、そして最悪の形で自覚した初恋の傷のなまなましさが、昭生の心を強ばらせた。

自身への困惑に強ばる背中を、伊勢が不可思議な目でじっと見つめていることなど、むろん気づいてもいなかった。


昭生は、その夏いっぱいを伊勢とともにすごした。やさしい彼に穏やかであまくて楽しいものばかりをもらい、陽射しが強まるに連れて昭生の心は徐々にやわらかく溶けた。

「昭生って誕生日、来月なのか。秋生まれなんだ、名前もそのせい？」

「あんま、それは関係ないみたいだけど……」

伊勢は「じゃあその日はデートして、ケーキ食べよう」と屈託なく笑った。昭生が嬉しくて、「伊勢はいつ？」と問い返すと、彼は言った。

「じつは、もうすぎちゃったんだよな。夏休みで、小学校の『お誕生会』とかスルーされた記憶しかないけど」

「待てよ、なんで教えなかったんだよ。俺、なんも祝ってないし」

「……や、もう、もらっちゃったし。すごいの」

にや、と笑われて昭生は真っ赤になった。ちょうど、はじめての経験の日が伊勢の誕生日の翌日だったと教えられ、「よけい言えなかった」というのもわかる気がした。

「来年は、ちゃんと、なんかやる」

「そんなの、今年と同じのもらえれば、充分」

にやける伊勢を、昭生はしっかり殴った。痛いと呻いたが、伊勢は笑っていた。

セックスも、かなり頻繁にした。ぎこちないながらも、たっぷりと蜜《みつ》を舐めあうように互いへと触れる若いふたりが、自分の身体と相手の身体のことを知るのに、夏休みはもってこいの時間だった。

くすぐったいくらい親密な恋人の関係。日常があんまりあまくて、ほとんどの時間では忘れられていたけれど――行為に慣れていくに連れ、昭生の奇妙な罪悪感は疼いた。

初体験の日、無自覚だった初恋に気づいたと言われて気分のいい男はいないだろう。

伊勢は本当に好きだ。とても大事だし、はじめての恋人が彼で、本当によかったと思う。

抱かれるたびに、もっと好きになっていくような気すらした。なのになぜ、こうも違和感があるのかが、昭生にはわからなかった。

(だいたい、義兄さんとなんて、なにもあるわけがない)

滋と自分の――などと、想像することすら、おそろしくてできない。けれど、ならばなぜ昭生はこんなに不安でいるのか、どうして滋を思い浮かべるのか、自分でもよくわからない。

ただ、身体を抱きしめられるたび、本当に瞬間的に『違う』と比べてしまうのだ。無意識のままのその一瞬、伊勢を裏切っているようで、昭生には苦痛でたまらなかった。

また、伊勢がすぎるほどあまくやさしいのにも、いたたまれないと思うことがあった。

「昭生、俺にはなんでも言って。なんでもするから、自分で抱えこむなよ」

すべてを受けとめると拡げられた手のひらを、昭生はそっと握りしめ、ぎこちなく笑った。

伊勢の気持ちは本音だと思う。けれどどこの若すぎる手のひらに、昭生の抱えた感情や、家庭内の本当の問題は、どうしてもあまることを、昭生だけがわかっている。

「伊勢のこと、信じてるよ」

「本当に？」

昭生はなにかを純粋に信じたかったし、証明したかった。それが不可能なことだと悟るには若すぎたし、経験もなかった。

伊勢は保護者不在の昭生の家に入り浸りで、毎日をべったりとすごした。飢えきったなにかを埋めるのに、互いに必死だったことにも気づけずにいた。

はじめての恋はあまりに急ぎすぎて、夏の時間を彼らはあまりに濃くすごしすぎた。

汗ばんだまま寄りそいすぎた肌を離すとき、乾いた汗で貼りついたそこには痛みが伴う。

炎天下に置かれたアイスクリームが溶けてしまえば、どろりとしたあまさは味わうにはくどすぎる。それと同じのように、あまくなめらかな時間は終焉《しゅうえん》を迎えようとしていた。

＊　＊　＊

秋になり、新学期がはじまった。恋人関係になってふた月以上経過したが、いつまで経《た》ってもぎこちない昭生《あきお》に、伊勢《いせ》が違和感を持ちはじめたのは当然だったかもしれない。

「……昭生、最近なんか悩んでない？」

夏前と同じく、なんの用事もないままふたりですごす放課後の教室で、思いつめたあげくのように問いかけてくる伊勢は、どこか不思議な顔をしていた。

「なんにもないよ」

なにかをこらえ、感情を抑えている。そんな表情をさせたくはなく、昭生は即座に答えた。だが返答が早すぎて、はぐらかしたと知れたのだろう。

見る間に伊勢は表情を翳《かげ》らせ、失敗を悟った昭生はこっそりと頬《ほお》の内側を噛《か》んだ。

（最近、うまくいかない）

二学期になると進学クラス編成の進路希望調査が行われ、教師はさかんに『来年は受験生』と繰り返すようになった。はしゃいだ夏が終わり、心に余裕がなくなっていく。

伊勢と昭生も些細《ささい》なことでけんかが増え、ぎくしゃくしはじめた。たとえば訪れた誕生日、自分の生まれた日を忘れてしまっていた昭生に、伊勢は怒った。

ひさしぶりになごやかにすごして遊んだあと「なんか今日、あったっけ」と昭生は問いかけただけだった。そして、夏休みの間に、「祝ってやる」と約束されたことをようやく思いだしたのだ。

――けっきょく昭生って、俺との約束とか、どうでもいいんだな。

わざとではなく、習慣がなかったのだと言っても、彼は機嫌を直さなかった。

夏の間はよかった。沈黙が訪れても、埋め合わせるためにセックスをすれば、この『ずれ』はどうにかなくなっていた。けれど、新学期がはじまってしまえば、あんな時間はそうそう持てない。

次第に近づいてくる学年の終わりも、奇妙な焦りを生み出している。来年度、受験校の違うふたりは、私立と国公立のコースでクラスが別れる。そのまえに、なにかたしかなものが欲しいのだと、伊勢は思いつめているようだった。

「おまえも男だし、本当は、俺に抱かれるの、いやなんじゃないのか？」

抱かれてみて、本当は間違いに気づいたのか。真剣に悩んだ顔で、なにかわだかまりがあるなら打ち明けてくれと言われた。

「俺、誰かのことこんなに好きになるのはじめてだし、だから、いやな思いさせたくない」

抱きしめられるたび、微妙に身体《からだ》を強《こわ》ばらせる恋人に、気の利く伊勢が気づかないわけがない。無理のあるセックスに嫌悪を感じていると、そう思ったのだろう。

「違うよ、そんな、いやな思いとかしてない」

伊勢がそんなことを考えること自体、昭生は不本意だった。彼のほうこそ、女の子を好きになることもできるのに、わざわざ昭生を選んだことに悩んでいるのではないか。だからそんなことを考えるのだろうか。

「もし昭生が、勘違いだったって思っても、俺は許すから」

青ざめているくせに、伊勢はおそろしく寛大なことを言った。完全にずれている会話に、昭生はもどかしく言葉を探した。

「勘違いのわけない。俺は、だって、女は好きになれないのに――」

「なんでそう言いきれるんだよ？　昭生、俺以外誰も好きになったことないって言ってるじゃないか。いまは男子校だし、まわりに誰もいないけど……さきのことはわからないだろ」

だからそれは、と言いかけて、確信を持った理由を話せないと昭生は口をつぐんだ。

滋《しげる》と亜由美《あゆみ》のことは、伊勢とこうなってからも打ち明けられていなかった。あげく、はじめての夜以来、胸の裡《うち》に混沌《こんとん》としたものを抱えている昭生にとって、伊勢のまえで滋の話をするのはタブーにも等しいものがあった。

（……言えない）

そもそも、ひかりが推奨したあのふたりの関係を、昭生自身どう説明していいのかすらわからない。消化できていないものごとは言葉にするのがむずかしく、また、荒れた時期の自分をあまり好きでもなかったから、伊勢に打ち明けるのはますますためらわれた。

義兄の恋人を愛人と罵《ののし》って、彼らにぶつけたひどい言葉や、あのときの気持ちは、自分でもとても醜いと思う。伊勢が『超然としている』と評した昭生の像とはあまりに違いすぎて、幻滅されるかもしれないと思えば怖かった。

「ほら、黙る」

伊勢はすこし不機嫌に言った。すっと細められた目の奥に自分への疑心を読みとって、昭生は必死に言いつのった。

「とにかく、いやな思いなんか、してない。誰かとちゃんとつきあうのがはじめてで、うまくできないだけで……ほんとに伊勢が、好きだ。信じてほしい」

つらそうな顔をする伊勢に告げた言葉は事実だけれど、どこか言い訳じみて響いた。じっと見つめてくる彼は、ぽつりとつぶやく。

「昭生さあ、最近あんまり家の話、しないよな。なんで？」

そのひとことに、伊勢もラインを間違えはじめていると気づいた。知りあったばかりのころ、ストレートさを装ってもじょうずに昭生の疵《きず》を避けるようにしていた彼は、踏みこまれたくない領域へ足をおろそうとしている。

（セックス、したからか）

身体をつなげる行為は錯覚を起こしやすいのかもしれない。どこまでも相手の内側に入りこみ、それを許しているような、心までぜんぶ明け渡して当然というような、そんな錯覚を。

「言いたくないことだって、あるよ」

滋への複雑な気持ちばかりではなく、ややこしすぎる家族についての話をするのは、このころの昭生にはできなかった。必死になって蓋《ふた》をしたはずの事実と向きあう覚悟はまだ、ついていなかったからだ。

「ほんとに、隠してることとか、なにもないのか？」

ないよ、と答えるのがひどくむずかしい。伊勢が思いやってくれればくれるほど、真剣であればあるほど、昭生はなぜか、徐々に追いつめられるような気分になった。

（違うんだ。そんなふうに言われるような人間じゃないんだ）

心の奥で誰かがそう叫んでいる。でも自分がどんな人間なのかが、昭生にはわからない。

「好きだから、ぜんぶ知りたいんだ」

そう言われるたび、自分のなにかが伊勢に追いついていないような違和感は、日々ひどくなっていく。それでも伊勢は、恋人として男として、これ以上ないほどやさしくしてくれ、精一杯の譲歩と努力をしてくれた。――まだ十代だった男にしては、破格なほどだが、同じ十代の昭生にとっては、それではたぶん、足りていなかったのだろう。

目を逸《そ》らしたさき、伊勢とはじめて話した日に咲いていたひまわりは、もう枯れていた。なにかの象徴のようで、怖くて、昭生もまた不安に駆り立てられていた。

（なんとか、しなきゃ）

もうこの関係は、ふたりだけでは手に余りすぎる。けれど伊勢をなくしたくない。どうしても感じる違和感を払拭《ふっしょく》したい。それにはたぶん——誰かに許されることが必要だ。

(誰に)

考えるまでもなく、それを許してくれる絶対の誰かがいる。

病室に縛りつけられ、けれどどこまでも心の自由な昭生の天使に、恋をしたと教えよう。

「なあ、伊勢。今度の日曜、ひかりのお見舞い、つきあって」

それがすべてを壊す日になるとも知らないまま、昭生は明るく微笑《ほほえ》んだ。

＊　＊　＊

夏の間中、伊勢とともに朗《あきら》を連れてひかりの見舞いに行くのは決まりごとになっていた。

だが、病室まで伊勢を伴って訪れるのは、この日がはじめてだ。

「なんか、緊張するんだけど」

そわそわする伊勢に笑って、昭生は思いきって彼の手を握った。とたん、ぎくっと強ばった伊勢は、けれど痛いほどの力でその手を握り返した。

反対側の手をつないでいた朗は、ふたりをまじまじと見つめてにんまりした。

「あ、なんか仲良ししてる。やらしい」

「なにがやらしいんだ、ばか」

最近、こまっしゃくれてきた甥《おい》っ子は、意味もわからずそんな言葉を使う。ふだんなら、その雄弁さで朗を茶化したりからかったりする伊勢は、いまは赤くなった頬をごしごしこするだけで役に立たない。

——俺の姉さんに、ひかりに、いっしょに会ってほしい。

それが実質的なカミングアウトだと、伊勢はすぐに気づいたらしかった。そこまでしなくてもかまわない、なにか追いつめたらすまないとあわてる彼の手を握って、昭生は言った。

——ひかりには、まえから、恋をしたら教えろって言われてた。ぜったい応援するって。だから、伊勢は、それにつきあってくれるだけでいいんだ。

昭生の決意に、伊勢はもしかしたら引くかもしれないと感じたけれど、彼は目を潤ませて昭生をぎゅうぎゅうに抱きしめ、長いキスをした。

「……弟さんをぼくにくださいは、俺から言ったほうがいいんじゃない？」

ばか、と長い足を蹴《け》った昭生の顔も、また赤い。

つないだ手が緊張で汗ばんで、それでも昭生は嬉《うれ》しかった。

病室の扉が開かれる。そこに滋と、そして亜由美の姿があったことに、昭生は驚いた。

(なんで)

この日は、ひかりにだけ話したいことがあると伝えてあったはずだ。だから滋が来ない時間を狙《ねら》って、わざわざ訪れた。予定外の事態に、昭生は完全にパニックになった。

「に……義兄《にい》さん、どうして？」

「急に時間ができたから、顔を出しに来たんだ」

（どうすりゃいいんだ。こんなの予定にない）

ひかりに伊勢との関係を打ち明けると決めてはいたものの、正直、滋や亜由美にまでそれを告げたくはなかった。いくら変わった夫婦関係だといえど、昭生と伊勢のそれをインモラルなものとして感じないかどうかの保証はない。ひかりなら、それでも許すと信じられるけれど、滋に関しては確信が持てなかった。

なにより、滋はある意味で、伊勢とこじれた最大の要因である男だ。

滋の目がつないでいた手に向けられ、昭生は反射的にそれを振りほどいてしまった。

驚いた伊勢が失望の目を向けたのはわかっていたけれど、慮《おもんぱか》れる余裕はどこにもない。

「そっちの彼は？」

（なんだよ、なんでいるんだよ、こんなときに）

亜由美がこの場にいることを、伊勢にどう説明すればいいのかわからなくて、怖かった。

あとになって冷静に考えれば、見舞客がいたところでなにも問題があるはずはないのに、昭生のトラウマの象徴である彼女を伊勢に見られたことで、押しこめていた秘密がすべて露呈してしまったかのような、そんな頼りなくおそろしい気分になってしまっていた。

昭生がひとり恐慌状態にいる間に、伊勢はその場をどう振る舞うべきか決めたらしかった。

「はじめまして、伊勢逸見《いつみ》です。昭生くんとは、クラスが同じで――」

青ざめてうつむいた昭生は、礼儀正しく挨拶《あいさつ》をする伊勢が、ほんの一歩だけ足を動かし、自分と距離を開けたのに気づいた。資格もないくせに、傷ついた。そして反射的に口を開き、言い放った。

「夏からつきあってる！　俺の彼氏！」

突然の宣言に、その場の全員が黙りこみ、目を瞠《みは》った。昭生はぎゅっと目をつぶり、自分がほどいてしまった手を、手探りで探して握りしめる。

反対の手をつないでいた朗が「痛いよ」と訴えるのにも気づかず、口ばしる。

「ひかりにいつ言おうかって、すごく考えて、今日、言いにきた。は、反対されても別れないからっ……」

「あーちゃん。おててが痛いでしょう」

支離滅裂なカミングアウトを止めたのは、ひかりの静かな声だった。ベッドから半身を起こした姉は、そのひとことで甥と伊勢のそれを握りしめていた昭生を落ちつかせる。

「朗ちゃん、ひかりちゃんのところにおいで」

呼ばれた朗は、喜色満面で母親のもとへと駆け寄った。ベッドによじ登った息子を抱きしめたまま、ひかりは微笑む。

「そんなに緊張することないのに。ええと、伊勢くん？」

「あっ、はい」

「はじめまして、相馬《そうま》ひかりです。昭生がいつもお世話になってます。……ちょっとむずかしい子なんだけど、お願いできるかな？」

おっとり微笑んだひかりに、伊勢はなぜか気圧《けお》されたように顎を引き、目をしばたたかせる。そのあとなぜかうつむき、ごく小さな声で「はい」と言った。強ばった表情に、昭生はすこしいやな予感がしたけれど、この場で追及できるわけもない。

滋と亜由美のほうへは、怖くて視線を向けられない。

なにか、とてもまずい失敗をした。まだそれがなんなのかはわからないが、とにかく自分が思い描いていたのとは、まるで違う方向に話が流れている。

「じゃ、ふたりのなれそめ、聞かせてくれる？」

ひかりの明るい声に「勘弁してよ」と笑ってみせながら、昭生は手のひらに滲《にじ》む冷たい汗を感じていた。


はしゃぐひかりに、ある程度のあらましを聞かせたところで、面会時間は終了となった。

途中で退出するかと思っていた滋と亜由美は、口こそ挟まなかったが、伊勢と昭生の一部始終を黙って見ていた。

病室を出たところで、あらためて自己紹介をした滋は、伊勢に微笑みかけた。

「いつも世話になってるね。朗の面倒も見てもらってるようだし」

どうしてかその目が、伊勢を値踏みするように見つめている。だが嫌悪や否定の感情は見つからない。不思議に思ったが、伊勢もまたなにかを感じたのだろう。強ばった顔で「いえ、俺は、べつに」と、言葉すくなに返すだけだった。

「昭生も、ひさしぶりに会った気がするな」

気が、ではなくじっさいに、滋と顔をあわせるのはかなりめずらしかった。むろん昭生が避けていたのも事実だけれど、滋自身が多忙すぎるため、いまではもう、この病室で偶然でくわすくらいしか、接触の機会はなかった。

そして、病室ではひたすらパニックになっていたが、すこし冷静になってみると不思議なことに気がついた。記憶にある義兄と目の前にした男との像が、どうもうまく重ならない。

「義兄さん、背が縮んだ？」

「おい、縮むわけあるか。おまえが伸びたんだろ。それに、伊勢くんを基準にしてるからじゃないのか？」

言われて振り返ると、伊勢は、上背のある滋よりさらに背が高かった。そして、目線が近くなるほど成長する間、滋と顔をあわせていなかったのだと思い知った。

「昔はここに来るのは、俺と朗と三人だったのにな。……子どもが成長するのは早いな」

「朗もでかくなったしな」

またもやはしゃぎ疲れて眠っている朗は、いまは滋の腕に抱かれている。見舞いのたびに朗が眠りこむのは、じつのところまえの晩、ひかりに会うと興奮しすぎて眠れないからだ。

滋の大きな手は、小さな頭に添えられている。大事そうに撫《な》でる手のひらの動きに、滋がどれだけ息子を思っているのかが滲んでいた。

義兄の寂しそうな声に、昭生は自分を羞《は》じた。亜由美と滋にわだかまりがあったせいで、彼らから朗を奪いとるような真似をしていたのだと、そのときはじめて気づかされたからだ。

「朗の話だけじゃない。おまえもだよ」

「……俺？」

自分に向けられた声とまなざしに、なぜかどきりとした。顔をあげると、朗を抱っこしたままの滋は、小さな身体を揺すりあげながら目を細める。

「おまえがこれくらいのときに、朗が生まれたんだ。ほんとに大事にしてやろうと思ってたのに……俺は、じょうずに親をやってやれなかった」

悔やむような声に、昭生はとっさに言った。

「義兄さんのせいじゃ、ないよ。もう、俺も子どもじゃないし」

口にして、やっと思った。ここではっきり滋と決別すべきなのだろう。たとえ、亜由美とのことを感情的に許せなくても、滋を苦しめたかったわけではない。

「そうだな、子どもじゃない。少なくとも彼氏……作るくらいに、育ってたんだな」

ひかりほど規格外とはいかない滋にとって、義弟のカミングアウトにまったく思うところがないとは言えないのだろう。一瞬だけ苦しそうに顔を歪《ゆが》め、滋は言った。

「俺の、せいか？」

「それは関係ない。なんにも、義兄さんのせいじゃないよ」

うっすらと涙ぐんで見あげた滋は、昔から知っている彼そのものの、やさしい目で昭生を見おろしていた。

「ずっと反抗してて、ごめんなさい」

ようやく謝ることができて、嬉しかった。なにか、胸につかえたものが消えていくような感覚に酔った昭生は、かつての憧《あこが》れをこめたまなざしで滋を見つめた。

ただ長い間こだわり続けたすべてが終わって、ほっとしていた。

伊勢が、どんな気持ちでいるのかなどと、まるでわかっていなかった。


眠った朗は、滋が連れて帰ると言った。

「おまえらデートだろう。子連れじゃどうにもならないだろうから」

そう言って、笑って滋は帰っていった。

（なんとか、無事にすんだ、かな）

伊勢と滋がごく近くにいて、気まずいことこのうえなかったけれども、ひかりのためを思って耐えた。この日だけは、亜由美のこともさほどに気にならなかった。

伊勢のことは——正直、まったく思いやってやれなかった。それでも、時間はあるし、弁明もできる。予定と違ったせいで必要以上にうろたえてしまったことも、必死に謝って説明すれば、わかってくれるだろう。

（伊勢なら、許してくれる）

滋と亜由美についてのことも、もう打ち明けてもいいか、と思った。彼女について、あの場では滋の秘書だとだけ紹介されたけれど、並び立つふたりの距離の近さに、聡《さと》い伊勢が気づかないわけがない。じょうずに隠していたけれど、一瞬だけ怪訝《けげん》な顔をしたのが昭生には見えたのだ。

「あのさ、伊勢——」

大事な話を聞いてほしい。そう告げるつもりの言葉は、伊勢の硬い声に遮られた。

「昭生はさ、本当にひかりさんに言いにいったのか？」

「どういうこと？」

「あのひとに宣言したかったたんじゃないのか。いまは俺がいるから、心配しなくていいって」

見たことのないほど昏《くら》い顔をした伊勢にぎらついた目を向けられ、昭生は絶句した。

「俺のせい、ってどういうことだよ。俺とおまえがつきあってんの、なんであのひとが申し訳なさそうな顔すんの。義弟がホモになったのは自分のせいだ、みたいに言うんだ」

伊勢の言葉に、彼がとんでもない誤解をしていることに気づいた。それは違うと言おうとして、だが昭生は言葉に惑った。

「俺、あのひとの代わりだったのか」

傷ついた目をした十代の伊勢に、昭生はやはりうまい言葉を返すことができなかった。それは、自分のなかにも迷いと疑問があるせいだった。

違うけれど、違わない。昭生のセクシャリティを決定づけた遠因として、滋がいるのは事実だ。だがその複雑さを、いまこんなに激昂《げっこう》した伊勢に、どう伝えればいいのだろう。ただでさえ言葉はうまくないのに、いまの混沌としたすべてを理屈で片づけることはできなかったし、うまく説明できる自信もない。なによりも、ひどく怖かった。

理解されなかったらどうしようと怯《おび》え、こうなってはじめて、伊勢にどれだけあまやかされていたのかわかった。不器用で愛想のない言葉でも、ずっと待ってくれて、譲られて、理解することを前提条件とした会話以外、伊勢とはしていなかったのだ。

伊勢とのいままでを思えば信じられないほど、目のまえには大きな壁がある。それでも、簡単にあきらめたくはなくて、昭生は必死に言葉を探した。

「あの、あの……俺、滋さんがたぶん、初恋なんだ。それで、うち、いろいろあって」

出だしで失敗したのは、伊勢の歪んだ顔を見てわかったけれど、いまさら止めるわけにはいかなかった。

「それで、亜由美さんはだから、義兄さんの恋人で。俺すごくそれがいやで、それで……」

どう話せばいいのか考える間もなく、ただわかって欲しくて、おぼつかない言葉で必死に語った。ひかりと滋の結婚から亜由美という存在の事実まで、言うことをおそれ続けたそれらを――すこし世慣れた人間なら、けっして言うべきではないとわかる、はじめての夜についての違和感までも、昭生は口にした。そうしながら、焦りはひどくなっていた。

(こんなんじゃなかった。もっと、ゆっくり説明して、わかってもらうはずだったのに)

昭生のなかでもっとも脆《もろ》く弱いところを、伊勢に大事にしてほしかった。

やっとその覚悟ができたのに、昭生は怖くて震えたまま、断罪を待つ囚人のような気分で過去を打ち明けている。

「いろいろあったんだなってことは、よくわかった。正直、お姉さんたちのことについては、俺も理解しきれないけど……問題は、そこじゃないよな」

言葉を尽くして語ったあと、破裂しそうな心臓をこらえた昭生に、伊勢は言った。

「はじめてのときも、そのあとのエッチんときも、なんか変だなって思ったんだ。ときどき、昭生がすごく遠かったから。あのとき、お義兄さんのこと考えてたって、そりゃ……ないんじゃないか」

ため息をついて、くしゃくしゃと伊勢は自分の髪をかき乱した。苦しそうな顔は、昭生がけっしてさせたくないと思ったものだったのに、けっきょくは失敗した。

「……おまえ、俺以外好きになったことないって言ったのにな」

伊勢は、昭生の本音を受けとりきれなかったのだと、そのひとことでわかった。愕然《がくぜん》とする昭生に、見たことがないほど歪んだ笑みを向け、伊勢は問いかけてくる。

「手、ほどいたの。あれが昭生の本音なんだろ」

「違う、そんなんじゃない！」

言いながら、あまりにも説得力がなくて自分が情けなかった。恋人の家族へとカミングアウトをしようといっしょに向かったさき、誰より結びついていなければいけない相手は手を振りほどいた。状況がどうだろうと、昭生がどう感じていようと、それはあきらかに裏切りで、伊勢の疵は深く、謝る言葉もなかった。

「お……怒ったか？」

「怒ってない、怒るっていうより……」

よくわからなくなった、とつぶやいて、伊勢ははじめて昭生に背を向けた。

そして、いちど拒絶の壁を作った相手に心を開いてもらうのがどれだけむずかしいのか、昭生はこのあとのできごとで、何度も思い知ることになった。

＊　＊　＊

三年生にあがり、伊勢と昭生は受験体制のためにクラスが別れた。もともと予想していたことだが、そのことは昭生を思ったよりも滅入らせた。

みっちりとそばにいた人間がいなくなることに、昭生は弱い。もともとひとりでいたくせに、たった一年たらずの間に伊勢の存在はあまりに大きくなりすぎていた。

同じ校舎内にいるというのに、伊勢が遠くてしかたがない。物理的なものばかりでなく、もはや心も距離を持ってしまったことを、認めざるを得なかった。

クラスが別れ、教室ですごす時間は当然ながら激減したが、このころになると休みの日にも、伊勢は以前ほどに昭生を誘わなくなった。

(なんか、おかしい)

伊勢は、あれっきり滋のことには言及しない。昭生はすこしだけほっとしてもいたが、それよりも不安感のほうが強かった。

つきあいをやめたわけではなかったが、ひかりの見舞いに訪れたあとから、徐々に徐々に拡げられた距離だと気づかないわけがない。

このところ気づけば会話もなく、会ったとしてもセックスだけして別れることが増えていた。それもおかしくなるほど熱っぽくかき抱くくせに、終わったあとひどく冷たくなる。

夏をすぎるころには、約束をしても反故《ほご》にされることが増えた。一年前、あれほど密にすごしたのが嘘《うそ》かのように、伊勢とはめったに会えなくなった。

「え……今日も、だめになったのか？」

その日もいきなりのキャンセルで、昭生は内心打ちのめされた。

「国立コースのカリキュラム変わったの、忘れてたんだ。ごめんな」

形だけは謝っているけれど、どこか伊勢の態度はおかしかった。不安に思ったが、ひかりの見舞いに行った日以来、昭生は罪悪感もあいまって下手に出るしかなかった。そのことで、さらに伊勢が怒りをつのらせているのも察していたが、どうすればいいのかわからなかった。

「夜、ちょっとだけでも、会えないか？」

「なんで？　べつに平気だろ？　なんか用事あったっけ？」

本当は、その日が伊勢の誕生日だからだ。去年は知らぬますますぎてしまっていたが、今年はどうしてもいっしょにすごしたかった。それは、昭生の誕生日に怒らせてしまった伊勢への詫《わ》びのつもりだったけれど――もしかして伊勢も、忘れているのだろうか。

「べ、べつにない、けど。うん、またでいい……」

自分がしでかしたことを思うと、なにも言えずに昭生は言葉を引っこめた。すると、なぜだか伊勢は奇妙な顔で嗤《わら》って「じゃあまた」とその場を去っていった。

だがその日の夜、いきなり訪ねてきた伊勢は、ひどく強引に昭生を抱いた。

「痛い、なに、伊勢……」

「いいから、させろよ」

キスもなく服を脱がされ、おざなりな準備は愛撫とも言えないほど急いていた。

がむしゃらなセックスは、ときおりつらかったけれど、それでも伊勢が欲してくれることがひどく嬉しかった。

——そんなの、今年と同じのもらえれば、充分。

うやむやになってしまったけれど、あげたことになるだろうか。ほんのかすかに芽生えた嬉しさは、しかし伊勢がすぐに起きあがって無言のまま背中を向けたことで、潰《つい》えた。

昭生にさんざん挑んだあと、かたくなな背中を向ける。最近の伊勢はいつもこうだ。

自分といるのが、そんなに苦しいのか。——考えるより早く言葉が口をついて出ていた。

「あのさ、伊勢。しばらく、こういうの……控えない？」

「……こういうのって、なに？　セックス？」

乾いた声を発する伊勢は、色のない目で昭生を振り返った。ぞっとするような目つきに昭生が怯《ひる》むと、一瞬だけ苦しげに顔を歪めた彼は、煙草《たばこ》をもみ消して昭生を抱きしめてくる。

「なんでそう思った？　昭生は、もうしたくない？」

どこか、挑むような目で伊勢は昭生を睨《にら》んだ。どうしてそんな顔をされるのかわからず、昭生は戸惑いながら言葉を探す。

「違う、けど。でも伊勢が……」

俺が？　と嗤《わら》う彼の手には火のついた煙草があった。ふかす仕種《しぐさ》が似合う。いつの間に、彼は煙草を覚えたのだろう。そんなふうに慣れきるまで、いったいいつから吸っていたのか。

(だめだ、こんなんじゃ、だめになる)

離れるのが怖かった。知らないことが増えていくのが不安だった。けれどそんなことよりなにより、伊勢が思いつめたような目をしていることが、哀しかった。

「なあ、つきあうのやめたら、ともだちに戻れるか？」

口にしたあと、どれだけ残酷なことを言ったのか、昭生は伊勢の表情で知った。いつでもこうだ、考えなしに口走って、相手を傷つけないと、言葉の意味すらわからない。

「昭生は、そうしたいの？」

こんな人間につきあわせて、伊勢をだめにしていいんだろうか。そう思えば、いっしょにいてほしいとはとても言えなかった。だから、苦しかったけれど、自分の精一杯を告げた。

「……伊勢が、いいように、してかまわない」

「けっきょく、俺に丸投げするんだな」

精一杯の気持ちは、ひねた言葉に投げ返された。そして具体的な言葉はなにもないまま、この夜も別れた。

ふたりとも傷つけあい、疲れていた。十代の時間は過ぎ去るのが速いうえに濃密で、こじれた感情を修復する方法を見つけるにも、そうすべきだということを悟ることすらできないくらい、未熟だった。


恋が壊れても、友人関係が残るだろうか。そんなめでたいことを考えていた昭生を罰するように、伊勢は同じクラスの友人とつるむようになった。

時間と距離はさらに開いていった。セックスも、昭生の言ったとおり、いっさいなくなった。昭生が勇気を出して、たまには会えないかと言っても、伊勢は苦笑いで答えた。

「いま、いろいろ忙しいんだよ」

同じクラスのやつとは、遊んでるみたいじゃないかとすこしだけなじると、言葉だけは「ごめんね」と彼はやさしく言った。

「予備校いっしょなんだ。いろいろ切羽詰まってきたし」

国立文系コースの伊勢と、私立文系の昭生では受験体制も授業のカリキュラムも、なにもかも違う。そう言われてしまえばどうしようもなく、形だけはあっさりと「じゃあしょうがないな」と引き下がったけれど――内心は苦しくてたまらなかった。

伊勢から離れられればじめて、どれだけ彼を求めているかに気づいた。それは同時に、どれだけ自分が身勝手で、心を開け放さず、伊勢を苦しめたのか知ることでもあった。

（このままじゃ、だめだ、もう見捨てられる）

目のあう回数が減り、言葉もすくなくなった自分たちが、決定的な危機を迎えていることには気づいていた。焦りもあったし、どうにか伊勢を取り戻したいと、本気で考えた。

「あのさ伊勢、クリスマスイブって、空いてるかな」

昭生がそう提案したのは、冬が近づいたころだった。これだけのことを告げるにも、ずいぶん大変だった。伊勢は携帯電話を持っておらず、捕まえようとすると学校で会うか、家に電話をかけるしかない。デリケートな話を家族共有の電話でしたくなかったし、学校では
――あきらかに避けられているとわかるくらい、会えなかった。

あきらめようかと何度も思って、でもできなかった。これ以上の距離はもう耐えられそうにないと勇気を振り絞った昭生は、考えに考えて、予備校から帰る途中の伊勢を捕まえた。

――なんで、ここにいんの？

伊勢は、昭生を見るなりそう言った。そしていっしょに歩いていた友人に「悪いけど用事ができた」と微笑んで告げた。その態度だけでも胸が破れそうだったけれど、昭生の提案に対しての、伊勢のそっけなさときたらなかった。

「……クリスマス？　なんで？」

かつてなら、二つ返事でＯＫしてくれたことなのに、理由を問われた。まだはっきり別れ話こそしていないけれど、知らない間に自分たちは、会うのに理由が必要な関係になったのだろうか。それが存外ショックで、昭生は思わず口走った。

「いや、ひ、ひかりが病院にいるしさ。見舞いも一時間くらいしかできないし、あと、暇し……おまえが、空いてれば、と思って。まえみたいに……話したいんだ、いろいろ」

強制もできない立場の昭生としては、それが精一杯の言葉だった。どうにかやり直したい。高校卒業も目前で、べつの大学に行くのは決まっている。こじれたまま、離れることはしたくなかった。

だが、思いきって切りだした昭生に、伊勢は一瞬だけ傷ついたような顔をした。

話しあうために伊勢を引っぱってきた、人気《ひとけ》のない公園。長い沈黙の間、冬の空気に凝《こご》る息だけがふたりの間にある。永遠に思えた沈黙のあと、伊勢は口を開いた。

「ごめん、その日もう、約束したから」

「え……？」

そんな言葉を聞いたのは、はじめてだった。

友人同士だったころには、とくに約束もしないまま、つるんで遊んだ。お互い彼女もいないけれど、気楽でいいと笑ってすごせていたけれど――そのころから伊勢は自分を想ってくれていたと、聞かされていた。

だからこそ、伊勢のかたくなな態度が不安と恐怖を呼んだ。

「だ、誰と？　同じクラスのやつ、とか？　なんか、パーティーとかでもすんの？」

「……ふたりで会いたいって言われてる。おまえみたいに、ついでじゃなくて」

心臓が壊れそうなくらい、どきどきした。かつてのようなあまさを含んだものではなく、悪い意味で。伊勢の強ばった表情は、最悪のことを聞かされるのではないかという昭生の予感を裏づける。

「さっきの、やつ？」

予備校からいっしょに出てきた友人との別れ際、伊勢はあまいとは言えないながら、やさしい目で見送っていた。伊勢がうなずき、昭生は頭を殴られたようなショックを受けた。

「ずっと、そいつに助けてもらってた。相談してたんだ。おまえのこと。好きなやついるけど、そいつの本命はべつにいて、俺は代わりみたいで、って」

違う、と叫びたかった。けれど硬い横顔を見せる伊勢は、昭生の青ざめた顔を見てすらいない。震える唇に、気づいてもくれない。

「そしたら、わかるよって。俺も同じ気分だって。おまえが俺にしたこと、していいって、代わりでいいって……だから」

「だ、から？」

喉《のど》がからからに渇いていて、妙な音が出そうになる。こぼれ落ちそうに見開いた昭生の目を伊勢は見ない。見ていないから、声だけが平静な昭生の気持ちには気づかない。

「俺が、男ＯＫで嬉しかったって。……なぐさめてくれた」

がくん、と地面が揺れた。呆然《ぼうぜん》としたまま、昭生は、震える唇から息を吐いた。

伊勢はやはり背を向けたままで、昭生の様子にはまったく気づいてもいない。

「なぐさめ、って、寝た、んだ？　いつ？」

「はじめてしたのは……俺の誕生日」

「それ……まさか、おまえ……」

予備校で忙しいからと、断られた。わかっていて約束を破られたのもショックだったが、なにより昭生は、あの夜に起きたことを思い、全身に鳥肌を立つほどの拒絶を覚えた。

「おまえ、知ってて、約束破ったのか。それで……俺の、俺のこと」

なにかいらだって、そのくせ妙に余裕の顔をした彼は、昭生を乱暴に扱った。しかも、その直前にほかの誰かを抱いていたのだ。その足で、昭生のもとへ訪れた。

昭生が、去年と同じものでいいと、言葉のない約束を守ったつもりでいた、その夜に。

あの違和感は、そういうことだった。ぐらぐらとめまいがして、昭生は急に視界が変わったことで、自分が音もなくへたりこんだことを知った。

「なんだ……それ。つうか、なにこれ」

絞り出すような声にようやく振り向いた彼は、痛みに曇っていた目をはっと見開いた。

「あ、昭生？」

「……きもち、わるい」

がくがくと、病気かのように身体中が震えていた。ぐっとこみあげてきた胃液を、喉を押さえてこらえる。鼻の奥がつんとして、涙が滲んだ。えずいて咳《せ》きこみ、小さく身体を丸める昭生に伊勢はひどく驚いた顔をしていて、なんだそれはと思った。

「身代わりって、なんだそれ。なんなのそれ」

「だって……おまえ、はじめてのとき、俺と滋さんがかぶったって、だから」

青ざめた伊勢がこちらに一歩を踏み出し、昭生はへたりこんだままうしろにいざった。恐怖すら覚えたような反応に、また伊勢が苦しそうな顔をする。

傷つけられたのはこちらだ。なぜそんなに、呆然としているのだろう。そして、昭生を痛めつけたことで、まるで傷ついたかのような顔でそこに立っているのか、意味がわからない。

「俺、俺、たしかに義兄さん好きだった。けど、俺はおまえを、そういう意味で滋さんの代わりになんかしてなかった。意味ちがう。ぜんぜん、ちがう」

ぜいぜいと、あえぐようにして昭生は言った。目はうつろで、もう伊勢を見てはいない。

「ほかの誰ともキスしたことも、寝たこともない。言ったじゃないか、俺。亜由美さんと義兄さんのことまで、誰にも言いたくなかったのに、おまえに話したじゃないか！」

口にしながら、ようやく自分で自分の気持ちに確信が持てた。

（ぜんぶ、最初から違ったんだ）

伊勢にはじめて求められたあのころ、昭生はまだ傷ついた子どもだった。誰かしっかりした相手に抱きしめられて安心したかった。心の奥から求めていたのはそれだけで、庇護を求めた対象は、唯一頼れた滋だった。

身体を伴う恋愛に、まだ心はついていっていなかった。そのうえ、伊勢もまた昭生に安心をくれる人間だった。だから混同してしまったのだ。家族への渇望と恋着という、まったく違うふたつを。そして無意味な罪悪感で苦しみ伊勢を傷つけ、こんな最悪の事態を招いた。

たしかにおおもとは、未熟な昭生のせいだ。けれど伊勢の裏切りは、昭生がもっとも深い部分で許せない『二股』は――どうあっても、受け入れられなかった。

「俺はしないんだ、俺は、絶対に……浮気だけはしないんだよ。義兄さんみたいに、誰かがいてほかの誰かも手に入れるなんて真似は、死んでもしないんだ。こんな最悪な形で裏切って、ひとのせいにしたりとか、ぜったいしない！」

叫んで、昭生はがちがちと震える歯を鳴らした。伊勢は血を吐くようなその声に、自分がなにをしたのか、ようやく悟ったらしかった。

「昭生、俺は、俺……」

後悔と慚愧《ざんき》が伊勢の顔をよぎる。けれどもう、すべてが遅かった。

ひかりのところへ行こうと伊勢を誘ったあの日の、枯れたひまわりが脳裏をちらつく。

――しあわせがこわれた。

実際に昭生は、壊れそうだった。腹が煮えくりかえっていた。眼底の奥に鈍い痛みを覚え、まばたきを忘れていたことに気づかされる。

「つうか……い、いちにちで、ふたりもセックスしたんだ。おまえ、すげ……まじで絶倫な。しかもすっげえ、嘘つくのうまいんだな。俺、だまされてた」

感情も表情も声も、醜《ひど》く歪んでいる。自分の発したあざけりの声に覚えがあった。かつて亜由美を、滋との関係で糾弾した、そのときとまるで同じだ。ひとつだけ違うのは、いまここに、あたたかい身体をした甥がいないことだ。

「……あ、もう、帰らなきゃ」

朗はどこだろう。ぎゅっと抱きしめたい。なにひとつ絶対に昭生を裏切らない、大事でたしかな血のつながりのある甥を、抱きしめて眠りたい。なぐさめてほしい。癒《いや》してほしい。もう昭生には、家族だけでいい。他人はごめんだ。他人の女も他人の男も――亜由美も滋も伊勢も、もう誰もいらない。朗とひかりだけでいい。

「朗、待ってるし。帰らなきゃ」

うつろにつぶやいて、昭生は唐突に立ちあがった。いままでの震えはすべて止まった。しかし、歩き出せなかった。伊勢が背後から強く腕を摑んでいたからだ。

「なんだよ、離せよ。朗が待ってるんだってば」

「ごめん……おまえが、こんなにショック受けると思わなかった」

振り返り、けれどその目は伊勢を見ない。視線を素通りさせたまま昭生は笑った。

「は？　なに言ってんの。俺、朗の話してんじゃん。あいつ、ひとりで留守番させると、拗《す》ねるからさ。最近ずっといっしょにいたから、また赤ん坊返りしてるんだ」

ずっと朗といたのは伊勢といなかったからだが、もうどうでもいい。困ったよな、と笑った昭生の笑みは、あまりに屈託がなかった。はじめて伊勢と言葉を交わした日と同じ、最愛の甥のことを語るときに浮かべる笑顔。伊勢はぐっと唇を嚙みしめ、目を潤ませた。

「昭生、本当に俺のこと好きなのかどうか自信なかったから。そりゃ、ちょっとは傷つくかなと思ったけど、でもまさか、……こんな、なるなんて」

伊勢がなにを言っているのか、さっぱりわからない。なんでこんなことを、自分が平気で受けとめると思ったのだろう。

「……なに言ってんのおまえ。自信なかった？　好きって言ったじゃねえか、俺」

全身に鳥肌が立つ。伊勢の腕を振り払い、昭生はなにかから庇《かば》うように両腕で自分の身体を抱いた。伊勢は激痛をこらえるような顔で立ちつくし、ふたたび腕を差し伸べてくる。

「ごめん」

「嘘つきのごめんとかいらない。気持ち悪い。なんなの、この裏切り者。なんで俺が平気だと思うわけ。ちょっと傷つくってなんなんだ」

「ごめん、昭生、ごめん」

抱きしめられて、吐き気がした。闇雲に殴りつけ、暴れても、伊勢はしっかりと抱きしめている。けれどこの腕は自分以外に触れ、自分以外になぐさめを求め、抱いたのだ。

「なに触ってんだよ、おまえいま別れ話しただろうがよ。やさしくしてもらったから、浮気して、あっちに行きますっつったんだろうが！　行けよいますぐ！」

「別れない。ごめん。いっしょにいる」

「俺は別れる！　つうか、もう別れた！　おまえ、消えて、いますぐ！　まじで！」

叫んで、わめいて、「おまえなんかいらない、死ね」とも言った。幼いころからひかりを見てきて、誰に対してさえ、そんなふうに感じたことはなかったのに、目のまえの人間に対して、死ねばいいと本気で思った。

「泣かないで、昭生」

「はははははは、ばかじゃねえの、ナニ言ってんだろ、このひと」

「泣くなよ、昭生。ごめん、俺、しんどかったんだ、ごめん……」

「あっはははは‼」

誰が、どの面さげてそんなことを言うのか。あざけりの嗤いは悲痛なばかりで、伊勢は顔を歪めたまま呻《うめ》く。けらけら笑いながら、昭生は抵抗するのにも疲れて、抱きしめられたままでいた。伊勢は目を真っ赤にして、ごめん、と百回以上言っていたと思う。

「クリスマス、いっしょにいる。それだけじゃない、ずっと、これから、いっしょにいる」

「うん、だいじょうぶ。おまえのことはもう、二度と信じないし、許さない」

「それでもいい。ぜったいもう浮気しないし、嘘つかない。昭生といる」

謝罪も、懇願も、どれもこれも心に届くことはなく、嘘つきの言葉などなにひとつ信じないと昭生は嗤い続けた。

「俺は許さない。仕返し、してやる。楽しみにしてな」

ぞっとするような表情は、なぜだかうつろに明るかった。


宣言どおり報復を仕向けたのは、その年の十二月二十四日のことだった。

昭生が、自分の家のまえで待つ男の姿を見つけたのは、すでに深夜をまわったころだった。

「なにしてんの？　今日、会わないっつったよな」

「……うん。でも、待ってたかった」

真っ青な顔で、ぎこちなく笑みかける伊勢は、何時間ここに立っていたのだろう。冷えきってつらかっただろうけれども、それは昭生のすごしたこの日の苦しみに匹敵するだろうか。

「ちょうどいいや、報告してやる。伊勢に、すっごくいいプレゼント」

にい、と嗤った昭生の、青ざめ疲れきった顔。覚えのある、独特の色を見て、伊勢はその

さきの言葉を察したように顔色をなくした。

「おまえ、なに、したんだ」

「今日、はじめてナンパしてきた。すっげえモテたよ、俺。二丁目ってすげえな」

軽薄すぎる顔で嗤い、指を二本立てて勝ち誇る昭生の胸のなかは、真っ黒な空洞だけがひろがっている。

「初フェラ完遂したぜ。イベントデーに浮気。これでお互いさまだよな」

シャツをずらした首元にはなまなましい痕《あと》が残され、絶句した伊勢は唇を震わせていた。

「おめでとう、伊勢。これでイーブンだから、無罪放免だぜ。ジ・エンドってとこ？」

あはははははは、と壊れたように嗤うと、伊勢は無言で涙を滲ませ、昭生の顔を殴った。吹っ飛ばされたあと、口の端から血を流し、それでも昭生は笑った。

「……これも、ついでに、お返し」

言葉と同時に殴り返し、あとは拳の応酬だった。

深夜の住宅街で乱闘を繰り広げたふたりは、近所の住人の通報で補導される羽目になった。そのことで、揃《そろ》って自宅謹慎を申し渡され、昭生の推薦入学は取り消された。幸い、きちんと努力したおかげで成績はそこそこよく、推薦ではなく一般枠で入学することはできたけれど、伊勢はますます責任を感じて、以後数年、昭生のまえではまったく笑いもしなかった。

高校卒業を目前に、すべてが粉々に砕け散り、それでも伊勢はなぜか、そばにいた。

昭生は、許しはしなかった。

＊　＊　＊

喜屋武《きゃん》と出会ったのは、昭生が疲れ、投げやりになっていた大学時代の夏のことだった。真夏のレイブパーティーは、昭生以上に荒れて壊れた男との出会いに、あまりにふさわしかったと言うしかない。

その夜の代々木公園は、頭が痛くなるほどの騒音に満ちていた。二メートル四方の白い布が張られた簡易スクリーンには、プロジェクターからの映像が流されている。そのしたでみずからもリズムに乗るＤＪが、トランス状態へと群衆を導く。

踊り狂う連中の汗と酒のにおいに、昭生は疲れたため息をついた。

(頭が痛い)

ドリンクコーナーで購入したビールはすでになまぬるく、口のなかにえぐみだけを残す。わかっていても喉の渇きには負け、ちびちびと昭生はそれをすすっていた。

憂さ晴らしにしたところで、失敗だった。たいしてこんな場が好きではないくせに、大学の遊び仲間の誘いに乗ってきたのは、無為な週末をすごすのがいやだったからだ。

尻ポケットにさしたままの携帯電話が、着信音を奏でた。もうこの日何度目かわからないメールの主は、伊勢だ。

『いまどこ?』

短いそれに『外』とだけ返す。すぐさま返信があり『早く帰れよ』とのひとことを確認した昭生は、次には返事をせず、フラップをたたむ。

伊勢はあれからもずっと、やり直したいという意思表示と、謝罪を繰り返していた。昭生は相変わらず、許しを請う伊勢を静かに無視している。

伊勢とは、はっきりと別れてもいない。別れると言い張った昭生のそれに、伊勢はがんとして首を縦に振らなかったからだ。そして昭生も、決定打のないままの関係は泥沼に陥るだけだとわかっているのに、いたずらに逃げ回り——そんな状態はいったいいつまで続くのか。

(あいつも、しつこいよな)

相変わらず一方的な冷戦状態なのに、伊勢は昭生が夜遊びをするたび、こうしてメールをよこす。どうして知っているのかと最初はいぶかったが、朗から「いつも伊勢さんが電話くれるんだよ」と叱られた。

——あーちゃん、夜遊びはいいけど、ちゃんと勉強しないとだめだよ。

小賢《こざか》しくも説教までしてくる甥には、ごめんと返すしかできなかった。

ずきりと胸が疼《うず》いたのは、まだ小学生の甥をあの家に置き去りにして遊び歩いている自分への嫌悪と、後悔のせいだ。ただ、昭生の夜遊びが頻繁になってからは、滋ができるだけ帰宅するようにはなったらしい。

てっきり咎《とが》められるかと思っていたが、彼らはかつて昭生が夜の街に飛び出したときとは違い、なにも言わなかった。中学高校と、家のことにかまけてばかりだった反動だろうから
と見守ってくれているらしい。

朗以外の誰のものであれ、思いやりや気遣いはわずらわしいだけだった。おかげでますます、まともに家に帰る気になれない。本当なら携帯の電源を切ってやりたいところだけれど、
そうするとひかりや朗になにかあったときに困るので、それだけはできなかった。

羽目をはずしきれもしない自分にうんざりしながら、昭生は適当にぶらついてまわった。

ざわめくひとびとのたむろするＤＪブースから離れ、木立のなかで昭生はしゃがみこむ。

ふと奇妙なにおいを感じて視線をめぐらせると、闇に隠れて酒を飲み、煙を吹かしながらたわむれる数人の男女の姿があった。

（あんなこと、よくできるな）

本来、海辺や山で行われるレイブパーティーはヒッピーの精神を継承したものだとか言われるけれど、この日本では悪《あ》しき文化だけがのさばっているらしい。

麻薬にフリーセックス。非合法でいかがわしい遊びに耽《ふけ》り、享楽的に生きる若者のひとりだと自分が見なされることに、昭生はうんざりした。

（どうせ伊勢も、俺がいま、誰かと寝てると思ってんだろうな）

実際には、昭生はこうした場に顔を出しても、性的なことや非合法なものに手を出したことはない。通いなれてしまった二丁目ではもっぱら、似た人種と酒を飲み、話をするだけだ。それに——伊勢以外の男と寝たのは、あのクリスマスイブだけだった。

行為の間中嫌悪感は去らなかったし、その後も何度かトライしてはみたが、すべて失敗した。結果、自分が思う以上に貞操観念の強いタイプなのを思い知らされるばかりだった。

(でも、それもそうか)

そうした感覚がなければ、亜由美のことも伊勢のことも許せたのだろう。周囲に心配をかけ、遊んでいるふりをして、興味もないイベントに顔を出したり飲み歩く日々は空《むな》しい。

ただ——こうして夜遊びをした数日後には、必ず伊勢が訪ねてくる。そして、昭生の身体に誰かの痕跡が残っていないかたしかめるように、セックスをする。

けっきょく、ただ一度のあてつけを除いては伊勢しか知らないのだと、いっそ言ってやりたくもなる。だがくだらない意地がそれをさせず、伊勢との泥仕合はひどくなるばかりだ。

(いっそ、あれくらい軽い人間ならよかった)

見るともなし、茂みの奥を軽蔑のまなざしで眺めていたさき、男も女も関係なくキスを繰り返していたひとりが、ふと昭生のほうを見る。

覗《のぞ》きと勘違いされても困ると、焦って視線をはずしたが遅かった。にやりと笑った男は、絡みついてくる腕を振りほどいて昭生のほうへと歩いてくる。逃げようかとも思ったが、挑発するような表情になぜか敵愾心《てきがいしん》も芽生え、昭生はそこから動かなかった。

「よう」

にやにやしながら声をかけられ、「……なに」とぶっきらぼうに返すと、なぜか男は隣に座る。そしていきなり、昭生の飲みかけのビールを奪いとり、すべて呑み干してしまった。

「まじいな」

「なにすんだよ」

「俺、喜屋武っていうんだけど、おまえは？」

あっけにとられた昭生に、いきなり彼は名乗った。無言で眉をひそめて顔を背けると、今度はまばゆいフラッシュに目を焼かれる。

「ちょっと、なにいきなり撮ってんだよ」

声を荒らげたとたん、立ち去ったのは喜屋武ではなく、さきほど茂みでたわむれていた連中のほうだ。いったいなんだと顔をしかめていた昭生に、喜屋武は喉奥で笑った。

「証拠撮られるのは勘弁ってとこだったんだろ。シャッターチャンス逃したな」

意味がわからず、昭生が「証拠……？」と問いかけると、喜屋武は親指と人差し指でなにかをつまみ、煙を吹かす仕種で答えた。そこでようやく、あれは煙草ではなく、ハシシとかそういうたぐいのものだったのだろうと理解する。

「ジャンキーはくせえから、すぐわかるよな」

あざけるような喜屋武の声に、そういえばさきほど、隣で踊っていた男も、汗にまじって奇妙なにおいがしたと考え、昭生は自嘲の笑みを浮かべた。

(そんなことまで、判別つくようになったなんて)

大学も二年目になり、覚えたのはろくでもない遊びだけだ。こんな場にいる自分が、本当にくだらなくていやだった。

「そっちはどうなんだよ。さっきの、やってないのか」

「俺はべつに、薬だのなんだのに頼らなくても、これで」

問いかけると、喜屋武はけろりと言った。かまえたカメラは本格的なもののようだった。

「カメラマン？」

「の卵。今日はこのイベントの主催から頼まれて、あちこち撮ってまわってる」

「ふうん。夢があっていいね」

投げやりに返すと、喜屋武は濃い眉をあげてみせた。

「つまんなそうな顔だな、相馬昭生」

いきなりフルネームで呼ばれ、昭生はぎょっとする。思わずあとじさると「そんな顔しなくてもいいだろ」と喜屋武は笑った。

「言っただろ、主催と知りあいだって。つまり俺はおまえと、同じ大学だ。さっき、伊藤《いとう》としゃべってただろう」

「え……ああ、そうなのか」

伊藤というのは、このイベントに昭生を誘った張本人だ。今日は裏方をやっているとかで、会場に訪れたあとからは、顔も見ていない。

(まあ、あいつも俺も、大学じゃほとんど顔もあわせないし)

もっぱら遊び場でばかりつるんでいる同級生は、昭生同様、すでに単位があやうい。しかし、まじめに講義を受ける気にもならないのだから、それもしかたないだろう。

経済学部に進んだのは、大学を出てから、義兄の会社を手伝おうと考えていたせいだったが、入学するころにはすでに、いろんな意味で気力が萎《な》えてしまっていた。

亜由美は公私ともに滋のサポートをつとめていて、会社はどんどん大きくなる。おそらく昭生が卒業するころには、なんの手助けもいらなくなっているだろう。朗も大きくなり、もとから自立心の強い子どもは、複雑な環境にもへこたれず素直にまっすぐ育っている。

(俺、なにしてんだろう)

必死に守っていた役割は、自分でなくとも果たせるものばかりだった。そんなことに捕らわれたあげく、親友で恋人だった男との関係にヒビを入れ、けっきょくはすべて失った。

「踊らない、ろくに飲まないで、なにしてんだ？」

喜屋武の問いかけは内心を見透かすかのようなもので、昭生は一瞬だけぎくりとした。

「暇つぶし」とそっけなく答え、口を湿らせようと思ったビールがすでに喜屋武によって飲み干されていたと思いだし、昭生は小さく舌打ちした。

「おい、どこ行くんだよ」

立ちあがり、歩き出した背中から喜屋武の声がする。無言で空《から》のビールを振ってみせると、

「俺のも買ってきて」と声が投げられた。

「なんで俺が——」

言い返すために振り返ると、財布ごと投げつけられる。ひらひらと手を振って「よろしく」と笑われ、なんだか調子が狂うやつだと昭生は思った。

だが、少なくとも時間を持てあますよりはいい。買ってきたビールを思いきり振って渡してやろうと思うと、なんとなくおかしくなる。喜屋武の金でふたりぶんのビールを買い、その片方をさんざん振りまわしたあと、なに食わぬ顔で手渡した。

「おう、さんきゅ……うわ！」

「ははは っ、ばーか！」

派手に噴き上がった泡に、喜屋武が悲鳴をあげた。男臭い顔が、目をまんまるくしているさまはあまりにおかしくて、昭生はげらげらと笑う。そして、てっきり怒り出すと思ったのに、喜屋武は言った。

「なんだ、笑えんじゃん」

言われたとたん、昭生の笑みはかき消えた。

「いつもつまんなそうな顔してるよな」

いつもってなんだ。じろりと睨みつけるけれど、喜屋武は悪びれもしない。

「おまえ目立つから、構内でも何度か見かけたし」

「気持ち悪いな、ストーカーかよ」

相手を侮蔑しきった物言いは、この数年で得意になった。早くどこかへ行かないかと顔を背けるけれど、喜屋武は声をひそめてさらに続ける。

「かもな。あっちこっちでよく見たぜ。……新宿、とか」

ぎょっとして振り返ったさき、なにもかも知っているという顔で喜屋武が笑っていた。心臓がひどく早い鼓動を刻み、昭生は唇を震わせる。

「なに……言って」

乾いた笑いでごまかそうとした昭生に、喜屋武はまたカメラを向ける。立て続けにシャッターを押され、昭生は顔を歪めた。

「もっと怒れよ。そっちのほうが色気あって、いいわ」

「やめろって！　なに——」

摑みかかったところで逆に手首を取られ、昭生は喜屋武に引き寄せられた。地面に引き倒され、いきなり唇を奪われて、思いきり嚙みついてやる。

「ふざけんな、てめえなに考えてんだ！」

息を切らしながら、喜屋武の血と唾液で汚れた唇を拭う。睨みつけた昭生の火を噴きそうな視線にも、喜屋武はやはりおもしろそうに笑うだけだった。

「仲良くしようぜ、昭生」

野性味溢《あふ》れる男を突き飛ばし、その場を逃げ出す。背後では喜屋武の笑い声が、トランスミュージックにまぎれて聞こえた。昭生は冗談じゃないと呻きながら走り去った。


数日後、二度と会いたくないと思った男は、大学の構内で平然と昭生に声をかけてきた。

「この間は、ドーモ」

よりによって、ゼミ仲間と食事に向かう真っ最中だった。あまりに適当に通っていた大学だったが、このゼミだけは卒業のことを考えるとはずすことができず、しかも少人数であるため、日々のつきあいは穏便にやりすごしていた。

「あ……悪い。コイツと約束あったんだ」

喜屋武のような、見るからにトラブルメーカーの男が現れてもらっては困る。焦った昭生は、適当な言い訳でその場から喜屋武を連れ出した。

「なんのつもりだよ」

人気のない場所で喜屋武を問いつめると「いっしょに飯、食おうぜ」と、にやりと笑う。

「意味わかんねえよ、いったいなんで俺が——」

「じゃないと『新宿』ばらすぞ。そうじゃなきゃ、ここでまた押し倒そうか？」

笑いながらの脅しの言葉は本気か嘘かもわからず、昭生はしぶしぶ従った。学食の端、なるべく目立たないところに陣取って、なぜかおごらされた定食をつつきながら呻く。

「なにが目的なんだよ、おまえ」

「ストーカーとしちゃ、見かけた以上は声かけっだろ」

ふざけた返事にいらだち、昭生が睨みつけたとたんに彼はまた無断でシャッターを切った。

「しばらく、撮らせろよ。ハメ撮りとか言わねえから」

「なんで俺が？」

「おもしれえから」

つきあう義理などないとその場を離れようとしたら、喜屋武はすました顔で「新宿……」とつぶやいた。昭生は、顔中に怒りをのぼらせたまま、座るしかない。

「期限決めろ。あと、変な真似したら容赦しねえから」

「変な真似って、セックスとか？」

「それ以前の問題だよ！」

声を荒らげると、喜屋武はまたシャッターを切った。脅迫と押しの強さに疲れて、とりあえず一ヶ月の間、写真を撮ることだけは許すことになってしまった。

強引にもほどがあるはじまりだったけれど、驚いたことに、喜屋武と話すのはさして気詰まりではなかった。大学の仲間や、夜遊びの知人にすら見せなかった素顔を知られているという、気楽さからだったのかもしれない。

「よう、昭生。セックスしねえ？」

「ひゃっぺん死ね、ばか」

顔を見るなりそんなことを言う喜屋武にあきれつつ、冷ややかに切り返す。きつい言葉も、相手がどれだけ言っても傷つかないと知ってからは、楽に言えた。

不思議なもので、そうなってからはじめて、自分がひどく他人に気を遣っていたことに気がついた。むろん、それで相手がいい気分でいられたとか、思いやりを感じさせたとか、そういう意味ではなく、ただ単に相手の顔色をうかがっていただけのことだ。

昭生は喜屋武に期待しないし、彼もまた同様だった。だからなにを言ってもかまわないし、きらわれても知ったことではない。

怒りと軽蔑からはじまったから、なくすものがない。そんな人間関係は、はじめてだった。

すこしずつ喜屋武を知ると、意外な素顔が見えてきた。

池袋の古いアパートでひとり暮らしをする喜屋武は、奨学金をもらっているので、大学の成績はぱっと見いい。だがじっさいには要領がいいだけの話で、代返は気の弱い同級生を脅したり、レポートには自分が引っかけた女の子をうまく利用したりと、およそ自力でのものではない。聞けば、試験もカンニングまがいで通ったと堂々言い放ったからおそれいった。

「そんなんで、よく奨学生なんかやれてるな」

「ココが違うんだよ」

喜屋武はこめかみをこつこつと人差し指で叩《たた》いてみせた。たしかに、あきれるくらいしたたかに悪知恵だけは働くと、昭生はうろんな目をしてみせた。

喜屋武はおおむね軽薄で、ときおり残酷になるところがあって、怒りっぽかったり妙にやさしかったりと、安定しないところのある男だった。

本当にやりたいのは写真で、いくつかの賞などにも応募したり、スタジオ関係のアルバイトもやっていると聞いて、見るからに相当にタチが悪い男を、すこしだけ昭生は見なおした。

「カメラ、なんでやろうと思ったんだ？」

ひとり暮らしの男らしく、乱雑に散らかった部屋のなかで好き放題写真を撮らせながら、昭生が問いかけると、喜屋武はカメラを撫でた。

「これ、オヤジの形見だから」

沖縄出身の喜屋武は、ベースの近くで育ったそうだ。父親はいいかげんな男で、母親はベースのなかで働いていたが、どうやら米軍人相手に、相当派手に遊び回っていたらしい。

「どっちも信用できるタイプの人間じゃねえな。ネグレクト上等って感じだった」

「……いまは？　お母さんは？」

「死んでなきゃ、生きてんじゃねえの」

暗い嗤いでそう打ち明ける喜屋武の持つ、翳りの部分に、昭生はすこしだけ心を許す。生い立ちが明るいとは言えない人間特有の、怒りに裏打ちされた激しさが、彼のバイタリティの源でもあった。

家庭環境を考えても、大学に入るまで相当に苦労もあったことは想像にかたくない。

「ろくでなしで、なにも残しちゃくれなかったけど、コレだけはよかったかな」

置いていったライカに魅せられたのだと語ったときだけ、喜屋武は年相応に笑っていた。じっと見つめていると、うそぶくように喜屋武は嗤う。

「なんだよ、同情するのか？　男がこういう話するのは、シタゴコロあるからだぜ？」

「俺も男だよ。アホか」

気づけば、そんな軽口すら叩ける関係になっていた。

さきに胸襟を開いてみせた喜屋武に、昭生も、自分のことを話した。ひかりのこと、自分のセクシャリティや、伊勢との微妙な関係――マイナス面を他人に打ち明けることは昭生のような人間にとってあまり楽なことではなかったが、昭生以上の鬱屈《うっくつ》を抱えた喜屋武には、不思議なくらいにあっさりと言えた。

おまけに、ひかりと滋、亜由美に関しての奇妙な関係を、彼は驚きもしなかった。

「ま、よくあることじゃねえの。男はいっぺんに何人でも惚《ほ》れられるっていうし」

簡単に決めつけられ、納得できない気もしたが、逆に「そんなもんか」とも思えた。

「昔は妻妾同衾なんつうのもざらにあった話らしいし、もっとぐちゃぐちゃな家だってあるぜ。俺も本当にオヤジの子どもなのかどうかわかんねえからな」

からからと、とんでもないことを笑い飛ばす喜屋武の軽さに、なぜか昭生は救われていた。本当に小さなことで悩んでいたのだなと、恥ずかしくもなった。

「アニキが浮気ね。……おまえ、それですさんでんのか？」

喜屋武はくだらないとばかりに目を眇め、「俺、すさんでるか」と昭生が嗤うと、「俺が気が合うかと思う程度にはな」と返された。ずいぶんな高評価だ。

「そればっかじゃ、ねえんじゃねえの。ほかにもなんかあったろ」

「ああ、まあ……その義兄と俺の仲を疑った彼氏に、あてつけに浮気されたくらい？」

軽さを装って口に出すと、本当になんてくだらないんだろうと思えた。案の定、喜屋武はあきれた顔をしたけれど、昭生は遠くを見る目でつぶやいた。

「ふたりとも、信頼してたし、尊敬してたんだよ。純粋だったからさ、俺」

茶化すように口にしたのは、喜屋武がまたばかにするかもしれないと思ったからだ。だが、彼は静かに目を伏せて「そういうもんだろ」と言った。

「理由はどうあれ、信じてなきゃ裏切られねえ。裏切られなきゃ、すさまねえよ」

乾いた声は、やけに胸の奥に響いた。そして、伊勢とはわかちあえなかったなにかが、この男とはなにも言わずとも通じあうことを知った。

「……どうしようもなく、つり合わない気がしてたんだ。あいつと。なんか、いろいろ追いつけなくて」

「つり合わないか。どんなやつだったんだよ」

「明るくて頭よくて、ご家族揃ってあったかい、いいうちの子で、いい大学通ってる」

「なんだそれ、つまんねえやつだな。なんでそんなんとつきあったんだ」

問われて、昭生はしばし口をつぐんだ。壊れてしまった大事なものが痛すぎて、ここしばらくは忘れきっていたあの日のことを思いだした。なぜか、心は痛まなかった。

「あいつ、俺がどういう人種かも知らないで、いきなり告ってキスしてきた」

「へえ、度胸はあるんじゃね？」

「どうかな。かなり強引だったけど。俺、そのころ寂しかったから、嬉しいと思った」

昭生が薄々感じつつ認められなかったセクシャリティについても、伊勢はあっさりしたものだった。

——俺は、たぶん女の子、だめだな。

——いいんじゃない？　おかげで俺が、おまえとつきあえるだろ。

あのとき彼のあっけらかんとした明るさにこそ救われたと思った。なのにときが経つにつれ、どこかで腰が引けていたことを、いまになって昭生は自覚した。

弁護士を目指す彼は裕福な家庭で健やかに育ち、基本的にひとがよくて他人に対しての善意を疑わない。それがときおり、どうしようもなく苦しいことがあった。

伊勢が越えられるハードルを、昭生はけっして越えられないからだ。

「なんか、こんな簡単でいいのかよって。うちのなかもぐちゃぐちゃだし、楽になりたいだけじゃないかって。それにあいつは俺みたいに女がだめなわけじゃなかったから」

おおらかさと、それを裏打ちする胆力が伊勢にはあった。十代にして、かなり完成されかった男で、自分などにかまってへんなやつだと思いながらも、憧れていた。

だが昭生が英雄視した男は、最悪の形で裏切るという轍《てつ》を踏むようにできているらしい。

「浮気って、女だったのか？」

「いや、なんでか知らんけど、それは男だった」

予備校が同じだったという彼とは、あれ以来関係を断ったと伊勢は言う。友人づきあいすらやめてしまったと聞かされ、つきあえばいいのにと昭生は皮肉に返した。

伊勢は哀しげな目をしたけれど、きっぱりと「もう会わない」と言った。

「……あ、悪い。バイトの時間だ、いかないと」

昭生は喜屋武に触発され、池袋のバー『雫《しずく》』でアルバイトをはじめていた。いままで滋から与えられる小遣いだけでも困ったことはなかったのだが、いちども働いたことがないと喜屋武に言ったとたん、ばかにされたからだ。

「サボりゃいいだろ、そんなもん」

「そんなわけにいくかよ。せっかく紹介してもらったってのに」

紹介者は、大学のOBである岡《おか》だ。当時の昭生は二丁目の『止《と》まり木《ぎ》』というバーのマスターと仲良くなっていたが、しょっちゅう酔いつぶされてばかりだった。

そして偶然、昭生が道ばたで意識不明になりかけていたところを助けてくれたのが、岡だった。岡のアパートで目を覚まし、平身低頭で詫びた昭生は、彼が大学のOBであると聞かされて驚いた。

——って、えらく世界狭くないですか？

驚く昭生に岡は、なにをいまさらと笑った。

——おまえ『止まり木』のマスター、うちのOBだって知らなかったのか？

どうりでよくしてくれたわけだと驚く昭生に、岡は宿《ふつか》酔いに効くしじみのみそ汁を差し出しながら「世間知らずな……」とあきれていた。

昭生が『止まり木』の常連であったことでもわかっただろうが、どうやら出会いの際、泥酔状態の昭生は岡に対して、かつて伊勢にすら言えなかった家庭環境、それも亜由美の存在についてまで、暴露してしまったようだった。自分の煩悶はアルコールひとつでおじゃんになることだったのかと頭も痛かったが、岡のあっけらかんとした態度に気が楽になったのも事実だ。

すべてを知った懐深い男の忠告は、「変な男に引っかかるなよ」のひとことだけだった。その後、岡から『止まり木』のマスターを介して紹介されたのが『雫』だった。店長である飯田《いいだ》はゲイの世界にいる人間ではなかったけれど、『止まり木』のマスターは、かつて『雫』で修業していたらしい。

——昭生ちゃん、アンタ疲れた顔してるから。飯田さんに癒してもらいなさい。

オネエ言葉のマスターがそう言い添えたとおり、飯田は明るく穏やかな老齢の男で、昭生からすると祖父の年齢に近かった。面倒見も気前もよく、酒の作りかたや飲みかたを、すこしずつ昭生は学んでいった。

近ごろは以前より楽に生きられている気がする。けれどときおり、意味のない不安はこみあげた。とくに頭に残るのは、岡の忠告だ。

——変な男に引っかかるなよ。

(あれって、喜屋武にもあてはまるんだろうか)

そんなことを考えてしまうのは、喜屋武がときおり見せる、薄暗い顔のせいだった。

「おまえこそ、この間言ってたバイトはどうしたんだよ」

だらりと転がったまま煙草を吸う喜屋武は「ちゃんと稼いだぜ」と昭生の目を見ないまま

に言った。こういうときの喜屋武は、なにかまずい話に関わっていることが多い。

いちどだけ、昭生は彼の部屋で、現像したばかりの写真を見つけてしまった。そしてそれが、あきらかに違法なもの――キディポルノであることに、愕然とした。

――なにやってんだよ、おまえ、これ。

昭生が血相を変えたのは、そこに写っていたのが自分の甥とたいして変わらない年齢の少年だったからだ。喜屋武はふだんの彼が思い出せないほど、ひどく濁った目で昭生を睨み、写真を取り返した。この目つきをするときの喜屋武は、昭生には得体が知れなくて怖かった。

――金がいったんだよ。こんなクソみてえな仕事には、口止め料が入るからな。

いつか必ず這い上がってやると、頬を引きつらせて彼は言ったけれど、あんな裏仕事をしていては、却って将来の妨げになるのではないかと思った。

翌日には、写真はきれいに消えていた。なんのために金が必要だったのか、昭生は知らない。けれど、喜屋武がここまで来るのに、誰からも借金を背負っていないとは思えず、おそらくそうした過去に絡んだものなのだろうという推察はできた。

「……今日、あがったらまた、こっちに来いよ」

背中を向けたまま喜屋武が言う。高圧的な物言いなのに、なぜだか弱さが透けてみえる、そんな声だった。

アルバイトの行き来が楽だという理由もあって、昭生はますます喜屋武の住むボロアパートに入り浸るようになっていた。

そうしていくつかの出会いを繰り返すなか、伊勢とは相変わらずのままだった。週に何度か、メールが来る。会いたいと言われ、昭生が断る。

【アルバイト、がんばって。体調には気をつけろよ】

正直、ときどき折れてしまいたくなることもあった。伊勢はあのあとからひたすら昭生に気を遣っていたけれど、ろくに会おうともしない間、こうまで続くと思わなかった。

(ばかなんじゃないのか)

二十歳の昭生の誕生日、伊勢は『雫』に押しかけてきた。

「おめでとうって、言いたかっただけだから」

迷惑だと睨みつけると、彼はそう言った。まえの年、渡されたプレゼントをその場で突き返し、おまえからはなにもいらないと告げたせいだろう。

「もう、そういうのはいいって、俺言っただろ」

寂しそうに笑ってみせる伊勢には、何度ももう、謝らなくていいと言ってあった。けれど彼は、黙ってかぶりを振るだけだ。

「何年でも待つ。許してくれるまで」

昭生の頬を撫でようとした彼は、無自覚だった自分に気づいたように、触れる直前でその手を引っこめた。弱く苦笑した頬が削《そ》げた気がして、昭生は思わず言った。

「おまえ、痩《や》せた？」

「どうかな。最近、あんまり眠ってないのはたしかだけど」

苦笑した伊勢の顔が変わるほどには会っていなかったのだと、あらためて知る。

喜屋武と知りあったころから、伊勢とはもう寝る機会すらなくなっていた。アルバイトをはじめたことで、忙しいと昭生も言い訳をしていたが、彼は彼で慌ただしそうだった。

「在学中に、司法試験を受けることに決めた」

ずいぶんと大変なことにチャレンジするものだ。昭生がさすがに目を剝《む》くと、伊勢はきっぱりと言った。

「それに合格したときは、話すチャンスをくれないか」

「おい、俺のこととそれとは、別問題だろ」

「違う。昭生のために、なにか証明したいから。……勝手にやることだけど、俺が合格したら、せめて、会ってほしい」

高校時代のそれとも違う、真剣で熱いまなざしに、乾いて壊れたはずの心がことりと音を立てた気がした。だが、ふたたびの疵を負うことをおそれた昭生は、そのささやかな響きを無視して、はすっぱに笑った。

「それって、俺とやりてえの？」

伊勢は、痛みをこらえる顔をした。昭生はなおも挑発するように、にやりと笑ってみせる。

その唇の端には、喜屋武にならった煙草があった。

「セックスしてえなら、べつにいいぜ？　ホテルでもいく？」

煙を吐き出しながら、いかにも面倒そうに告げると、伊勢はかぶりを振った。

「俺が昭生としたいのは、そういうものじゃない」

静かな決意を秘めた目で見つめ、それじゃあと去っていった。

「……なにがしたかったんだか」

残された昭生はそうつぶやいて、伊勢の背中を見送った。なんだかひどく疲れた気分で店のなかに戻ると、飯田は荒れた気配の昭生に「飲んで忘れろ」と言って好き放題飲ませ、アルバイト代から原価だけ天引きするという、ありがたいんだかなんだかわからない思いやりをみせてくれた。

(司法試験、ね)

ずいぶんと大変なものに、つまらないものを賭《か》けたものだ。そういえば伊勢と話すきっかけは、くだらない賭けだったと思いだし、昭生は泥酔したまま うつろに笑った。

「……もう、ほんと、やめようぜ」

誰にともなくつぶやき昭生が向かったのは、最低な気分を共有できる男の部屋だった。

「酒くっさ！　……おまえ、なにそんなへべれけんなってんだよ」

「今日さあ、ちょーお、くっだらない！　ことがあった。飲もう！」

喜屋武のもとへたどりつくなり、昭生はへらへらと笑って抱きついてみせた。掲げた酒瓶は、帰り道に二十四時間営業の酒屋で買いこんできたもので「まだ飲むのか」と喜屋武はうんざりした顔をみせたが、昭生を部屋へと招きいれた。

酒宴、といっても飲むのは喜屋武だけで、昭生はただ愚痴《ぐち》を言っているだけだった。

「だいたいさあ、浮気したの自分のくせしてさあ、なんっでいまさらかっこつけんだよ……なあ？　聞いてる？　喜屋武っ」

「おまえ、その話もう、五回はしてんぞ……」

酔いにまかせての伊勢の悪口は、すでに完全なループをはじめていた。

あきれた顔をしたけれど、喜屋武は昭生を追い返しはしなかった。

最低の気分ですさんでいるとき、この男はぜったいに昭生を否定しない。それは、だめな人間同士が疵を舐《な》め合うような関係ではあったけれど、このときの昭生には必要だった。

「なんかさ。いまさら誠実ぶるなら、最初からすんなってんだよな……」

大事な司法試験に、俺なんか賭けて、あいつはアホか。

「もうほんと、いたたまれねえんだよ。なんでわかんないんだろ」

非の打ち所のないと言っていい伊勢。その彼の裏切りだからこそ許せなかったのだと、喜屋武に語りながら昭生は分析したが、喜屋武はそんなあまさを笑い飛ばした。

「いいやつぶってる連中ほど、そういうことするもんだろ」

「……どういう意味だよ？」

「自分は善人だと思ってるから、ひでえことしたって気づかないってこともある」

吐き捨てるような言葉の裏に、どんな過去があるのかはわからなかった。知らないほうがいいのかもしれないと、薄ら寒い気分で見つめる昭生に、喜屋武は言った。

「おまえ、そんだけ相手のことうえに見てたなら、息がつまっただろ」

「……息、つまるか？」

「キレイキレイなやつってのは、歪んだ人間のことをわからないからな。無理解ってのはへたな悪意より面倒だしきつい、……だろ？」

皮肉に笑った喜屋武は、明るく、すぐれた、そしてまったく非の打ち所のない人間に対して覚えてしまう気後れや反感、そういうものを共感してくれた。

「人間ってステージがあるんだよ。同じステージにいなきゃ、お互い疲れるだけだ」

「俺、おまえよりはうえだと思ってたいけど」

「ひでえやつだな」

皮肉な会話を交わしながらすこしなぐさめられて、楽になった気がした。そういう気分は、なんだかひさしぶりだった。これは酔いのせいなのか、愚痴を言いきったせいなのかとも思ったが、楽になったのは事実だ。

(こいつなら、いいのかな)

喜屋武は伊勢とは正反対で、最初から誠実さなど求められもしない男だ。けれど思いもよらず、やさしい面もある。

「あんまマジになんねえで、流せばいいんだよ。なんでも適当にしてりゃ痛くねえし」

「……適当に?」

「そうそう」

嗤った喜屋武は、壁際にある棚に自分の愛機をそっと乗せ、昭生の肩を抱いてきた。

濃いニュアンスの触れかただったけれど、昭生はいつものように振り払いはしなかった。すさんだ笑みを浮かべるこの男だったら、できるのかもしれない、そう思ったからだ。

「……おまえさ、ことあるごとにセックスしようっつうの、本気なのか」

「やれるもんならやりてえだろ、こんなチュラカーギーなら」

沖縄弁で『美人』などと言ってのけられ、正直わざとらしさにあきれた。だが、これくらい軽い男なら、昭生の重さを捨てるのにはちょうどいいのかと思った。

「気持ちいい運動みたいなもんだろ、こんなん」

情緒もへったくれもない言葉のあと、突然キスをされても昭生は拒まなかった。そして、喜屋武の肉厚の唇は、ただの感触だけを昭生に与えるだけで、なにも感じなかった。

伊勢としたようなときめきも快感も、当てつけに行きずりの男に身体を投げ出したときの悲痛な不快感も。

伊勢とも、しばらく寝ていない。ひさしぶりのセックスは、うまくやれるものだろうか。わからないけれど、喜屋武を相手にうまくやる必要もないのだと思い直し、昭生はそのまま押し倒された。

だが、服を脱いだ喜屋武の身体になまなましい愛咬のあとを見つけた瞬間、凍りついた。一気に、酔いが醒《さ》めていくのがわかる。怪訝そうな喜屋武が「どうした」と問いかけてきたときには、昭生はすっかり正気に戻っていた。

「おまえ、ここで誰かと寝たのか」

「あ？　なにうぜえこと聞いてんだよ。それがどうしたんだよ」

押し倒されて気づいたが、シーツには残り香が漂っている。今日、へたをすればほんの数時間前この場所でべつの誰かを抱いたばかりだと知り、昭生は真っ青になった。

「……日を、あらためてくれ」

「なに言ってんだよ。べつに深い意味もねえだろう、こんなの」

「俺、浮気だけは、いやだって言っただろ」

「はあ？　なに言ってんだ。浮気もくそも、おまえと俺とで、つきあってもいねえだろ」

それはそうだ。喜屋武は伊勢ではないし、つきあおうなどとあまったるい言葉をささやかれたわけではない。けれど、それでも、これだけはだめだった。

同じ日に、続けざまに違う誰かと寝る男だけは、どうしてもだめだった。

「でも、今日はいやだ、今日だけはいやだっ」

「ふざけんなよ、ここまで来て！」

もがいて抵抗したとたん、殴られた。その瞬間気づいたけれど、喜屋武は昭生を殴るたび、興奮を増しているようだった。

(冗談じゃない)

サディストめいた傾向があるのを知り、昭生はさらに拒絶した。服を破られ、のしかかられた瞬間、昭生は叫んだ。

「いやだ……いやだ、伊勢、伊勢っ！」

自分でもその声に驚いたけれど、そのとたん、喜屋武がぴたりと動きを止めた。まるで昭生をくびり殺したいような目で睨んだあとに、彼は平手打ちとともに怒鳴《どな》った。

「浮気はどっちだ、誰を呼んでんだよ！」

怒り狂った喜屋武との攻防は、すさまじいものがあった。体力でも腕力でもかなわないのはわかっていたけれど、半狂乱になった昭生の抵抗も相当なもので、ものは壊れ、安普請の壁には穴が空いた。

いくら自業自得でも、屈するわけにはいかなかった。そして——その乱闘を止めたのは、喜屋武のカメラだった。

ぶつかりあい殴りあっているうちに、昭生が壁に叩きつけられた。その衝撃で、壁際の棚がぐらりと傾ぎ、ふたりがはっと息を呑んだときにはもう、ライカは床へと落下していた。

がしゃん、という音がおそろしく大きく響き、喜屋武の表情がみるみるうちに変わった。

「――なにしてくれんだよ、てめえ！」

喜屋武は昭生を突き飛ばし、割れたレンズのもとへと駆け寄っていった。震える手でカメラを取りあげ、呆然と座りこんでいる。

その瞬間、昭生は思いだした。この男にも、顔色をなくすほど大事なものがあったのだ。

「ごめ……喜屋武、俺」

昭生の言葉に、喜屋武は真っ青になったまま、相手を殺しかねない目で睨んだ。

「てめえのせいだぞ。いやがるならなんで、スキみせた。中途半端な真似しやがって」

厳密に言えば、この乱闘はふたりが暴れたせいで、昭生ひとりの咎ではない。けれど喜屋武の言うとおり、最初に誘うような真似をしたのは昭生のほうだ。

「おまえはけっきょく、いつも自分のことしか考えてねえんじゃんか」

あのカメラが喜屋武にとってどんなものだったのか、昭生は知っている。そして、それを話してもらったのが自分だけだということも。

「やるだけならやるだけって、割り切れよ。男に浮気されて許せねえくらい好きなら、そいつ以外と寝るような真似すんな。てめえのアニキに惚れてたかもしれねえなら、たしかめるためにいっぺん掘ってほしいって、玉砕するくらいのことはしてみろ」

割れたレンズを丁寧《ていねい》に拾いながら、喜屋武は静かに言った。抑えた口調が彼の怒りの深さを物語り、昭生はなにも言えなかった。

「なにひとつ、てめえじゃやりもしねえで、気を持たせちゃ拒んで相手振りまわして。謝ってる男許しもしねえで、俺のことは適当なはけ口にして。どんだけお高いんだよおまえは」

あざけるような声に返す言葉もなく、昭生は立ちつくしていた。

「出て行け」

謝っても、もう許してもらえることはないだろう。そう思い知って、昭生はよろよろと部屋を出て行った。

皮肉なことに、その瞬間考えたのは喜屋武への罪悪感だけではなく――。

(伊勢も、こんな気分だったのかな)

いまさらやっとそんなことに気がつく、自分への情けなさだった。

＊　＊　＊

大学最後の年、クリスマスのにぎわいに、街のイルミネーションは輝いていた。

昭生は、数日前におろした『雫』の看板を、店のカウンターのなかでじっと眺めた。二年近くかけて準備を進めてきたことが、ようやく実現するのだという感慨が、胸を熱くする。

「やっとか」

ほっと息を漏らした昭生は、埃《ほこり》よけのカバーのかかった椅子を撫で、ひとりつぶやいた。見まわした店のなかは、すでに改装も終わり、什器類は搬入済みだ。かつて『雫』と名のついた店であったこと自体が信じられないほど、変わっている。

「あーちゃん、部屋のお片づけ終わったよ」

「ん、ありがとう」

二階から降りてきて、ひょいと顔を出した朗は、中学一年生になっていた。この日は片づけの手伝いを兼ねて、泊まりこんでくれている。

「あと、飯田のおじちゃんから、はがき来てたよ」

ほら、と差し出されたそれは、写真プリントのはがきだった。彼は店を昭生が買い取ったのち、念願だった南の地に向かった。写真のなか、ふくよかな女性の肩を抱き、サーフボードを手にピースサインをする白髪の飯田がいる。白い部分に書き込まれた【オージーのガールフレンドもできました】の文字を見つけ、昭生は唇をほころばせた。

バーのマスターでいたころは「酒とバラの日々だ」とうそぶいていたくせに、ずいぶん健康な老後を送っているらしい。

「元気みたいだな、よかった」

「遊びにおいでだって。いいなー、オーストラリア」

酒を飲む店だというのに、朗もちょこちょこ遊びに来ることがあった。岡も飯田も明るく元気な朗を気に入っていて、皆でよってたかっておもちゃにしていた。さきほども、開店の前祝いとクリスマスを兼ねたホームパーティで、二丁目仲間がふざけてドラッグクイーンに扮し、朗はさんざん遊ばれていた。

「お店、いいかんじじゃない？　まえの雰囲気もよかったけどさ。さっきのパーティ、楽しかったね。おネエさんたちにぎやかで」

にこにこしながら店内を見まわす朗に、昭生はそっと眉をひそめた。

「朗、ほんとにいいのか、おまえ……高校から、こっち来るって」

朗は高校から、昭生のもとで暮らしたいと希望していた。そのころには店が軌道に乗っているだろうし、昭生としては大歓迎だが、本当にいいのだろうか。問いかけると、甥はあっけらかんと言ってのけた。

「もう、その話はさんざんしたじゃん。それに、行きたい高校はコッチのほうが近いしさ」

朗が小学校の高学年になったころから、多忙すぎる滋とは、もうほとんどいっしょに暮らしていなかった。おそらく今後も、義兄の生活はゆるまることはないだろう。

「俺、あっちこっちに面倒かけちゃってるじゃん？　亜由美ちゃんもいいかげん、子どものお守りは解放させてやんないとさ。いまさら転校するわけにいかないから、あと二年はかかっちゃうけど。……それともあーちゃん、迷惑？」

おまけに昭生が家を出るとなれば、朗は本当にひとりきりになってしまう。放っておくなと言って当然の、まだ十三歳の子どもが、親や親族に頼るのを『面倒』と言いきってしまうのが哀しくて、昭生は顔をしかめた。

「ばか言うな。俺たちがおまえをほっときすぎてたんだ」

昭生が大学生になってからの四年、自分のことばかりにかまけて、あまり朗をかまってやれなかったことは、どれだけ後悔してもしきれない。

だが、あの荒れた精神状態の自分がいっしょにいることは、むしろ悪い影響でしかなかったかもしれないとも思う。すくなくとも、滋のフォローをしながら亜由美は朗の世話もちゃんとしていて、甥はそのややこしい関係にも、歪まずに育った。そのことだけは亜由美に対して素直に感謝している。そう考えていたのに、朗はけろりと言った。

「んーでも、あーちゃんだって遊びたい時期に、俺の面倒いっぱい見てくれてたじゃん。子どもが子どもの面倒見るのって、すげえ大変だったと思うんだ。その点俺はひとりだったし」

叔父に放置されていたことについて、朗は年齢にしては異様に寛大だった。後日になり、ゲイというセクシャリティに昭生が悩んだせいなのだろうと、彼なりに解釈していたらしいと知ったときは、なんとも複雑な思いがしたものだ。

「あーちゃんにもまたお世話になっちゃうけどさ、そこはごめんね」

なにも気負うことなく、そんなことを言ってのける甥は、相変わらず昭生の自慢だ。小さな頭に手をのせ、くしゃくしゃとかき混ぜてやりながら「こっちこそよろしくな」と言った。

「ところで朗、冬休みの宿題、やったのか」

「う……まだ。だ、だってお片づけとかさあ、いろいろあったし……」

ごにょごにょと言い訳する甥の頭を軽くたたいて「やりなさい」と昭生はすごんだ。

「それはそれ、これはこれ。おまえはいっつも、休みの最後になって、『あーちゃん手伝って』って言い出すから――」

「わかった！　やる！　やるからお説教なし！」

両手で耳を覆った甥は、その場を逃げ出した。まったく、とため息をついたあと、昭生はふたたびひとりになって、店のなかを見まわす。

いろいろとばかをやって、自分がどうしようもなく全部において半端だということを悟った。

店の名前を『コントラスト』と決めたのは、白黒つけることもできずにいた自分への皮肉のようなものだ。

喜屋武とこじれたあと、大学で本当に友人のひとりもいなくなった。昭生がゲイであるという噂がたってしまったからだ。あの男が吹聴《ふいちょう》したものか、単純に二丁目にいる姿を見られたのかは定かではなかったが、陰湿な目を向けられることが多かったことから、おそらく喜屋武のしわざであろうことはわかっていた。さんざん、逆らったらバラすと脅していたあれを、実践してくれたということなのだろう。

高校ほど狭いコミュニティが形成されているわけではないから、誰ともつきあわず、友人もいないという状況でも、勉強して単位をこなすことだけはできた。孤立させられたことはショックだったが、自分が喜屋武にしたことを思えば、怒りよりあきらめに似たものを感じた。とはいえ精神的にダメージを食らわないわけはなく、昭生はさらに殻にこもった。

大学にも家にも居場所を見つけられなくなった昭生にとって、二丁目がよいでできた仲間とここだけが、楽に呼吸ができる場所となっていた。

――なにしていいんだかわからないなら、やること見つければいい。

ただむなしくすぎていく日々のなか、空っぽの昭生に持てる知識を叩きこんでくれたのは、マスターの飯田だった。

――もう、いい歳だからな。後続に教えられるものはぜんぶ、教えるよ。そして早く引退したいんだ。

いつも穏やかでおおらかな飯田のそばは心地よかった。そして自分の将来と、飯田の夢を組み合わせて考えたとき、八方塞《ふさ》がりだった未来にすこしだけ、小さな光が見えたのだ。

義兄の会社に入るという希望はとうに失せていたが、喜屋武に悪評を吹聴されたのち、その決心はさらに固まった。

滋の会社はすでにかなり規模の大きなものになりはじめていて、若手の起用も率先してやることから、昭生の大学の学生たちも就職を希望していた。

自分が身内であることも、一部の人間は知っている。滋のもとにも風評被害が及ぶのではないかと昭生はおそれた。

つながりを断つことはできないが、会社にさえ入らなければ、表面上問題はないだろう。

——自分で、店をやりたいんだ。

相談した際、買い取り資金や改装費用については、滋が手助けしてくれた。借金させてくれと頼んだ昭生に、滋は「これはおまえの財産だ」と、とんでもない額面の通帳をよこした。

そのときはじめて知ったことだが、昭生名義の会社の株が相当数あり、滋がさらにそれを運用してくれていたので、この店を買い取ることなど造作もないことだった。

さんざん反抗し、心配をかけたのに、けっきょくは護られていただけだった。情けなさを感じたし、意固地さも顔を出しそうになったが、昭生は黙ってそれを受けとった。

そうさせてくれたのは、たぶん姉との話しあいが大きかっただろう。

家を出て、店をやりたいという話は、滋に告げるよりさき、ひかりへとまっさきに打ち明けた。ひかりはすこし残念そうだった。昭生が滋の会社を手伝ってくれることを、彼女も期待していたからだ。

どうしてもそうしたいのなら止めない。そう告げた姉は、なにかを見透かすように言った。

——それ、伊勢くんは、なんて言ってるの？

びくっと震えた昭生は「あいつは関係ないよ」とそっけなく告げるしかなかった。ひかりはなにか問いたげにしていたけれど、かたくなな昭生を見てなにを思ったのか、それ以上を言うことはなかった。

伊勢は、司法試験に合格したらチャンスをくれと言って以来、ふつりと昭生のもとを訪れなくなっていた。この二年、伊勢に会えずに孤独感がいや増したのは勝手な話だ。

忘れてくれたなら、それもいいか——そんなふうにさえ考えるようになっていたのに、突然のメールは舞いこんだ。

【合格した。クリスマスイブ、夜に会いに行く】

携帯の画面をまじまじと見つめ、昭生は眉を寄せた。二年ぶりの連絡が来たとき、かすかに胸が苦しくなったけれど、昔ほどショックではなかった。会わずにいた時間のおかげで冷静になれたのか、それとも喜屋武のことで、すこしは変わったのか。

伊勢はもうすぐ、ここに現れる。朗を二階に追いやったのも、そのためだ。

クリスマスイブを指定したのは、伊勢の決意をあらわしているのだろう。自分たちが壊れたあの日を、たぶんリセットしたいと考えているはずだ。

そして昭生も、リセットするつもりだった。――おそらく、伊勢と真逆の意味で。


「すごいな。こんなふうに変わったのか」

夜も更け、やっと顔を見せた伊勢は、リニューアルした店内を興味深そうに見まわした。

「おまえもすごいだろ。本当に現役合格するとは思わなかった」

「がんばったよ、とりあえず」

見つめあい、お互いに言葉を探す。記憶より大人びた伊勢の顔を見つめ、昭生は苦いものを含む笑みを浮かべた。伊勢に笑いかけたのは、それがたとえ苦笑だとしても、高校を出て以来いちどもない。そのことに気づいたのは、まぶしそうに目を細めた伊勢の表情からだ。

「話、しようって言ったよな。俺からしてもいいか」

「え?」

はっとしたように、伊勢は目を見開いた。唇がなにかの言葉を紡ぐより早く、昭生は口早に用意していた台詞《せりふ》を吐き出す。

「もういいよ。浮気とか、くだらないことで責めて。ほんとに悪かった。もうこれ以上、詫びてみせなくていい」

「昭生、それって、どういう意味だ」

伊勢は慎重な声を出した。もう詫びがいらないという発言をどうとっていいのか、彼は摑みあぐねているようだった。

「どういう意味もなにも、そこまでがんばるような価値、俺にはないってことだ。もうやめようぜ、不毛なことは」

ひとところには、大事にしていた関係だった。他人のなかではじめて信頼できた男だった。何年もかけて昭生への誠意を証明しようとしてくれたのも知っているからこそ、自分みたいな最低な人間にいつまでも関わらせておくのはおかしい。それが昭生の結論だった。

それに、もしかしたらこの関係をリセットすることで、伊勢とかつてのような友情を築けるのかもしれない。一縷《いちる》の期待をかけて、昭生はできるだけ穏便に告げた。

「卒業といっしょにリセットしよう。もう自由になっていいんだ、伊勢」

なにも縛りつけなければ、裏切りにはならない。そう言ってのけた昭生に、伊勢はますます青ざめた。大きな身体が急に力をなくし、長い足が衝撃によろける。

「……会ってくれるっていうことに、期待しすぎたのかな」

額を押さえた伊勢の声は悲痛なものだった。嗤いの形にひきつった伊勢の唇は震えていて、そのことに昭生は驚いた。

「これだけ経っても、許してくれないとは思わなかった」

「そういうことじゃないだろ、俺が言いたいのは——」

「詫びもいらないって、許す気はないって、そういうことだろう！」

叩きつけるような声に、昭生はどうしたらいいのかわからなくなる。

心臓がいびつなリズムを刻む。なにかまた自分は間違えたらしい。けれど、いま放った言葉を取り返すことはできない。

「もう二年もろくに会ってなかったし、だから」

「言っただろ、試験受けるって。本気で俺はやってたんだよ。この二年、ぜんぶの時間つぎこんだんだ、……おまえに会うの我慢してまで！」

必死に感情をこらえるように肩で息をつき、伊勢はわななく唇を手のひらで覆った。

「終われば昭生に会えるって、それだけが支えだった。なのに、なんだよこれ」

伊勢は呻くけれど、この二年で昭生は思い知ったのだ。

誰かと深く触れあうと、必ずその相手を傷つける。滋から朗の幼年期を奪い、伊勢を追いつめ、喜屋武をまきこみ傷つけた――そんなふうにしかできない自分を。だったらもう、誰とも深いところまで触れあうことはやめたい。恨んだり傷つけたりしたくない。

許されることなら、これからは朗の成長を見守って、ただ穏やかに生きていきたい。

「本当に、もうやめたいんだ。わかってくれよ、伊勢」

背を向ける昭生の腕を摑んで振り向かせた伊勢は、かすれきった声で懇願さえした。

「俺はいやだ。終わるなんて冗談じゃない。頼むから、昭生」

どうしてそんなに、昭生にこだわるのかわからない。縋るような真似をしてみせるのかわからない。いらだちすら覚えながら、「もうやめろよ」と昭生は言った。

「なんでそこまですんだよ、俺とかもう、どうでもいいだろ」

「どうでもよかったら、俺は、こんなに何年も待たない！」

両腕を摑んで、伊勢は怒鳴った。こんなに感情を乱した伊勢を見るのは何年ぶりだろうかと、まるで他人事のように昭生は思う。

（なんで、そんなに苦しんでまで）

本当にわからない、と告げようとしたとき、伊勢は言った。

「……ほかに、誰かいるのか？」

探るような声は伊勢らしくもないもので、昭生が息を呑むと、彼は目をつりあげた。

「喜屋武って男か？　一時期ずっと、そいつのところにいたよな」

「なんで、知ってんだ」

ちらりと伊勢が二階を見たことで、甥から話を聞き出したのだと知れる。幼いころ遊んでくれた伊勢を、朗は慕っていて、たびたび電話もしているのは知っていた。

「あいつは関係ない。それこそ二年近く、会ってもいない。でも」

昭生は唇を嚙んだ。喜屋武となにもなかったとは、とても言いきれない。

恋愛感情はなかったにせよ、あれほどめちゃくちゃな結末を迎えた理由の根底には、伊勢の存在があったからだ。

(皮肉だな)

はじめて伊勢に抱かれたとき、胸の裡《うち》で助けを請うたのは滋で、そのことがふたりの恋を壊した。まるでスライドしたかのように、その伊勢に助けを求め、喜屋武と共有していたなにかが失われた。

「その話は、いまはいいだろ。関係ないし」

苦い話を避けたくて顔を逸らすと、伊勢は唇を皮肉に歪めた。

「……たしかに、おまえが誰となにしてたって、俺には文句は言えない」

伊勢の苦痛をこらえるような声に、頭にかっと血がのぼった。

だらしない人間だと見せかけてきたのは事実だし、喜屋武について弁明を避けたのは自分だ。それでも昭生こそが裏切ったかのような物言いをされるのは心外だった。

「昭生が縛られたくないなら、それでもいい。けど、俺を切り捨てるのはやめてくれ」

掛け違えた心がさらに大きく、ずれたのを感じた。真っ青になって、許すしかないと拳《こぶし》を震わせる伊勢は、気づいていないのだろうか。

(こんなんでやり直しなんか、できるわけないだろ)

四年前のクリスマス、粉々に壊れたものは恋だけではなかったのだと痛感した。

喜屋武に押し倒されたとき、彼の名前を叫んでしまったことを伊勢は知らない。伊勢以外

にけっして明け渡すことのできないなにかを、いまだに昭生は持っている。だが、いまさらそれを打ち明けたところで、あの無条件の信頼を取り戻せるわけではないのだ。

「ずいぶん、寛大なんだな。自分も遊べるからちょうどいいって、そういうことか？」

皮肉に言い放つと、伊勢は傷ついた顔をして、同時に昭生も傷ついた。けっきょく、何年経っても痛みのループは繰り返す。そんなものが伊勢は、本当に必要なのだろうか。

「わかった。束縛しないつきあいでいこう。どれだけ保《も》つんだか、わからないけど」

あきらめきった顔でうつむいた昭生は、伊勢に摑まれたままの腕を見た。咎められたと思ったのか、あわてて離そうとする彼の手をそっと押さえると、伊勢がごくりと息を吞んだ。

「もう、許可なく触るなとか言わないし、好きにしていい」

「……俺が欲しいのは、そんなんじゃない」

意味深ににおわせたニュアンスを、伊勢は苦しげな声で否定しようとする。「じゃ、なにが欲しいんだ」とささやいて、昭生は自分から身を寄せた。

「十七歳のときみたいに、笑ってる昭生が欲しい」

その言葉に、一瞬昭生は息を止めた。だが気づかないふりで、婉然《えんぜん》と微笑みかける。

「笑ってんだろ？」

「そうじゃない、そうじゃなくて……」

激痛をこらえるように顔を歪めた伊勢の広い肩に、昭生は腕をまわした。伊勢は拳をきつく握りしめ、自分に屈した証拠に小さく悪態をついて、昭生を抱きしめた。

「昭生……昭生、昭生、昭生っ」

それ以外の言葉を忘れたかのように名前を呼ぶ伊勢は、せわしなく唇を求めた。激しいキスは、はじめて触れてきたとき以上の熱烈さと痛みを孕《はら》んでいる。がっつくようなそれに、伊勢がこの二年誰とも触れあわずにいたのだと教えられた。

昭生もまた、伊勢の激しさに呑みこまれた。忘れきっていたはずの欲望は、伊勢を相手にするとこんなにあっけなく燃えさかる。

膝《ひざ》が崩れ、ふたりはいまだ保護シートの残る床に倒れこんだ。互いの身体をまさぐり、服を乱し、数年の渇きと飢えを埋めるために唾液をすすって相手の肌を嚙む。挿入されたとき昭生が覚えた痛みは強烈で、軋《きし》むのはひさしぶりの身体か、心なのか、わからなかった。

狂乱の時間が終わって、指先までの痺《しび》れを覚えながら、昭生はつぶやいた。

「……俺、喜屋武と、セックスはしてない」

伊勢はしばらく無言だった。寝ていなくとも、それに近いことはあったか。それとも――と疑っているのが、触れた肌でわかる。こんなことばかりはすぐ伝わるのにと、皮肉に思った昭生の胸を、伊勢は静かに撫でた。はじめての夜を思わせるやさしい仕種だった。

「ここに、そいつは入りこんでた？」

かぶりを振って、昭生は伊勢に自分から口づけた。会話さえしなければ、ふたりのコミュニケーションがうまくいくことは、つい数分まえの強烈な快楽が教えてくれる。

そうして伊勢と昭生の関係は、引き返すことのない泥濘《でいねい》のなかに沈んでいった。


名前のつかない関係は、昭生が思うよりも長く続いた。

理由としては、ふたりがあまりに多忙だったせいもあるのだろう。大学卒業後伊勢は司法修習所に通い、その後はいわゆるイソ弁としてこき使われ、ろくなプライベートがなかった。昭生も店の経営に四苦八苦で、仕事を覚え自分の立っている場所を固めることに心血を注いだ。その二年弱の間ふたりが会ったのは、数えられる程度の日数だ。あまりにも時間がなく、感情面でこじれていなくとも、おそらくセックスだけして別れる以外できなかっただろう。

仕事にも慣れ、余裕ができたころには、年々ひどくなるひかりの発作に昭生の情緒が不安定になり、またも互いの関係を見直せるような状況ではなくなった。

またたく間に時間はすぎていき、伊勢との出会いからは十二年、決定的な亀裂を迎えてからは十年以上が経過した。

人生の三分の一以上をともにいる男は、あの日昭生に誓った言葉のとおり、いまもそばにいる。惰性《だせい》のように生ぬるく奇妙なバランスで、それがいつ崩れるともわからぬまま。

＊　＊　＊

開店以来の常連客でもある小島《こじま》が、見るからにずたぼろになって昭生のまえに現れた。徳井《とくい》という男を連れてきてから一週間も経たなかったが、昭生は目のしたにクマを作った小島をカウンターの端に座らせ、黙っていつもの酒を出した。

「マスター、ふられた」

「おう」

短いにもほどがある会話を交わし、おしぼりとタオルを出して、あとは放っておく。これが『コントラスト』をはじめて七年が経過した昭生の、傷心の客への対処法だった。

やがて小島は、酒をすすりながらさめざめと泣きはじめた。

「だいじょうぶかな、あのひと」

「ほっといてやれ」

ぼつりとつぶやいたのは、史鶴《しづる》だった。先だって一連隊で来店したときには昭生とまともにしゃべれなかったからと、この日はひとりで訪れている。

「史鶴、ここに来ること番犬がよく許したな」

「今日は親戚の法事があるから、実家に泊まってくるって言ってました。お祖父《じい》ちゃんの七回忌なんで、逃げられないんだとか、なんとか」

「……想像がつかねえ」

冲村《おきむら》の風体と法事という言葉があまりに似合わず、昭生はうろんな顔になった。史鶴も微妙な顔で苦笑し、肩をすくめてみせた。

「あんなカッコしてるんですけど、冲村ってびっくりするくらい日本人なんですよ」

「べつにフォローいらねえだろ。史鶴がよきゃ、それでいいし」

昭生はくわえ煙草のまま、すこし不明瞭に言ってのけた。冷やかされたと受けとったのか、史鶴はすこし顔を赤くして、もういちど奥の席にいる小島をうかがった。

「俺も、あんなだった、ですか？」

小さなこえで昭生に問いかけてくる。いつのことであるかを察し、昭生は煙を吐いた。

「あれよりひどい。真っ青になって死にそうだった。……その後はもっとひどかったが」

上京してきたばかりのころ、史鶴はゲイタウンに直行するのはおそろしく、さりとて自分の性癖も持てあまし、悩みあぐねてこの店のドアを開いた。その直前に朗が喜屋武に絡まれていたことをきっかけに引っかけられ、さんざんな目にあったのだ。

「昭生さんが、喜屋武のこと反対したのって、昔知りあいだったからなんですね」

当時、喜屋武はやめろときつく忠告はしたものの、その理由までは言えなかった。過去の恥と痛みに触れることでもあったし、恋にのぼせていた史鶴には無意味な話だからだ。

「……黙ってて、悪かった」

「いえ、俺もあのころなにも聞こえてなかったし、そのあと、たくさんなぐさめてもらいました」

「俺はなにも、言ってないだろ」

戸惑った顔をする昭生に、モスコミュールのロンググラスを揺らして、史鶴は微笑んだ。

「なにも言わないでくれるのが嬉しかったんです。昭生さん、ふだんはいろいろ皮肉っぽく説教するけど、本気でへこんでると黙ってつきあってくれるでしょう」

昭生は今日の小島のように泣いていたり、落ちこんでいる客を放ってはおけなかった。かつての自分が重なるからだ。先代の飯田は穏やかな微笑と、やわらかいが巧《たく》みな話術で心をなごませてくれた。だが昭生はそんな人生経験もなければ言葉もへただ。

結果、なんとなく近くにいて、グラスが空いたら酒を出し、タオルやおしぼりを出すことしかできなかった。不器用すぎて自分で落ちこむくらいだったが、そういえばなぜか、昭生のまえで泣き落ちこんだ連中は、その後もれなく常連になっていた。

「元気になってくると、『うぜえ』とか叱られたけど。本気で痛いときはやさしいから」

謝意を滲ませた目を向けられ、昭生はこそばゆくて顔をしかめた。話もヘタ、社交性もろくにないけれど、傷ついた相手にやさしくすることくらいできる。

「いつも助かってた。見捨てないでいてくれるから、ほっとできた」

「……酒飲む場所ってのは、やさしいもんだろ」

思いやりと言うよりも、弱い人間のことがわかるから、見捨てられないだけだ。疵《きず》を舐めあうように、酒と静かな時間を提供するしかできない。

「とりあえず飲んで、憂《う》さも置いてけばいいんだよ」

気持ちが晴れたら、この場所からは通りすぎていけばいい。そして昭生はただそこにいて、愁《うれ》いとともに取り残されるだけだ。目を伏せてかすかに笑うと、史鶴が眉をひそめた。

「昭生さん。あの、これ、見ましたか？」

意を決したように彼が取りだしたのは、脇に持っていた紙袋だ。小首をかしげながら受けとった昭生が中身を取り出すと、『フォトライフ』という写真雑誌があらわれる。この手のものにうとい昭生でさえ知っている、有名な雑誌だ。

まさかと見つめた表紙の下部、グラビアを撮った写真家の名前が列挙されたうち、もっとも小さな文字で『喜屋武剛史《たけし》』と記されている。ページのなかほどには付箋が貼ってあり、昭生は震える手でページをめくった。

付箋のあった場所には『路次』というタイトルで、ごちゃついた路地、シャッターまえにはうらぶれた男たちがしゃがみこんでいる写真が掲載されていた。その隣には、清潔でうつくしい、未来的なデザインのビルの写真。撮影場所のクレジットを見ると豊島区とある。池袋の裏表を切り取ったそれは、痛烈な皮肉を感じさせ、たしかに喜屋武の写真だと知れた。

「今日、栢野《かやの》先生のところに送られてきてたそうです」

「なんで、それをおまえが？」

「話を聞いて、俺は昭生さんに見せたいと思ったから。そっちには届いてないですか？」

言われて、昭生はバックヤードに向かい、チェックし忘れていた郵便物をあわてて探す。A４版のＤＭカタログなどは、いろんなところからしょっちゅう送られてくるため、似たようなものだろうと放置していた封筒の束のなかに、たしかに喜屋武からのものがあった。

緊張に汗ばむ手で封を切ると、史鶴が持ってきたのと同じ、付箋の貼られた『フォトライフ』。そして、表紙には大きめの付箋があり、殴り書きのような文字が記されていた。

携帯の番号と、『朗に詫びておいてくれ』という詫びるつもりなどじっさいにはなさそうな、ふてぶてしいメッセージ。どういうつもりかわからず昭生が呆然としていると、覗きこんだ史鶴は、あきれたように笑った。

「俺にも謝ってほしいな、まったく」

屈託のない顔に、昭生は驚いた。喜屋武にあれだけのことをされて、どうして史鶴は笑っていられるのだろうか。まじまじと見つめていると、史鶴は眼鏡《めがね》越しの目を見開いてみせる。

「俺自身にされたことは気にしてませんよ。相馬《そうま》にしたことはまだ許せないけど……それに、喜屋武への仕返しは、昭生さんがしてくれたでしょう」

大人びた史鶴の言葉に、昭生は唇を噛みしめた。

「違う。そんなんじゃない。あれは――」

三年ほどまえ、史鶴が喜屋武に捨てられたとき激怒したのは、完全に昭生の私憤だ。大学時代に疎遠になったあと、喜屋武はカメラマンとなり、あちこちを旅して歩くようになっていた。腰の落ち着かない男は、その情報網のおかげで昭生が店をやっていることをかぎつけ、史鶴がこの店に来るすこし以前から、出没するようになっていた。

——おまえ、いろいろ顔が広いんだろ？　俺に、仕事紹介してくれよ。

アート関係の人種にはなぜかゲイも多く、昭生もこの店のおかげで雑誌社の人間やアートディレクターなどのつながりができていた。伝手《つて》が必要となれば、過去にどんなこじれがあろうとふてぶてしく利用しようとする喜屋武の性格は相変わらずで、あのにやついた嗤いを浮かべたまま、ふたたび近づいてきた。

最初は突っぱねた。すると喜屋武はいやがらせのように、昭生に関連した周囲の人間や店の常連らに次々とコナをかけるという悪質な行動をとりだした。

そのうちにターゲットに選ばれたのが朗で、しかし執拗な喜屋武に幼い朗は不快感しか覚えず、それを助けた史鶴がなぜか毒牙にかかってしまったのは皮肉としか言いようがない。けっきょく昭生は、喜屋武のカメラを壊したという負い目もあり、仕事につながるひとりふたりの人間を紹介した。

——これでまじめになるんだな？　それから、朗や史鶴にちょっかいをかけるな。

念押しをした言葉は裏切られ、史鶴は喜屋武の手に落ちた。昭生は当然腹を立て、反対もしたけれど、史鶴自身が望んでいると言われれば引っこむほかになかったのだ。

穏やかでおとなしい史鶴を手に入れ、しばらく喜屋武も落ちついていたかに思えたが、じきに史鶴につらく当たりはじめた。理由は、ただのやつあたりだ。

――いらつくんだよ、史鶴見てると。たかがホモだってだけで、恵まれた環境捨てて、悦《えつ》にいってやがる。ふざけんなって感じだ。

注意する昭生にそう吐き捨てた喜屋武の、根深いコンプレックスと歪みは、学生時代となんら変わっていない。不安に思っていれば案の定、身勝手極まりない浮気で史鶴を傷つけて、一方的に切り捨てた。

約束を破られ、怒りが頂点に達した昭生は、持てる伝手のすべてを使って喜屋武を妨害した。あまりに浅薄で短慮な泥仕合を、伊勢は何度かいさめたが、昭生は聞かなかった――。

「あれは俺らがばかだった。俺も喜屋武も幼稚だったんだ。おまえは巻きこまれただけだ」

けっきょく自分たちは、史鶴にかこつけて、何年もまえのけんかをやり直していただけなのだ。あげくいまだに引きずって、今度は朗まで巻き添えにし、結果としてまったくの第三者である栢野がその始末をつけた――あの顚末《てんまつ》を思い出すだけで胸が悪くなる。

深く眉を寄せた昭生に、史鶴は穏やかに微笑む。昭生などよりよほど達観した笑みは、彼なりの苦労があって身につけたものだ。

「でも、あのころのことがあって、いまがある。少なくともつきあいはじめ、俺は喜屋武を好きだったし、そのころの喜屋武は……やさしかったんですよ」

ほんのすこしだけ、なつかしそうな顔をした史鶴は、すぐにそれを振りきった。

「ふられて昭生さんになぐさめてもらった、それは事実でしょう？」

つくづく子どもの成長は早い。若者が自分を追い越していく瞬間は、ある意味誇らしく、こんなにも情けないものだと昭生は思い知った。そして手元に開いた『フォトライフ』に目を落とし、喜屋武もそれを知っただろうかと、ぼんやり考えた。

史鶴はゆっくりとモスコミュールを飲み干したあと、立ちあがった。

「もし、喜屋武に連絡することあったら、俺にも雑誌送ってこいって言ってください」

昭生にそのひとことを残して、史鶴は帰っていった。

けっきょくは皆、不格好ながらちゃんとまえへと進んでいる。未熟すぎる心をどう変えればいいのかと戸惑い、立ち止まっているのは昭生ひとりなのだろう。

カウンターの脇に置いておいた携帯電話が、メールを受信した。

【明日の午後、依頼人を連れていく。よろしく頼む】

伊勢からのそれに、昭生はますます苦い顔になった。過去の始末がついていないことの、最大の象徴である男との停滞しきった状況。惰性のようなそれが、近ごろ苦くてたまらない。

関係の破綻《はたん》のきっかけは伊勢の浮気だったかもしれないが、遠因は昭生の幼さだ。未熟だったお互いの咎だと、いまではわかっている。けれど、傷つけあった時間があまりに長すぎて、どこにもたどりつけなくなってしまった。

「変われないのは、俺だけか……？」

閉店間際の店のなかには、泣き疲れた小島しかいない。酒に押しつぶされた彼も、カウンターに突っ伏して眠っている。

昭生の苦いつぶやきは、誰にも聞かれることはなかった。

＊　＊　＊

平日の午後、カフェからバーの営業に切り替えるための、数時間のアイドルタイム。

人気《ひとけ》ない店のなかには、昭生と伊勢、そして彼の依頼人である、老夫婦がいた。

「ここは友人の店で、ほかに誰にも聞かれることはありません。安心してください」

不安そうな老夫婦に伊勢が告げると、彼らは昭生に申し訳なさそうな顔を向けた。

「お休みの時間に、本当に申し訳ありません」

――いちど、弁護士に裏切られてるから。

伊勢が言った言葉を思い出す。謝ることに慣れきってしまったようなお辞儀のしかたに胸を打たれ、昭生はできるだけやわらかな声を発する。

「気になさらないでください。いま、コーヒーを……お茶のほうがいいですか？」

「お気遣い、すみません。ありがとうございます」

ぺこぺこと何度も頭をさげる彼らは、ひどく疲れて見えた。店では出すことのない日本茶を、丁寧に淹《い》れると、伊勢が穏やかな笑みを浮かべる。

「ありがとう」

昭生は無言でかぶりを振り、できるだけ彼らの意識に入らないよう、カウンターのなかで片づけをはじめた。店のなかにすこし明るめのＢＧＭを流し、音をぶつけて彼らの会話ができるだけ聞こえないように配慮する。

それでも、切れ切れに聞こえてしまうものもあった。

「……だから、贖罪寄附《しょくざいきふ》？　とかいうのをしろって言われて。でも意味がわからなくて」

どうやら、まえの弁護士が指示した内容について聞きだしているらしい。伊勢は平静な顔を作っていたが、次第にその眉間に力がこもってきていると、昭生は気づいた。

「贖罪寄附について、なにを言われましたか。たとえば、いくら払うとか」

「ふつうは一千万払うものだと。最低でも五百万と」

額面の多さに昭生はぎょっとし、伊勢は険しい顔で「そんなばかな！」とつぶやいた。相手の男性は伊勢の反応に驚きつつ、口早に言った。

「でも、まったく金がないっていうのなら、二十万くらい出せばいいって……なんだか振り幅がすごすぎて、基準がなんなのかも、その意味もわからないんです」

混乱しきった顔の男性に、伊勢は憤《いきどお》りをこらえるように息をついて、口を開いた。

「あけすけに言ってしまえば、この場合の贖罪寄附というのは、寄附をしたという事実を作り、なおかつそれを証明づける書類を手に入れる形にすることで、公判を引き延ばすための材料作りです」

相手はきょとんとしたまま動けなかった。伊勢はため息をつき、こめかみを揉《も》んだ。

「……なにも説明されていないんですね」

「いらんことばっかりは、言うくせに……」

ぶるぶると老女の肩が震え、恨みのこもった声を発した。夫が「よせ」と止めるのも聞かず、彼女は激したように語り出した。

「いつもね、航空機事故の裁判やったんだって自慢げに話すんです。うちのことなんか、つまんない、やる価値のない裁判だって」

隣にいた男性はうなだれた。しわの刻まれた顔が、苦労の多い人生を物語っている。

「この間も駅前の喫茶店に呼び出されて、大声で、判決が、とか、実刑が、とか言うんです。まわりのひとはみんな、なにごとかっていう顔で見てました。こ、このひとにも、反省を示すためにさっさと頭まるめろとか、店も辞めろとか……働くこともできなくなったら、どうやって生活すればいいんですか」

いかにも善良な彼らにとって、どれだけの辱《はずかし》めだったのだろう。

伊勢がここを指定してきた理由を理解した昭生は、いまはここに自分がいないほうがいいだろうと判断した。

「……ちょっと、失礼しますね」

会話の切れ目に、ひとことだけ告げてその場を離れる。感謝を示すように伊勢が目配せをし、昭生もうなずいた。店からバックヤードの間のドアを閉め、苦い煙草を一服する。

ドア越しに聞こえるすすり泣きに、昭生も息が苦しくなった。

(くそったれ)

——裁判に挑まなきゃならない依頼人ってのは、かなりナイーブなんだ。

そんなことすら慮《おもんぱか》れず、守秘義務すら考えもつかずに自慢話——昭生は顔も知らない某弁護士に対して、胸の悪い気分を味わった。

昭生が頃合いを見計らい、店内に戻ってみると、話はまだ続いていた。そして伊勢の広い肩に、さきほどよりなおすさまじい憤りが漲《みなぎ》っているのを、昭生は見た。

「——着手金？　その書類には着手金、とあったんですか」

「……はい」

伊勢は、一瞬黙りこんだ。表情には出さなかったけれど、何度も眉間を親指で掻いている。いらだったときの彼のクセが出たことで、さらにいやな展開になったのだと理解した。

「その間、あちらはなにをなさいましたか」

「この書類を……振込のあった三日後に出してきて、そして、べつのひとを頼めと」

伊勢は、ファイリングされたそれにざっと目を通し、すぐに閉じた。

「お金を返してもらうよう、言ってください」

依頼人男性は「でも」とためらった。だが伊勢はさらに、きっぱりと告げた。

「払う必要はありません。言ってはなんですが、この方は、入金がなされるまえから、降りる心づもりでいたようですから」

書類を見れば一目瞭然《いちもくりょうぜん》だと、伊勢は静かに語った。愕然《がくぜん》とする老夫婦は、肩を落とす。

「やっぱり、そうですか……おかしいと、思ったんです」

呻いた男性の隣で、ついに耐えられなくなったのか、わっと老妻は泣き伏した。

「またお金だ。贖罪寄附だって、ただ、払え払えって。言うこと聞いてればいいんだって。わたしらにとってはあり得ない、ものすごいお金を、あたりまえみたいに……」

ぼろぼろと涙を落として彼女は呻いている。夫は顔を強ばらせたままで、伊勢の頬には苦渋が満ちていた。昭生は、ただ黙って新しいお茶を淹れ、静かに彼らのもとへと運ぶ。

「……どうぞ」

タオルとおしぼりを差し出すと、「すみません」と何度も繰り返していた。洟《はな》をすすりながら顔を拭《ふ》く彼女を、伊勢は穏やかに力強い声で励ました。

「できる限りのことは、してみます。がんばってみましょう」

何度もうなずく老夫婦の表情は、それでも晴れることはなかった。店を出て行く際に、依頼人の男性は、伊勢を仰ぎ見て言った。

「話、聞いてくれてありがとうございました。先生がやさしいから、嬉しかった。どういう結果でも、受けとめたいと思います。……お茶をごちそうさまでした」

最後の言葉は昭生に告げ、悄然《しょうぜん》として彼らは去っていった。見送ったあと、店内に戻ってきた伊勢は疲れと憤りを滲ませた顔で、頭を抱えた。

「酒くれ」

「おい、真っ昼間だぞ弁護士」

言いながらも、昭生はショットグラスにジンと炭酸を注いだ。きつい気分のときには、きつい酒に限る。ショットガンの作法どおり、伊勢はテーブルにグラスを叩きつけ、炭酸がはじけた瞬間、ひといきにそれを呷《あお》った。

「一本くれ」

昭生がグラスを片づけ、煙草に火をつけると、めずらしく彼はそれもねだった。

「滅入ってんな」

「昭生にやさしくされるくらいにはね」

ライターまで差し出すサービスをすると、伊勢はそう言って皮肉に笑った。

「……たいして派手な事件じゃなかった。ほんのちょっとした交通事故と違反」

深々と吸いつけたあと、ゆるく煙を吐き出しながら彼はひとり語りのようにして口を開く。

「いちばん重いのが飲酒運転だ。ポールに車のバンパーをぶつけてちょっとこすっただけで、自損事故だし、実損はないに等しい。けど、微罪が何度か重なって、実刑までかかってきた。……それが、さっき来たひとの、ダンナさんのほう」

昭生はライターを引っこめ、同じように煙を吹かしながらうなずいてみせる。

「おまけに、被害者がいる事件なら民事に持ち込めるけど……今回のケースはむずかしい」

自損に違反、被害者の存在しない法律違反は、じつのところ『国を相手』にした犯罪になる。この数年交通関係の法整備は厳しくなっており、おまけに微罪すぎるため、却って抜け道がないのだと、伊勢は疲れたように言った。

「最初相談されたときから、見こみはないと思ってた。あきらめたほうがいい、とも言ったんだ。けど……依頼者の知りあいに、たまたま大手の企業家がいて、そのひとはよかれと思って自分の顧問弁護士を紹介したんだ。新聞の一面に乗るようなでかい事件をこなしてるひと、ベテランのヤメ検をね」

「航空機がどうのこうのってご自慢の？」

幾度かきな臭い横領絡みの話や、間違いなく黒だと言われた殺人容疑で、無罪を勝ち取ったこともある、大手事務所の弁護士だった。

「ほんの数年まえまでは、その程度の微罪であれば『うえからの口利き』でなにごともなくすまされた。じっさい、紹介した人間はそれを狙ってた。でもこのご時世だ」

司法や警察の癒着や裏取引がニュースなどで騒がれてしまう昨今、警察も検察もぴりぴりして、ほんのちょっとの見逃しすらもむずかしいのだと伊勢は語った。

「ましてや、依頼者自体はたいして金も権力もある人間じゃない。しかもあのとおり、パニックを起こして怯えていて、聞き出さなきゃ自分からはしゃべれもしない」

いやな予感がした昭生は、顔をしかめながら「それで？」と問いかけた。伊勢は、やるせなさを噛みしめる暗い表情でかすかに嗤った。

「その弁護士は、つまんない事件だと思ったんだろう。ハクもつかないし、検察側からも睨まれるだけだし。金取るだけ取って、あとは切ったよ」

「……なんだよ、切るって」

「さっき、着手金がどうこう言ってたの、聞こえただろ。あれは、ぎりぎりまで戦ってみるとか言って、次の裁判に備えるための契約を切らせたときの話」

だがその五十万を入手したとたん、相手の弁護士は言ったのだそうだ。

——やっぱり勝ち目はありませんね。ここはわたしを解雇して、べつの弁護士を雇うことで、時間を稼いでください。

「じゃあなにか、最初から、金まきあげるだけになるってわかってて、再契約させたのか」

昭生が激昂して問いかける。伊勢は答えなかったけれど、沈黙は肯定だった。

「ひどすぎないか、それ」

「弁護士としてのキャリアにもならない、パフォーマンスとしてもおもしろくない。そんな事件に見切りをつけたくなったんだろう」

――弁護士のパフォーマンスは、そんなとこでやるもんじゃないよ。

吐き捨てるような伊勢の声がよみがえり、昭生は無言のまま、コーヒーを淹れた。しばらくの沈黙ののち、「おまえ、どうすんの」と昭生は問いかけた。

「俺は、なんとかしてやりたいと思ってる」

「けど、そもそもは、飲酒運転が悪いのは、事実だろ。規制も厳しいし」

むずかしいんだろうと昭生が問いかけると、伊勢はコーヒーをすすり、言った。

「ああ。でも、事情が事情だった。……飲みの相手が依頼人の取引先で、酒を飲まないと機嫌が悪くてどうしようもなくなる。それこそ簡単に取引を飛ばしたり、難癖をつけて工賃を下げるくらいのことはする。だから、つきあわざるを得なかった」

「そんな、無茶な」

「無茶でも、飲むしかないんだ。そしてあのひとは、どうしても翌朝までに帰らなきゃいけない理由があった。……初孫の運動会で、ビデオ係をするって約束してたから」

昭生は、しわ深い男性の顔を思い浮かべ、息苦しさを覚えた。あんなにもつらそうな顔をしていなければ、好人物だろうことは見てとれた。

「店、やめろって言われてたのは？」

「整備工なんだよ、あのひと。……交通関係の犯罪しておいて、車に関わるなんて、問題外だと言われたんだそうだ。たいした稼ぎがあるわけじゃない、しょぼい店なんかたたんで、どっかに就職し直せ、とかな」

あの夫婦は、店を四十年もやってきた。整備以外に資格も持たず六十もすぎた彼に、どれほど就職口があると思っているのだか。嘲笑《あざわら》うような伊勢の声に、昭生は愕然とした。

「なんだそれ。しょぼいって、ひとの店を……人生のうちの四十年、全否定かよ」

「ブルーカラーを見下す人種っていうのは、思ってるより多いんだよ」

伊勢は疲れきったようにつぶやいた。昭生は憤りをこらえきれず、吐き捨てる。

「だから、金持ちはいやなんだよ」

セレブぶった人種にはよくある話だと、昭生はうんざりとかぶりを振った。

昭生自身、滋のおかげで金に苦労はしなかった。だが、父親が会社を傾かせていった際、どれだけの人間が手のひらを返したか、そして持ち直したと見ればまたすり寄ったかを、幼心に見てきた。また、辛酸をなめ尽くした喜屋武の過去、彼がひどい差別を受けた話も、彼自身への感情はどうあれ、不愉快でたまらなかった。

「……金持ち、か」

つぶやいた伊勢が、奇妙な顔をした。けれど、昭生が怪訝《けげん》に思うより早く彼は言った。

「とにかくミスはミスだし、あのひとはたしかに間違いを犯した。けど、その代償は充分に払ったはずだ。実刑食らったあげく一年も店を閉めることになったら、老後の生活はぼろぼろになる。それを、どうしてやればいいか考えると、頭が痛い」

「おまえが、そこまで背負うことなのか？　弁護士は、弁護だけすればいいだろ」

あまりに痛ましくて、昭生はつい口を挟んだ。伊勢は、煙草が根本まで燃え、灰が指を焦がしそうになっているのにも気づかず、呻くように言葉を発した。

「俺は町弁だから。町に生きてるひとたちが、裁判が終わってもどうやって暮らして、生きていくのかを考えていなきゃならない。雲の上で、ただの数字でしかない金を動かしてる人間じゃないんだよ」

「アフターケアも考えなきゃいけない、ってことか？」

そんな言葉でくくるなと言うように、伊勢は真剣な目で昭生を見つめた。

「生きてる人間の弁護をしてるんだ。小難しい名前のついた罪状や、贖《あがな》うための額面を、ゲームみたいに動かすような真似をして、適当な謝礼をもらう人種になりたくない」

昭生はなにを言うこともできず、はじめて見る彼の顔に立ちすくんだ。気圧《けお》されたまま、あえぐようにして問いかける。

「伊勢は、なんで、そこまで思うんだ」

「……なにかを間違った人間にも、もう一度、正すチャンスを与えたいんだ、俺は」

重苦しくつぶやく伊勢の言葉に実感がこもっていて、なぜか昭生は息苦しくなった。

彼はそんなことを言うほどの間違いなど一度も犯してはいない。なのに、いつまでも昭生への罪悪感に囚われて、ずっとここに居続けている。

沈黙は重く、昭生の煙草もまた、根本まで燃え尽きた。フィルターの焦げる悪臭に気づいて、ようやくふたりは息をつく。

「つまんない話、したな。悪い」

「べつに……」

ひどく疲れている様子も気がかりではあったが、いままでにないほど真摯《しんし》な伊勢に、昭生は圧倒されていた。

昭生がだらだらと、目のまえにあるできごとに場当たりで対処し、生きている間に、彼はすっかり大人の男になっていた。誰かの責任を取り、正しく憤れる男に。

「……いつまで」

つぶやいた声に、伊勢は「なに？」と眉をあげた。昭生は無言でかぶりを振る。

高潔な伊勢が、いつまで自分などに関わっているつもりなのか。わからないまま、昭生は新しい煙草に火をつける。舌を刺す苦さでも、胸苦しさを誤魔化すことはできない。

カウンターのした、伊勢からは死角になるキッチン部分の棚の奥、喜屋武の写真が掲載された雑誌がある。携帯番号を書いた付箋もそのままになっている。

迷って、けっきょくはそれを伊勢に見せることはやめた。疲れきった顔の男に、これ以上面倒な話を持ちこみたくはなかった。代わりに、昭生は小さく告げた。

「朗、学校にいってて、いないけど？」

伊勢は顔をあげ、なにかを探るような目で昭生を見た。だが含みはないと告げるように見つめ返すと、疲れのなかにあまさを滲ませた表情で微笑んだ。

つけこむよ、とささやかれ、ふたりで二階の自室へと向かう。

午後の情事はすこし慌ただしく、けれどこのところになく、静かで穏やかなものだった。

無言のまま交わす情交のさなか、軋むベッドの音だけが、やけに響いた。

＊　＊　＊

昭生が喜屋武に会おうと決めたのは、それから数日迷ってのことだった。さんざん悩んだあげく電話をかけると、応答したのは留守番電話で、すこし肩すかしを食らった。

『あー……昭生です。雑誌をどうも。番号があったんで電話しました、それじゃ』

切ってしまおうかと思ったが、一応そんな不格好なメッセージは残した。義理も果たしたし、喜屋武もこれで気が済んだだろうと、自分に言い訳をつけるためだった。だが昭生が驚いたことに、かつては連絡面でルーズだった男は、ほんの数時間後にかけ直してきた。

そして、早々に会って話がしたいと言われ、抗《あらが》うことも言い訳もうまくできないまま、閉店後の昭生の店で会うことが決まった。

念のため、朗は栢野の家に送りこんである。どんな話になっても決着をつけようと意気込んでいた昭生のまえに、へらへらと笑いながら喜屋武は姿を現した。

「――お電話ありがとうございました、みたいな？」

数年ぶりのひとことはそんなふざけたもので、相変わらず焼けた肌に金髪、いかにもな鬚《ひげ》に大量のピアスと、喜屋武は過去のそれよりますます派手になったようだった。

「ひさしぶりだな」

「ほんとほんと、ひさしぶり」

どかどかとワークブーツであがりこみ、カウンター席に腰を下ろす姿を見て、変わった部分もあったのかと感じた。ジーンズも靴もいい具合にくたびれているけれど、それはダメージ加工などではなく、喜屋武がじっさいに歩きまわったからだと見てとれるものだった。

「写真、見た。おめでとう」

「まだ序の口だ。ここ数年のツケがまわってきてる、カンが鈍ってて、だめだな」

うそぶいて皮肉に唇を歪めるけれど、その目にかつて淀《よど》んでいたすさみは見つからない。

昭生はあきれた顔を装い、言った。

「栢野先生に、せっかく紹介してもらったんだろ。チャンスはつぶすなよ」

「てめえがつぶしてくれたくせに、よく言う」

鼻で笑った伊勢は「なんか出せよ、飲み屋だろ」とふてぶてしく言ってのけ、組んだ足先、汚れたワークブーツでカウンターの壁面を蹴る。昭生はぴくりと眉間を狭め、ストックから適当に摑んだコロナビールを渡してやった。

「今日は、振ってねえだろうな」

にやついた男の言ったのが、出会ったレイブの夜のことだと思い出すまでにしばらくかかった。きょとんとした顔をしていたのだろう、喜屋武は苦い顔で笑う。そんな必要もないのに、なぜかばつが悪くて、昭生は口早に言った。

「史鶴から伝言。——俺にも雑誌送ってこい、だそうだ」

「あほかよ、あいつは。よく言うな、そんなことを」

瓶に口をつけてごくりと飲んだあと、喜屋武はそう言って嗤った。

「昔があっていまがあるから、いいんだとさ。俺が仕返しはしたし、かまわないそうだ」

「……あっさり過去にしてくれやがったな。それとも嫌味か。あいつも根はキッツそうだったからな」

広い肩をすくめて言う喜屋武の口調には、昭生には読めないニュアンスがあった。おそらく深いつきあいのあった史鶴と彼の間にだけ通じるものなのだろうか。

「けど、それよか俺は、おまえのほうがやっぱり驚きだ。まっさか電話もらえると思わなかったぜ」

「なんでだ。おまえが番号書いてきたんだろ？」

よくわからないと昭生が告げれば、喜屋武は目をまるくした。そうして、ふはっと気抜けしたように噴きだす。

「おまえもしかして、俺が朗を脅した話、ろくに知らねえのか？」

「……金払えだの、やらせろだのって、昔と変わらんことを言ったんだろ」

ばかにしたような声にますます顔をしかめると、ひとしきり喉奥で嗤いを転がした喜屋武は、昭生にとっては見慣れた、悪辣《あくらつ》な目をした。

「ネタ本体の話だよ。史鶴とのハメ撮り写真、送りつけてやった」

昭生が一瞬で凍りつくのを、さもおかしそうに眺めたのち、喜屋武は「つっても合成《コラ》だけどな」とすぐに笑い出してネタをばらした。だが、昭生は笑えなかった。

脳裏によぎったのは、大学時代のあの狭いアパートで見つけた、キディポルノの写真だ。この男がそうしようと思えば、たとえ合成だとしても、えげつなく淫猥《いんわい》な写真になったことだろう。昭生はカウンターに爪《つめ》を立て、必死に感情をこらえた。

「やっぱりな、知らなかったか。栢野ってやつも朗も、そうするだろうと思ったよ」

「なん……なんで……」

「そりゃ、おまえの神経がもつわけねえって、わかってってっからだろ」

喜屋武の冷やかに乾いた口調で、昭生は知る。その問題の写真を、報復を向ける相手である昭生のもとに届くようにと、彼は考えていた。

「朗のやつも、たった三年ですっかり根性据わりやがって。ギリまで言わなかったあげく、あんな食えねえ男捕まえてきやがって、俺の復讐計画もパーだった」

げらげら笑った男の口調は相変わらずふざけたもので、どこまで本気かわからない。ぎりぎりと神経を引っ掻くような、この性格は昔からのものだ。

「復讐って、どんだけこだわってんだよ。悪いのはおまえだろうが」

「かもな。でもおまえらには、ほかの連中よりやさしくしてやったろ？　なのにあきらめ悪くて、なかなか堕《お》ちねえからさ。自分は悪くないって顔して」

いじめてやろうと思っただけだと、悪質すぎる話を笑って告げる、その態度に血管が切れそうなほど腹も立ったが、同時にその笑顔で、妙に力が抜けた。

喜屋武には、写真にかける情熱や、気まぐれに他人をかまうときの妙な繊細さなど、たしかに美点と言える部分もある。けれど、本質が根底から壊れているのは事実なのだ。

——そのころの喜屋武は……やさしかったんですよ。

史鶴のあのひとことを、昭生は否定できなかった。疲れて心が折れかかっている人間に対して、喜屋武は共感能力とも呼べるものを持っている。自分はもうだめだと思いつめたときに、理解できる、俺も同じと告げられるのは、ひどくあまい蜜なのだ。

そして昭生もそれになぐさめられた。だが、その歪んだ安寧になぐさめられ、立ち直ろうとした瞬間、喜屋武の情は反転し、攻撃の牙になる。理由など幼稚でくだらなくてかまわない、喜屋武のルールからはずれるものを彼は許さない。

街の繁栄と衰退を峻厳な目で写し取った写真の、陰陽の二面性。あれこそが喜屋武そのものだ。クレジットがなくても昭生にはきっとすぐにわかっただろう。

「復讐か。ほんとに、逆らわれるのがきらいな男だな」

史鶴はそれに黙って耐え、逃げたけれど、昭生は彼のぶんも含め、二度もやり返した。振りあげようとした拳を、昭生はおろした。喜屋武はにやにやしながら挑発する。

「あれ、怒るかと思ったのに、そんだけかよ」

「朗に対してやったことは、死んでも許せねえよ。史鶴についても同じだ……でも」

――過去にケリをつけなきゃ、なにも片づかないと思いますが。

栢野に、もうなにもするなと止められたことを思いだし、瞬間的にこみあげた喜屋武への憤りを、昭生はどうにか抑えた。傷つけられ傷つけ返す永久運動のようなループを断ち切れと言った講師は、この事態を見越していたのだろうか。あの男ならあり得ない話ではない。

殴りかかりたい衝動は煙草を深く吸うことでごまかし、昭生は口早に言った。

「俺はおまえのカメラを傷つけたことは、ずっと悪いと思ってた。仕事のことも……それこそ復讐したのはお互いさまだ」

そこはもう詫びたのだから、繰り返したくない。大人らしく、引き際をきれいにしたい。

そう思った昭生に対し、喜屋武はおかしそうに笑った。

「昭生はけんかがへたそうだからな。加減を知らねえんだよな」

それを承知で挑発していたのだと、細めた目が語っている。昭生はさらに沈黙を守り、コロナを喉に流しこんだ喜屋武はますます笑みを深くした。

「いまのおまえが浮気なんざされたら、殺すかチンポ切り取るくらいしそうだ」

そのひとことに、さすがに息を呑んだ昭生へ、喜屋武は怪訝そうな目を向けた。

「あのあと、モトサヤにおさまったんだろ。なんでそんな顔してる」

「より、戻したっていうか、なんていうか……」

厳密には違うということを、この壊れた男相手にどう説明すればいいのかわからなかった。

だが、喜屋武は伊勢と昭生の微妙な関係を、言葉にされないまま理解したらしかった。

「許しきれないまま、グダグダってやつか。つまんねえことやってんな、昭生」

ま、よくあることじゃねえの。かつて滋と亜由美について打ち明けたときとまったく同じ口調で、喜屋武は話をまとめてしまった。

「どうする？　またダメ人間同士、なぐさめあうか？」

それはひどく楽なことだろうと昭生には思えた。喜屋武は自分と同じにおいがする。中途半端で、変な部分だけ夢見がちで、自分にはあまいくせに他人を許せない。そして傷つけることだけがうまい。

「おまえといれば、たしかに楽だな」

力なく笑って告げると、喜屋武はなぜか眉を寄せたまま笑う。

「けど、昭生の好みは、ばかみたいに前向きでちゃんとしたやつだろう」

「え……？」

「おまえの義兄さんにしても、伊勢にしても、ああいう正しくて強い男がけっきょくは好きなんだよ。どうしようもなくな。しょうがねえよな、Mだから」

あっさりと言い捨てられ、そんなものだろうかと妙に納得した。つり合わないとひがみ、やつあたりして傷つけるくせに、けっきょくは伊勢を切り捨てられない自分がいる。

「どうしようもないな、俺」

「まったくだ。おまえには俺程度が似合いなのにな」

軽口を叩く男を睨んでみせると、喜屋武はコロナの瓶を指に引っかけてもてあそぶ。

「一応な、あのころ、俺は俺なりにおまえを気に入ってたし、史鶴もそうだった。しょせん、どっちもうまく行きやしなかったけどな。一応傷ついたぜ？　おかげでますます荒れた」

「おまえ、図々しいこと言うなよ。俺はともかく、史鶴には逃げたくなるようなことばっか、するからだろ。あほほど浮気するわ、だますわで」

「史鶴の愛を試したんだよ。まあ、おまえとはそこに行き着くまえに終わったけどな」

あっさりと過去を語る声の穏やかさは、かつての喜屋武にはなかったものだ。もはや彼すらも、昭生と同じ位置に立ってはいないのだと気づいた。この数年、周囲が変化していくなか、閉じた空間で見知らぬ誰かの傷をそばで見守るばかりの日々だった。

（いや、違うな、それも）

――そういう演歌じみた色恋沙汰は、好きじゃねえんだよ。

再三、そう言って咎め、あきらめろと告げたのは、史鶴や小島の姿に過去の自分を見て、あまりに恥ずかしかったからだ。ある意味この十年、自虐に浸っていたのは昭生だけだ。

「俺だけ、ずっとあのまんまなんだな」

「俺だって大差はねえよ」

喜屋武はそう言うけれども、レンズを通して世界を見る瞬間だけは、昭生には届かない場所にいる男だ。現実と折り合いがつかず悩んで足踏みしても、ほんのすこしのチャンスを握りしめ、なにがなんでもモノにしようとする野心がある。

あのころ同じ場所にいると感じていたことこそ、錯覚だったのかもしれない。それも自虐かと自嘲して、昭生は問いかけた。

「で、今日来たのは、なんだったんだ」

「ああ、渡したいもんがあってな。昔の荷物整理したら、コレが出てきた」

かさばる封筒を渡され、怪訝な顔で中身を見ると、喜屋武が昔撮った昭生の写真だった。

「こんなにあったのかよ」

「っつうか、撮らせてくれっつって、いっしょにいたんだろ。おまえ、途中からともだちごっこで、忘れてたけどな。……いい被写体だったよ、いろんな意味で。顔も性格も、きれいに歪んでた」

学生時代のひりついて尖《とが》った目をした、なつかしい自分に、昭生は複雑な顔をする。

「ついでにこれ、史鶴に渡しておいてくれ」

同時に渡されたそれは、昭生の写真とはずいぶん対照的なものだった。

「これ……ほんとにおまえが撮ったのか」

やさしい顔で微笑む史鶴の表情が、胸に迫る。被写体の本質を切り取るだけでなく、思い入れも感じられる、そんな写真を喜屋武が撮るとは思わなかった。

「ボケた写真だって言いてえんだろ」

喜屋武の言うとおり、おそらく彼の作品としては鋭さに欠ける。平和であたたかくあまい、そんな空気は彼の作風と反するものだということは、昭生にもわかる。

ふと、だからこそ喜屋武は史鶴を捨てたのだろうかと思った。渇望と反骨こそがすべてと語るような喜屋武の世界に、このあまさは不似合いすぎる。ついてこさせようとすれば、史鶴が押しつぶされる以外にないことは、容易に想像がついた。

史鶴を思ってのことか、喜屋武が写真を選んだのか、それはわからないけれど。

「……おまえ、ほんとは史鶴のこと、本気で好きだっただろう」

「だから、そう言ってんだろ？」

「それから、朗には自分でちゃんと謝れ」

頼むからそれだけは筋を通せと昭生が真剣に言うと、喜屋武は肩をすくめた。

「俺の顔見るほうが、朗は怒りそうな気がすっけどな。……ま、気が向いたらそうする」

どこまでもふざけた口調で、皮肉な笑みを浮かべた喜屋武は、用はすんだと立ちあがる。

「そんじゃな」とあまりに軽く告げて、彼は背を向けた。

彼とはもう二度と会うことはないだろう。でもたぶん、それでいい。

喜屋武とはかつて人生のなかでほんのわずかな時間に、いちばん醜《みにく》いなにかを共有した。

そんな相手は、お互いにとってもっとも必要がないのだろう。

喜屋武の背中を、昭生は自分でも驚くほど冷静な気分で見守った。だが、それは喜屋武がドアに手をかけるまでの、ほんの数秒のことだった。

「……どういうことだ？」

扉の向こう、青ざめた顔の伊勢が、見たこともないほど険悪な顔で立ちつくしていた。その手には、剝きだしのままの『フォトライフ』が握りしめられている。

喜屋武は、伊勢の表情など意にも介さぬように、ひどく明るく笑って手をあげた。

「おう、伊勢。ひさしぶりだな」

「会いたくもないがひさしぶりだ。……どうして来た。あのとき言っただろうが、昭生のまえに顔を出すなと」

「安心しろ、二度と来ねえよ。預かりものは返したし、来月から日本を出るしな」

交わされる会話の意味がわからず、昭生は眉をひそめた。伊勢が言う『あのとき』がいつのことなのかもわからないし、喜屋武が海外に行くことも初耳だ。

「なんの話、してるんだ。おまえら」

「昭生、知らねえのか？」

おもしろそうに大きな目をくるりとさせた喜屋武に、伊勢は苦い顔をする。止める間もなく、喜屋武はさもおかしそうに笑いながら言った。

「こいつはおまえが史鶴の件でブチ切れて大荒れしたとき、おまえが報復手段とるまえに、俺に接近禁止令出そうとしやがったんだ。つきまといと、いやがらせに相当するっつってな」

まったく知らなかった事実に、昭生は愕然となる。伊勢を見ると、彼は厳しい表情で唇をきつく結んでいた。喜屋武はにやにやと嗤い、またあの底冷えのする目で昭生を見た。

「そこまでしてもらっといて、なんにも気づいてないのは笑えたぜ。グダグダやってんのは、いかにもおまえらしいよ、昭生。ま、そうやって人生無駄にすんのもアリだ。俺のケータイは海外でも通じるから、伊勢と破局したら、一発やろうぜ」

そんなよけいなひとことを残して。喜屋武は今度こそ去っていった。

残されたふたりは、しばらく沈黙のまま向かいあっていた。

「……接近禁止令って、なんだ、伊勢」

さきに口を開いたのは昭生だった。思いがけない事実に呆然とするあまり、硬い声を発してしまったが、それを伊勢は怒りと取ったようだった。

「事実だろ。おまえの周辺にちょっかいかけて、いやがらせして。ストーカー行為だというのは、さほどむずかしくなかった」

「でも、俺は、そんなの頼まなかったし、おまえにも言われなかった」

「逆上するのがわかってたから、黙ってやったんだ。……けっきょくおまえが仕返ししたせいで、喜屋武からの抗弁が通っちまったけど」

あのころ伊勢は、報復行動などやめろと再三いさめた。その裏にはこんな理由があったのかと呆然とする昭生に、伊勢はいらいらと髪を掻きむしった。

「それより、なんで喜屋武と会う？　朗になにがあったか知らないからか？」

いままで喜屋武が座っていたカウンター席に、乱暴に腰を落とす伊勢は、すでに知っていたのか。また自分だけが蚊帳《かや》の外かと思うと複雑だった。

「史鶴の写真で脅したんだろ。知ってる。さっき、聞いた」

昭生がもうわかっていると告げたとたん、きりきりと怒っていた伊勢は目を瞠り、鋭く息を呑んだあと、打ちのめされたように肩を落とした。

「……おまえがわからなくなってきた。それでなんで、暢気《のんき》に笑ってられるんだ」

あれが伊勢には、暢気に見えたのだろうか。歪《いびつ》な合わせ鏡を相手にしているような、共鳴するからこその嫌悪をまじえた、苦くてやるせないなにかが、わからなかったのだろうか。

「どうして、ひとりで会ったりする？　朗まで遠ざけて、なにかあったらどうするんだ」

「心配かけたのは、悪いと思うけど、でも――」

喜屋武とは、過去は過去として乗り越えたことを、お互いにたしかめあう必要があったのだ。たぶん弱い部分だけ似ている昭生と喜屋武は、すぐに停滞して淀んでしまう自分をよく知っている。それを説明しようとしたとき、眉間を親指で掻いた伊勢が呻いた。

「まったくもう、いまはあの案件だけでも手一杯なのに、……もう勘弁してくれよ、昭生」

愚痴《ぐち》めいたそのひとことは、まるで手のつけられない子どもへ向けるようなものだった。かっとなる自分を知り、抑えようと思ったけれども、反射的に言葉は飛び出していく。

「喜屋武だって変わったんだよ。それにもう、終わった」

喜屋武を庇う言葉は、本心というより伊勢への反発でしかなかった。言ったそばからこれでは本当に子どもだと自分にあきれたが、伊勢は青ざめた顔で、あざけるように言った。

「……変わった？　つい最近、朗を脅して、栢野さんのコネと伝手で仕事取った程度で、どこまで変わるっていうんだ」

「おまえはわかってない、そうじゃなくて、あいつがしたことは――」

「苦労したせいでひねたとか？　犯罪者にまでいちいち同情するわけか。おまえの、朗への情ってそんなものか？」

「そんなんじゃ、ない」

朗を脅迫したことや、史鶴への仕打ちについての憤り、それはたしかに胸にある。

けれど一連のできごとはすべて、昭生が遠因なのだ。あの日、彼のライカを壊さなければ、喜屋武は怒り狂うこともなく、朗も史鶴もきっと傷つかずにいたはずだ。だから、喜屋武を責められるたび、自分が責められているような気になってしまう。

（あいつを責めたら、俺はどうする？　ぜんぶ、俺のせいなのに？）

伊勢が正しくあればあるほど、昭生は打ちのめされる。それは滋と亜由美についてのことを、伊勢にだけは最後まで口にできなかったことと同じだ。

うしろぐらい感情も秘密もない人間への、羨望と嫉妬と――羞恥だ。

「伊勢にはわかんねえよ。まともなうちで、ちゃんと育てられてきた人間にはっ……！」

口走ったあと、伊勢の形相が変わった。言うべきではなかったのだと気づいても、もはや遅く、伊勢はかすかに震えた唇から低くひずんだ笑い声をこぼした。

「そうだな。おまえは、本当は金持ちとかきらいだもんな。恵まれた環境にいる人間のこと、どっかで嫌悪してる。自分が恵まれた環境にいたことに、勝手に卑屈になってる」

「そういう話じゃ、ねえだろ」

「滋さん、かっこいいよな。ズタボロだった会社、たったひとりで踏ん張って、救って。喜屋武もそうだ、貧乏でひねた暮らしから、写真ひとつで這いあがろうとする。そういうの、かっこいいと思ってるんだよな。……俺の努力は認められないのに」

乾いた声を発する伊勢に、なにを言っているのかと昭生はめまいを覚えた。

——昭生の好みは、ばかみたいに前向きでちゃんとしたやつだろう。

あの男はそれを理解したのに、伊勢は真逆のことを言う。どうあがいてもすれ違う。

自分が悪いとわかっていても、どうしてこうまで思うように心を伝えあえないのかと、絶望さえ覚えそうになる。

「……なにがいいたいんだよ」

「おまえ、朗のこと、滋さんとひかりさんの子じゃなくて、滋さんとおまえの子だとか思ってるんじゃないのか？　だから許せないんだろ。亜由美さんと滋さんのこと」

伊勢の言葉に、昭生はがんと頭を殴られた気がした。けれどそれは図星だからではなく、十年もの間、終わったふりで棚上げしていた過去の遺恨を突きつけられたからだ。

「ひかりさんは受け入れてる、朗だってそうなのに、おまえひとりがいやなんだ。だから、週に一回の見舞いにも顔を出さない。なぜって、浮気されたのは『おまえ』なんだから」

伊勢の言葉に、昭生は真っ青になった。けっきょくはあの十年まえから、自分はなにひとつ変われていなかったことを、あらためて突きつけられた気がした。

（もう、無理じゃねえのか、これは）

やはり七年まえ、別れておくべきだった。そんなふうに心が折れかけた昭生へ、伊勢はとどめを刺した。

「それを思い知らせた俺のことを、十年もねちねちいたぶることで、自分の憂さ晴らしをしてる。……違うか？」

「俺は、終わりにしようってちゃんと、言っただろ」

「本気だったのか？　俺にいやがらせしたかったんじゃなくて？」

言葉がまるで出てこなくなり、気づけば伊勢を渾身《こんしん》の力で殴っていた。

別れて解放してやろうと思いつめたあのとき、昭生は昭生なりに必死で伊勢を思っていた。

それをそんなふうに捉えたまま、よくも七年つきあえたものだ。

「もう、だめだろ、伊勢。俺ら、だめだろ」

「……昭生はすぐそれだ。すぐあきらめる」

悔しいことに伊勢は椅子から転げることもせず、冷たい視線で昭生を睨みつける。座った体勢で、彼の顔は下方にあるのに、見下すようなそれはあまりに強烈だった。

「俺は十年まえ、間違ったよ。けど、どうして俺が間違ったのか、俺は言ったよな。でもまえ、あのときの俺の気持ち、本当に考えたことあったのか」

伊勢を殴った拳を握り、昭生も肩で息をする。睨みあうふたりの間に、火花が散った。

「滋さんだけ見て、ひかりさんのことしか考えてない、朗にしか笑わない。そういうおまえを都合よく大事にし続けるだけの俺が疲れてたこと、いちどくらいは思いやってくれたこと、あったのかよ。ないだろ？　そんなこと昭生は、気づきもしなかったよな？　ただ……流されてただけで」

「いまさらそれ、言うのかよ！　だったら逃げたのはどこの誰だ、裏切ったのは誰だよ！」

伊勢の向ける攻撃は、高校卒業前の昭生へと向けられたものだった。忘れて押しこめていた幼い自分はそのことによって眠りを覚まし、昭生は真っ正面から傷ついた。

言うべきではないと思いながら、もうここまで来たら言うしかなかった。

「おまえが俺を欲しがったんだろ！　だから、ちゃんとやったじゃないか！　そのくせ疲れただのなんだのって、おまえがっ……」

「嘘つき」

切って捨てた伊勢は、昭生の震える声にも、いっさいの容赦《ようしゃ》がなかった。

「昭生はいちどだって、俺におまえをくれたことなんかないだろ。くれたのは、バージンだった身体と、定期的なお義理のセックスだけだった」

ざあっと血の気が引いて、昭生は目のまえが真っ暗になった。まさか伊勢がそんなふうに捉えているだなんて、考えてもいなかった。

いや――それは嘘だ。考えているかもしれないとは思った。けれどそのことを昭生の目のまえに突きつけてくるほど、厳しい態度を取るとは思わなかった。

「ちが……」

「違うって言いきれないだろう。だって昭生がいちばん、そう思ってんだから」

かぶりを振った昭生を捕まえ、伊勢は咎めるためだけのようなキスをした。

「なんでだよ、昭生……どうして、こんなことできるんだ？」

抵抗しても振り払えず、深く奪いとられる。いままで昭生が、被害者のふりでどれだけ伊勢にあまえていたのかと痛感したとたん、自分に吐き気がした。

「俺はずっと謝り続けても許されないのに、なんで喜屋武は――あんなに怒ってたくせに、あっさり許すんだ」

許してなどいない。そういうことではない。責める資格がないと感じ、気持ちを抑えただけだ。けれど伊勢にそう思わせたのも自分で、言葉はあまりに力がない。

昭生をなにより痛めつけたのは、伊勢の浮かべたあまりにも似合わない歪んだ嗤いだ。血を吐くような、かすれて悲痛な声に、昭生は悟る。伊勢は傷ついている。本当に深く、致命傷を負って、もう限界だと訴えている。

――なにかを間違った人間にも、もう一度、正すチャンスを与えたいんだ、俺は。

――……昭生はすぐそれだ。すぐあきらめる。

疲れきるまで仕事に打ちこんで、それでも必死に誰かを救おうとする伊勢に、昭生がこの十年してきた仕打ちはなんだっただろう。

別れを決めたあのとき、いかにも伊勢のためとうえからかまえ、必死の努力を無駄にした。それからさきも、自分など捨てていけと、差し伸べる手を叩き落とし、伊勢の情を踏みにじって、ただ逃げていただけだ。

昭生の喉がひゅっと音を立てた。自分のずるさに打ちのめされながらも、伊勢の心をほどいてやりたいと、はじめて思った。

「だって、おまえと喜屋武は、違う」

「どうせ違うだろうな。俺はあんなふうに、あまやかしてはもらえない」

だが、おぼつかない言葉は誤解だけを呼び、顔を歪めた伊勢に店の床に押し倒される。後頭部を打ちつけ、昭生が呻いてもかまわず、むしるように伊勢は服を脱がしはじめた。

（もう、届かないのか）

伊勢に、こんなことをされたことなどない。こんな伊勢は知らない。そして、伊勢にこんな行動をとらせたのは、けっきょくは自分だ。

「そういうことじゃないんだ。だって俺、……俺は、だって」

喜屋武は最初から信じていなかった。利用しようとしたのもお互いさまで、同じ質《たち》の悪さに共感し、友情ごっこをしていただけだ。だから、しかたないと思える。史鶴のことさえなければ、あのころあんなにこだわってもいなければ、たぶんもっとあっさり終われた。

伊勢には、もっとずっと奥深くの、やわらかいところをさらけ出していた。だからあんなに傷ついたし、そして——。

「……すき、だったから。俺は、本当に、本当におまえ、おまえだけ……」

伊勢はその言葉に一瞬だけ凍りついた。

乱れた衣服で床に押し倒されたまま、昭生は腕で顔を覆い、うつろな声でつぶやいた。

「すきだったから、許せなかったんだろ。そんなの、わかってろよ、……わかれよ！」

「わかんねえよ、そんなの。知るかよ」

やりきれない声で呻いて、伊勢は強く握った拳を昭生の顔の隣、床に叩きつける。しばらくの間、疲れきったように昭生へと覆い被さった伊勢は、そっと抱き起こしてくれた。

ぶつけたことを詫びるように後頭部に添えた手が、なぜだか哀しかった。腰を抱かれて寝室へと連れこまれる間、無言のまま昭生は痛む瞼《まぶた》を閉じていた。

いまは泣く資格も権利も、なにもない。伊勢の好きにさせてやりたかった。そのことがもしかしたら、さらに彼を苦しめるのかと思えば、ただやるせなかった。

部屋に入るなりベッドに突き飛ばされ、よれていた服を脱がされたあとから、長く行為は続いていた。立て続けに何度も求められ、いままでになく容赦のない抱きかたをする伊勢に、昭生は悲鳴をあげ続ける。

「やめ……もう、いっ、いった」

息を切らしながら肩に手をかけ、押し戻そうとするけれど、伊勢は無言のまま見おろしてくる。昭生の震える手首を摑み、ぐっと力をいれて自分の肩から引き剝がした。

「なっ、あ、うああっ！」

容赦も躊躇もなく、敏感な粘膜を抉《えぐ》られる。無言で、二度、三度と突き入れてくる動きがあまりに激しく、がくがくと頭が揺れた。もがく指先は、囚われた手首のせいで空を搔くだけで、早くなりすぎた鼓動が不安と恐怖を呼び覚ます。

（やめろ、やめろ、いやだ）

拒否の声は発することができず、喉の奥で鈍い唸りになる。鍵形《かぎがた》に曲がってもがく指先が頰を引っ搔き、伊勢は気にしないまま手のひらに何度もキスをした。

あまい仕種と肉をたわませ叩きつける腰の動きが嚙みあわない。おそろしい。おそろしくてあまい。なにが起きているのかわからないまま、びくびくと腰をうねらせると、べろりと手のひらを舐めたあとにベッドへと手首を押さえつけられ、なおいっそう激しく抉られる。

「やっ、やぶれ、破れる」

「ああ、コンドームか？　だったら捨てりゃいい」

言うなり伊勢は腰を引き、ずれた避妊具を床に放った。すでに伊勢も射精していたらしく、

べしゃりと濡れた音を立てたゴム製のサックが床を汚す。

そっちじゃないと昭生は悲鳴をあげ、逃げようとしたが、伊勢は昭生の足首を摑んで大きく脚を開かせる。恐怖に似たものに支配され、ゆるくかぶりを振るしかできないでいる昭生の奥深くへと、伊勢はおそろしくゆったり侵入してきた。

「ああ……やっぱり、生、いいな……昭生を感じる」

軽く背を反《そ》らし、伊勢は満足そうに息をついて、陶酔を滲ませた声で言った。うっとりとあまい声だというのに、昭生は全身が総毛立つのを感じた。

入り口が開いて、段差をこすりつけられる。かすかに感じるおうとつ、暴虐の形を肉が味わわされる。ひさしぶりの無防備なセックスに恐怖と快感の両方を押しつけられ、昭生はがちがちと歯を鳴らして震えた。

「なあ、昭生、知ってる？」

「なに……なにを……」

「俺、生でやったのおまえしかいないって知ってる……？　他人の粘膜、じかにさわって、こう……こうして」

いきなり言葉と同時に突きあげられ、昭生はひっと悲鳴をあげた。

「すげえ、ぴったりハマるの、おまえしかいないって、わかってるか？」

ひとこと言うたびに叩きつけられる熱の塊はおそろしく硬い。本当に突き破られるのではないかと、そんな気持ちがするほどの激しさに、昭生はついに泣きじゃくった。

「だめ、ほん、ほんとに……ほんとに腹っ……破れっ……！」

「破れない」

「まじ、壊れるっ……いやだ、もう、あああ！」

「壊さない」

言葉と裏腹、突き壊してしまえとばかりに責め、咎めるようなセックスなのに、どこかで縋られているような気分もあった。

痛みすらある行為をあまんじて受け入れ、昭生は必死に伊勢の背中を抱いていた。

達したときには、頬に涙が伝っていた。汗だくの腕で顔を覆い、すぐにごまかしたけれど、それを見つけた伊勢の顔に後悔がよぎったのを知ってしまった。

「やつあたりした、悪い。仕事で……疲れてた」

弁の立つ伊勢の、無理がありすぎる不器用なごまかしが、昭生の情けなさをさらに深めた。

「やつあたり、されたのは、はじめてだな」

逆のことはさんざんしたけれど。できるだけ軽い口調で言ったのは、もうこれ以上彼自身に自分を責めてほしくないからだったけれど、伊勢は青ざめ、身繕いをはじめた。

「……俺もトシかな。いろいろ、しんどいよ。年々、体力が落ちる。身体だけじゃなく」

お互いぎすぎすした気分のまま身体を重ね、終わったあとにはやりきれなさだけが残るのはいつものことだった。けれど、なにか取り返しのつかないことが起きたような、そんな気がした。

「潮時かもしれないな、ほんとに」

つぶやき、背を向けたまま立ちあがる伊勢の全身から、拒絶のオーラが迸《ほとばし》っていた。

出ていく伊勢を止められず、呆然とする昭生は、けっきょくひとことも言えないまま、ベッドのなかで凍りついていた。

＊　＊　＊

恒例の金曜日が来て、いつものスイーツ回収に岡《おか》が現れたとき、ひげ面の彼は昭生を見るなり目を剝いた。

「なんだおまえ、その顔色」

「まあ、ちょっと、いろいろ。すみません、もうちょっと待ってください」

言いながら、昭生はせっせとガレットとパウンドケーキを箱に詰める。ふだんなら岡の来る時間には箱詰めもすんでいるのに、焦がしたり分量を間違えたりと失敗ばかりで、予定を大幅にオーバーしてしまった。

「時間はいいけど、だいじょうぶか？　風邪でもひいたか」

問われて、昭生は「そんなとこです」とあいまいに笑った。

昭生の身体の重だるさは、先日の伊勢との行為が原因だ。最中は興奮にかられて気づかなかったが、強引な挿入や揺さぶりに粘膜は腫《は》れあがり、数日間腰が強ばっていた。おまけに伊勢の去り際に呆然とした昭生は、シャワーも浴びず、冷房を切るのを忘れて裸のまま寝入ってしまった。熱がさがったのがようやく今朝だったのだ。

あれっきり、伊勢は顔を見せることもなく、連絡もない。傷ついたのは身体だけではなかったけれども、それを言えた立場でもなかった。

なにより、あんなにもすれ違ったままの心で抱きあっても、伊勢とのセックスは、いい、としか言いようがない。それが哀しくて、思わずつぶやいた。

「……ねえ、先輩。なんで、いい歳して、性欲ってあるんすかね」

「なんだよいきなり。まだアガるには早いだろ」

くわえ煙草でカウンターに入り、勝手にコーヒーを淹れていた岡はぎょっと目を剝いた。

「俺、三十になるころには、もっと枯れた大人になってると思ってたのに」

「お父さんとお母さんはセックスしないのよ、って？」

重たいつぶやきを茶化してくれた男に、昭生は力なく笑った。

ただ一度、意趣返しのあてつけで寝た相手のことは、ほとんどもう記憶にない。そしてこの数年間、彼とはセックスもする友人のような、妙なスタンスでつながってきた。それでふと、思ったのだ。伊勢と寝なければ、あるいはいまからでも寝るのをやめたら、いったいなにが残るのだろうか。すくなくとも岡とのように、穏やかな友情を築けるとは思えない。

「岡先輩は枯れてるよね」

「おまえ失礼だよ。ほんとに失礼だよそれは」

平手で頭を叩くふりをして、岡は目をつりあげてみせる。だが、ふざけたような表情はすぐに引っこめられ、目を伏せた岡は深々と煙草の煙を吐き出した。

「……どうせ、また伊勢くんのことだろ」

「まあ、遠からず、近からず……」

図星と、岡がここにいることでほっとしている自分の情けなさに、昭生は眉をさげた。

数日間熱にうなされた間、ひどく心細かった。今朝がた、ようやく床をあげて店に降りたとき、ふとこの店にひとりでいる時間の多さにあらためて気づいたのだ。

夏休みに突入した朗は、栢野のところへと入り浸っていた。ここ数日、着替えを取りに戻ってはきたが、顔をあわせても昭生は熱があることを隠しておいた。楽しげに恋に溺れる甥のじゃまを――多少栢野が気にくわないにせよ――したくはなかったからだ。

(あいつ、専門学校卒業したら、出ていくつもりかな)

見まわした誰もいない店のなかは、がらんとして、ひどく寂しかった。たいてい、閉店後に訪ねてくることが多かった伊勢のおかげで、そんなこともずっとわからなかった。

必死になって守ってきたこの店だけが昭生の砦《とりで》であったけれど、『コントラスト』をはじめてから、常にそのふたりの姿はあった。

だが、彼らが永遠にその場に留まってくれる保証はない。すくなくとも朗は確実に、昭生のもとを巣立っていくだろうし、そうでなくてはいけない。

（じゃあ、俺の隣にいるのは、誰なんだ……）

いずれ年齢を重ね、伊勢と寝なくなる日も来るだろう。そうなったら彼は果たして、そばにいるのだろうかと考え、そんな遠い未来まで、彼が近くにいるわけがないと思い直した。

先日の件を思えば、むしろ、もうとっくに終わっていた関係が、ついに断たれたというほうが正しいのかもしれない――。

「ほんとに悩んでるな、このところ」

昭生が黙りこんだままでいると、岡は頬を叩いて煙を輪っかにしようとする。けれど、不器用な彼の口からはいびつなそれしか出てこない。

「いまが、おまえと伊勢くんの分水嶺《ぶんすいれい》なのかもしれんな」

「なんすかそれ。なんでここで地理の話になんの」

「……おまえもうちょっと、文学的比喩ってやつを感じ取れよ」

わかっていてとぼけたのかと目顔で睨まれ、昭生は無言で顔をそむけた。

水の流れが変わるその領域は、あいまいなようでいて厳然と存在する。伊勢とこの十年、だらだらと続けてきた関係にも、いずれは区切りをつけなければならないと知っている。

――悪縁を断ち切るだけじゃなく、過去にケリをつけなきゃ、なにも片づかないと思いますが、どうでしょうか？

栢野の言葉がよみがえり、昭生は目を逸らし続けていたものへ、おそるおそる向きあう。

昭生の過去。それは喜屋武への同族嫌悪なのか、亜由美を手にいれた滋への失望なのか、伊勢とのこじれた関係なのか――それとも。

すべてが帰結する、あの姉のことであったのか。

「昭生。おまえ、ひかりさんに会え」

ふたたび思考に沈みこんでいると、岡はなにもかもを見透かすように、そう言った。

「送ってやるから、いっしょに乗ってけ。で、これは今回は自分で持って行け」

詰めようとして手が止まっていた焼き菓子の箱を、岡は手早くまとめて蓋《ふた》をし、昭生の手のなかに押しこんだ。

バターのあまい香りがするそれを手にして、昭生はごくかすかに、けれどしっかりと、うなずいた。

＊　　　＊　　　＊

日曜の面会日ではなく、平日にひかりに会うのは、何年ぶりのことだろうか。

ひかりの体力を考えての面会制限で、突然の見舞いは医者からもあまりいい顔をされないが、ここしばらく調子がいいというひかりの希望で、昭生は病室に通された。

「ひさしぶり。ところでさっそく、怒ってもいいかな。あーちゃん」

「……なに」

岡からだと言い訳して差し出したケーキは、ひと切れぶんをカットされてナースセンターにまわった。ひかりはそれに手もつけず、にっこりと笑う。

「私が起きてるときにあなたに会うのは、いったいどれくらいぶりかな」

「たぶん……半年、くらいとか」

もそもそと言った昭生に、ひかりは冷たい声を発した。

「一年は顔を見てなかったわよ、薄情者。お姉ちゃんに謝りなさい」

ごめんなさい、と頭をさげた昭生に、ひかりはため息をついた。

「それとあなた、この間わたしが発作起こしたとき、朗をほったらかしたそうね？」

にっこりと微笑んでいるのに、眉間のあたりに不機嫌を漂わせている。ぎくりとした昭生に、彼女にしては口早に、つけつけと言った。

「わたしは、朗ちゃんを、滋さんとあなたに預けたのよ。わたしのことで取り乱して、あの子をほったらかしたり、病気についてのことで嘘をつけなんて、ひとことも言ってやしません」

なんの反論もできず、昭生は黙りこむしかなかった。

「それ、ひかりにちくったの、栢野さん？」

「もちろん。朗ちゃんは自分がつらかったことなんて、わたしたちにはぜったいに言わないから。そうしちゃったのは、わたしたちだけど」

すこしだけ寂しそうに唇を噛んで、ひかりはうつむいた。

「でもあの子、ちゃんとしようとしてる。なんだかいじめられたみたいだけど、元気に立ち直った。……で、昭生。おとなのあなたは、なにしてるの？」

叱る口調になったひかりに、昭生はびくっと震えた。幼い呼び名ではなく昭生と呼んだことが、彼女の気持ちをよくあらわしている。

「……なあ、ひかりはなんで平気なんだ、亜由美さんのこと。自分のダンナなんだろ」

「なに、いまさらすぎなこと言って」

「いいから答えて。俺は、そこから抜け出さないと、さきに進めない」

真剣な顔の昭生に、ひかりはしばしなにかを考えこんだあと、話しだした。

「あのね。わたしは選択肢がなかったの。平気もなにも、しーちゃんに無理をさせたのはわたしのほうなの」

「そりゃ、会社建て直しとか、迷惑はかけたと思うけど」

「そっちの意味じゃないわよ」

ひかりの言葉に、昭生が「じゃあどういう意味だ」と問いかけると、彼女は笑った。

「そのまえに、どうしてそんなこと訊きたいのか教えて。そしたら答えるから」

じっと見つめてくるひかりに根負けして、昭生は口を開いた。

「ずっと言えなかったけど、俺、伊勢とは……たぶん、終わってるんだ」

伊勢の話を姉にするのは、はじめてだった。あまりにも自分が愚かしくて、とても口にできなかった。震える昭生の唇を見つめ、ひかりは言った。

「朗ちゃんからは伊勢くんの名前が出るのに、あなたからはいっさい話を聞かないから、なんとなく変だと思ってた。……たぶんってなに？　どうしてそんなことになったの」

「どうしてだろうな」

それは自分こそが問いたいと皮肉に笑って、昭生は目を逸らした。逡巡ののち、こじれた根っこの問題について、誰かに打ち明けたい自分に気づき、感情を抑えた声を発した。

「……俺、義兄さんがずっと憧れで、初恋みたいなもんだった」

「あーちゃんは、しーちゃんが大好きだったからね」

ひかりは透明な笑顔であっさりと言った。

「でもしーちゃんは、わたしと結婚の約束、しちゃってた。あのころ、わたしも子どもだったけど、あーちゃんはもっとずっと子どもだったし……それにあのひとは、男の子を好きになるひとじゃない」

「わかってる」

昭生がセクシャリティを暴露した際、誰よりショックを受けていたのは滋だった。伊勢とのつきあいにも、いい顔をしなかった。それでもひかりの説得に、偏見を捨てたのだ。

「で、それがなんで伊勢くんと関係あるの？」

「伊勢と会ったころとかも、まだちょっと頭がごちゃついてて。いまとなったら、親代わりのひとに幻滅したせいだってわかるけど、伊勢はそれ、誤解して……で、こじれた」

「ちゃんと説明できたの？　それ」

問われて、じっと見つめ返すと、「無理ね」とひかりは自答した。

「じゃ、とりあえず理由は聞いたから、さっきの話ね。……滋さんの無理」

それはわたしそのもの、とひかりは言った。

「妹みたいな女相手に、いつ発作起こして死ぬのかとびくびくしながら、妊娠させるためだけにセックスするなんて、ほんとに怖かったと思う」

いつも夢を見ているようなひかりの、突然なまなましい発言に、昭生はぎょっとした。

「セッ……そんなふうに言うなよ！」

「事実でしょ。あのね、いくらわたしが世間からずれてて、ちょっとボケてるからって、一応、子どもひとり産んだ女なのは忘れないでくれるかなあ？」

困った子だと笑ったあと、遠い目をして、ひかりはつぶやくように言った。

「……あのひとね、結婚した夜、泣いたの。わたしが死んだらどうしようって。ひとごろしになってしまうって。それでもわたしは、抱いてって言った」

真剣なひかりの横顔のなまめかしさに、ぞくりと昭生は震える。少女めいた彼女が女の顔を持っていたのだと知るのは、驚くようなことであり、また本来は当然でもあった。

「体外受精や代理出産する手もあった。でも処女懐胎はあんまりだろうって思ったし……滋さんと、したかった」

見たこともない顔の彼女の言葉に、昭生ははじめて姉の心の真実を知った。滋は夫であり、恋人ではなかったという言葉の、その奥の意味を。

「ひかりは、ほんとは、ほんとは滋さん……」

「大好きよ？　わたしのダンナさんのこと。選択肢がないことに巻きこんじゃえって画策する程度には。朗ちゃんが生まれるまでも、本当に怖くて怖くてしょうがなかったって泣いてるひとに、ぜったい産むって言い張るくらいには」

言いきって微笑むひかりの強さに圧倒されて、昭生はなにも言えなかった。

「あのひとは、わたしに朗をくれた。誰より身勝手な奥さんのために、しーちゃんの人生、めいっぱい使わせちゃった」

だから恋愛はどんどんしてくれていいの。ため息をついて、ひかりは苦く笑った。

「亜由美ちゃんに、うんとなぐさめられて、ちゃんと生きてるって感じて、幸せに思ってくれればいい。もちろん、亜由美ちゃんも幸せになってくれればいい。わたしに対しての罪悪感なんかいらないの。それはぜんぶ、わたしが持っていく。わたしのエゴと、罪だから」

満足げに言うひかりの気持ちを、もしかしたら昭生こそがいちばんわかっていなかったのだろうかと、震えた。

強い女だとは思っていた。不自由な身体にも、つらい治療にも、ひかりはいちどとして愚痴めいたことは言ったことがない。泣いたことすらない。

ひかりの涙を見たのは、二度だけだ。滋との結婚が決まったときと、そして、彼女の息子である朗を産んだとき。前者では、ひかりは「ごめんなさい」と泣き、後者では「ありがとう」と泣いていた。

「ともあれ滋さんはスーパーマンなんかじゃないわよ。わたしもそう。……だから、昭生」

言葉を切って、ひかりは逃げを許さないという目で昭生を見た。

「本当に自分が乗り越えられないのはなんなのか、伊勢くんとなにがあったか。ごまかさないで、わたしにちゃんとわかるように、話して」

そのために過去の話までしたのだと、ひかりははっきりと昭生を咎めた。

唇が震え、足が萎《な》えた。ごくりと喉を鳴らして、昭生はあの思い出したくもない高校最後の冬の話を、はじめて口にした。

「……義兄さんとのこと、伊勢に疑われて、こじれて、俺らはめちゃくちゃになった」

息が切れて、がんがんと頭が痛む。こんなにまだ痛いのだと思うとむしろ驚いて、自分がすこしも乗り越えきれていなかったことを思い知った。

伊勢や喜屋武とどれほどばかな真似をしたのか、すべて告白した。心臓の弱い姉に耐えられるものだろうかと、そんな気遣いすら、昭生にはできなかった。

「うわ、浮気されたから、やり返してやったんだ。行きずりの相手と寝てやったって、教えてやったんだ。あいつ、真っ青になって俺を殴って、俺も殴り返して……」

青ざめる弟の暴露に、ひかりはまったく動じないまま、微笑みすら浮かべて言った。

「そう。そんなことあったの、ぜんぜん知らなかった。……楽しかった？」

叱られるより、諭されるより、きついひとことだった。すべてを見通す姉は、静かなまなざしで神様のように昭生の心をまっすぐにつきつける。

「……わけねえだろ」

「どうして？　あーちゃんはそうしたかったんじゃないの？」

「そんなわけねえだろ！　したくなかったよ、誰だかわかんないやつと、やって、気持ち悪かったよ。俺、本当は……本当に、あんなこと、いやだったんだ」

激昂する昭生に対して、ひかりはどこまでも冷静で、穏やかだった。

「そう。じゃあ、どうして仕返ししたの……まったく、そんなこと何年も引きずるくらいウブなくせに。自分のことといじめるから、罰が当たったんでしょう」

やれやれ、と肩をすくめたひかりが手を伸ばし、弟の手をしっかりと握った。

「あーちゃんは、なにかするまえにすこし考えなさい。あなたはぜんぜん強くなくて、あまったれの弱虫なんだから、そんなことしたってつらいだけ」

なにも言い返せない気分で、それでも昭生は愚にもつかないことを口にした。

「だってそうしなきゃ、伊勢が俺のこと振りきらない。許せっていって、戻ってくる」

「伊勢くんのこと、どうして許してあげないの。朗ちゃんから聞いてるけど、いっぱいお世話になってるでしょう。彼、とてもがんばってるんじゃないの？」

眉を寄せた姉に「関係ないだろ」と目を逸らす。だがひかりは、それこそ許さなかった。

「昭生、意地っ張りもたいがいにしなさい。本当に許せないのは、誰のこと？」

真実に突き刺さるひかりの問いに答えることもできず、震えた昭生は、ベッドの脇にへたりこむ。

「……勘弁して、ひかり」

「だめ、お姉ちゃんは許しません。昭生が自分に嘘つきだから」

ぴしゃりと言ったひかりに、昭生はうなだれた。姉に圧倒されるのはこんなときだ。華奢《きゃしゃ》で身体が弱く、いつも寝ついているからといって、彼女はけっして弱くない。むしろ、誰よりもひとりでいることを受け入れていると言ってもいい。

いやだったのは、許せないのは伊勢なのか、それを裏切り返した自分の愚かさか——いまさら考えるまでもない。

「俺は、俺が、いちばんきらいなんだ。こんなやつ、誰にも好かれる資格ない」

まるで懺悔《ざんげ》のようなそれは、ひかりの抱擁に受けとめられる。

「わたしは、あーちゃんが好きよ。それに資格はいる？」

「ひかりは……姉さんだから……」

「だったら伊勢くんは恋人でしょう。血がつながってれば絶対に好きになれるかどうかは、滋さんのおうちを見れば、わかってるはずじゃないの」

まったく、ひかりは身勝手なくせに、正しすぎる。けれど彼女の正しさは昭生を苦しめない。ただ、なにひとつ返す言葉はないから、泣くしかできない。

「どうして、素直に言わないの？　許してって、戻ってきてって」

「だって俺は、伊勢のものでいたくない。伊勢を俺のものにしたくない！　俺のものになってまた、裏切られたら、俺もう、壊れる……それに、伊勢を、また壊す……っ」

——十七歳のときみたいに、笑ってる昭生が欲しい。

あのひとことが伊勢の願いだと知っていた。自分も、できることなら戻りたかった。未知の感情にすこし怯えて、でも伊勢の心をなにひとつ疑わず、たっぷりとあまい蜜に浸されていたあの時間に。

取り戻そうと努力したのは伊勢だけだ。そして昭生は彼の言うとおり、伊勢をいたぶり続けただけだった。傷つけたくないのに、どうやっても昭生は、伊勢を傷つける。

何年も逃げ続けて目を逸らしていた事実を口にして、昭生は目を閉じる。ひかりと握りあった手のうえに涙が落ち、子どものように膝に縋って突っ伏した。

「ばかねえ。そんなことで悩んで」

つないだのとは逆の姉の手が、昭生の髪をそっと梳《す》く。やさしい手に、昭生はますます顔があげられなくなった。あまったれの弱虫、本当にそのとおりだ。

「じゃあ、想像して。あなた、伊勢くんがいなくなったらどう思う」

「いなく……？」

突然の問いかけに、昭生はおずおずと顔をあげた。

「わたしみたいな身体じゃなくたって、いきなり事故にあうことだってあるのよ。そうじゃなくても、仕事の関係で遠くで暮らさなきゃいけないとか、そんな可能性もある」

ひかりが意識を失うだけで、昭生は誰より大事な朗のことすら、頭になくなるほどに取り乱した。だが逆に、それが朗だからこそだったということにも、薄々気づいてはいる。

(依存しすぎなんだ)

身内に対して情が濃すぎるのは、彼らがあまりに数少ない血縁だからだと思う。

両親はなく、親族もない昭生にとって、朗は誰よりひかりに近い存在だ。

おそらくひかりがあやうくなったことで、ひかりにつながるすべてが怖くなり、現実を直視できなくなって――そして朗をまっさきに、見失った。

では、伊勢ならどうなのか。

「わかんない、考えられない。そんなに、四六時中、いっしょにいたわけじゃないし」

彼は健康だし、丈夫で、死の影がさすようなことが想像できない。物理的な距離が離れたところで、けっきょくはつかず離れずの状態だった。

「考えられないって、それは想像できないんじゃなくて、考えたくないんでしょう。……じゃあ、言いかたを変える。伊勢くんの気持ちが離れてしまったらどうする？　あなたのことを、彼が完全にあきらめて、もう本当にさようならって去っていったら、昭生は楽になれるの？　それでもまだ、伊勢くんを自分のものにしたくないの？」

ひかりの言葉に、昭生は真っ白になった。

「時間はあっという間にすぎちゃうの。無駄なことやってる暇はないのよ。傷つけたら償《つぐな》いなさい、自分で責任取って、許してもらえるかどうか関係なく謝るの。そうじゃなかったら、相手が恨めないほど開き直って、踏みつけにするくらいの根性みせなさい」

誰に言われるより重たい言葉をさらりと告げられ、シビアな発言と裏腹に聖女のごとく微笑んだままのひかりを、昭生はじっと見つめた。

「答えて、あなたが本当に許してほしいのは、手放したくないのは誰？」

昭生はふたたびベッドに顔を伏せ、小さく、くぐもった声でその名を口にした。ひかりは「よくできました」と頭をぽんぽんと叩き、息をついた。

「そろそろ、帰りなさい。わたしに言うことはもう、ないでしょ」

こくりとうなずき、情けなく洟をすって昭生は立ちあがった。姉の手を離す一瞬だけ、昭生は強く力をこめた。

「ひかり、大好きだ」

「わたしで練習しないで、本番でちゃんと言いなさい」

にっこり微笑んだ姉になにを言うこともできず、昭生は歩き出した。その背中を、ひかりのやわらかな声が撫でる。

「ねえ、あーちゃん。ケーキ、いつも、おいしかった」

無言で片手をあげた昭生は、ひらひらとそれを振った。背後でスライドドアを閉めたあと、涙腺《るいせん》に直撃した言葉を振り払うように、目元をぐいと拭《ぬぐ》った。

＊　　＊　　＊

夏はすでに盛りをすぎ、日に日に蒸し暑さは厳しくなっていく。

買い出しを終え、道を歩いていた昭生は、路面の花壇に咲くひまわりを見かけ、足を止めた。夏の象徴のような花も酷暑に負けたと見えて、うなだれるようにしたを向いている。

いまの自分のようだと苦く笑って、買いもの袋を手にまた歩き出した。

伊勢とようやく連絡がついたのは、昨晩のことだった。ひかりのもとに向かってから、一週間以上が経ち、その間、電話もメールもすべて、レスポンスがなかった。

大学に入ってからの四年、自分が仕向けたことを伊勢はきれいにやり返してくれている。こんな状況によく何年も耐えたと、あの男の忍耐強さに感心した。

「仕返しされてんの、俺じゃん……」

苦笑いしてみせながら、胸の奥が冷えている。これは仕返しなのだと自分に言い聞かせていなければ、神経がもたないことはわかっていた。

仕返す。かえってくる。伊勢は、昭生のところに帰ってくる。そう自分に言い聞かせ、やっと連絡があったときには、ひかりに打ち明け話をして以来ゆるくなった涙腺が、さらにゆるんだ。

【公判終わったから、そのうち顔出す】

事務的で短いのは、昔から変わらない。けれど、『そのうち』というあいまいな言葉を伊勢が使ったことはいままでになかった。これが、しつこい昭生をとりあえず黙らせるための方便であればと思うと、怖くてたまらないけれど、いまは待つしかないと思った。

昭生は三時間考えこんで、それに対しての返信をした。

【了解。でもホワイトアスパラ手に入った、食いに来るならいまのうち】

それっきりまた、伊勢からの返事はない。

手にした袋の中身はホワイトアスパラガスが入っている。本来、春から七月上旬までが旬のこの野菜は、八月後半になるとめったに手に入らなくなる。昭生が懇意にしている店でも、この夏最後のものだったと言われた。

昭生はこの真っ白い野菜は缶詰のぐにゃぐにゃした食感とにおいがきらいで、フレッシュも苦手感がさきに立ち、自分ではめったに食べることはない。

店のメニューにもないそれを、しかし昭生はいちども切らしたことはなかった。朗が好んで食べるからと言い訳していたが、自分といっしょに食卓を囲む甥に、これを調理してやったことは、じつのところほとんどない。

(ばかだな、ほんとに)

大泣きしながらひかりにすべて打ち明けて、憑《つ》き物が落ちたような気分でいる。たぶん、プライドも羞恥もあの瞬間、ひかりの手で強引に捨てさせられたからだ。

見ないふり、知らないふりで、どこまで自分にも伊勢にも嘘をつき続けてきただろう。

失いかけて――いや、もう失ってしまったのかもしれないけれど、やっと気づいた本音は、大事すぎて手を触れるのが怖いという、情けないにもほどがあるものだった。

もう、こじれた関係を終わりにしたい。けれどそれは、もう一度はじめるためにだ。

だめになったら、それはそのときに考える。額から流れる汗を拭って歩いていた昭生は、デニムの尻ポケットに突っこんでいた携帯が振動しているのに気づいた。

【今夜行く。アスパラはソテーがいい】

その一文を見たとたん、熱気に溶けたアスファルトと同じように、足が萎えた。手のひらが痺れ、買いもの袋を滑り落としそうになって、昭生はぐっと拳を握る。

横断歩道で、青色LEDが点滅し、歩行者を急かす。あわてて走り出した昭生の目尻に、じんと染みたのは、汗か、ここしばらくフル活動している涙なのか、自分でもよくわからなかった。

深夜、閉店した『コントラスト』にやってきた伊勢は、カウンターまわりだけを照らしたあいまいな明るさのせいではなく、先日よりさらにひどい顔色になっていた。

「酒くれる？」

カウンターに座る男に、昭生はショットグラスを出す。飲み干して、「次、ジンをロックで」と伊勢は注文した。強い酒を立て続けに頼むあたり、滅入っているのは見てとれた。

「……愚痴でも言いてえのか？」

「聞いてくれるならね」

薄く微笑む彼の表情も態度も、以前とあまりにも変わらない。そのことで却って不安になりながら、昭生は用意しておいたホワイトアスパラガスのソテーと、ロックグラスを差し出した。

下ゆでしたのち、バターでソテーして塩コショウをふり、松の実をくわえる。シンプルなそれに、味のアクセントで味噌とマヨネーズを混ぜたディップと、生で食べられる新鮮なベーコンを添えてある。

「うまい」

「……そっか」

ひとくちかじって、顔をほころばせた伊勢の表情に、昭生はほっと息をついたあと、そっと問いかけた。

「いまやってるのって、この間のひとたちの事件、か？」

「あれはいま、仲間と相談して準備中。このところ詰めてたのは、傷害事件だな」

酒をすすりつつ、伊勢はぽつぽつと語りはじめる。

今度は傷害事件の加害者の弁護で、感情の行き違いでの暴力だったと伊勢は言った。

「社内で揉めた同僚を、かっとして突き飛ばした程度のことだった。ただ、相手がそれで転んだせいで、机の角に腕をぶつけて打撲を負ったことから、けっきょくは訴えられて、会社からも解雇された」

「怪我、ひどいのか？」

「まあ、正直、湿布すれば三日で治る程度かな。でもああいうのは、怪我の度合いじゃなくって、感情の問題だから。そっちはとりあえず、和解が成立したけど……」

「クビになったことは、取り消せないのか」

「残念ながらね。詳しくは言えないけど、加害者はある工場の職人さんだったんだ。狭い業界で、評判はあっという間にまわる。腕はいいけど、もともと短気で知られてたから、次の就職先がなかなかなくて、本当の意味で生きかたの路線変更を考えないといけなくなった」

ため息をついた伊勢は、焼き色のついたホワイトアスパラガスをフォークのさきで転がしてみせる。子どものような手遊《てすさ》びの仕種に、本当に疲れているのだと知らされた。

「依頼人は三十もとっくにすぎてから『おとなになったらなにになろう』って考えなきゃいけなくなったんだ。しかも、選択肢も可能性も相当に限られた状態で」

そのときの伊勢の目を、昭生は見られなかった。

「たった一度、かっとなったことで、すべてを台無しにした？」

小さな声でつぶやくと、伊勢は軽く眉をあげ、目を細めてみせる。いつもの表情に似ているのに、どこかが違って、昭生はひどく胸が苦しい。

「おとなの自分探しっていうのは、厳しいし苦しいよ。それでも、選ばなきゃならない」

「……選べなかったら？」

「選べないかどうかは関係ないんだ。最終的には、放っておいたって選択されていく」

伊勢は無言で、外国の俳優のように両手をうえにして、肩をすくめた。皮肉な笑いが、いやになるほど様になっていて、それだけにやりきれなさがつのった。

「世のなかは、とても生きづらくて息苦しい状況になっていて、それでも現実はある。嘆いてたって、止まらない……だけど、俺は希望はあると思う。だから、応援もしてるし、できるだけそのひとの負担が楽になる方法を、いつも考えてる」

昭生は、小さくうなずいた。伊勢はいつもそうだった。誰かのためになにができるか心を砕き、相手が折れそうになっても負けずに、その腕を離さず、引っぱっていく。

「ひとは、間違う。でも反省してもう一度やっていくことは、やり直すことは、自分がそうと決めていればできるはずだから。あきらめさえしなければ」

言葉を切って、伊勢はじっと昭生を見つめてくる。まだ終わっていないとその目に知らされ、昭生は知らず知らず、肩の力を抜いた。

グラスの氷が溶けて、涼しい音がした。沈黙を抜けるきっかけをもらい、大きく深呼吸をした昭生は、声を絞り出す。

「……もう、来ないかと思った」

「まあね、そうしようかとも思った」

肯定され、びくっと震えた。伊勢は淡々としたまま、ジンを舐めるように飲んでいる。

不安と期待に、胸が壊れそうだった。けれどこれが、自分が伊勢に味わわせ続けてきたものだと、昭生は拳に爪を立てて握りしめ、無言の圧力に耐えた。

「けど、けっきょくは来ちまった。ホワイトアスパラも魅力だったけどな」

伊勢はグラスの中身を干して、溶けかけた大きな氷を指でまわす。

「しばらく頭冷やしてみて、気づいたんだよ。もう、昭生が人生に食いこみすぎてる」

「それ、どういうことだ？」

昭生はがくがくする足をカウンターにもたれさせ、声が震えないように祈った。

どこか疲れたような声で、小さく笑った伊勢はため息をついた。

「おまえがいないと、話す相手いないんだ。同僚とか、ともだちとか、そういうのはいるけどさ。……どんだけいろいろ面倒でも、おまえにいちばん、俺のなかにあるの、見せてきちゃったから。よくも悪くも、とにかくぜんぶ」

あきらめを含んだ言葉に、息が止まりそうになった。それはそのまま、昭生のなかにあるものだったからだ。

積み重ねてきたすべて、共有した時間。彼にだけ通じる言葉、説明のいらない会話。伊勢を失うと、昭生はどれだけ多くのものをなくすのだろう。

「こういう仕事してるとさ、なんにも疑わないで、話ができる相手はほとんどいなくなる。それは年々、ひどくなって……昭生とは、ほんとにめちゃくちゃな関係になってたけど、俺はそういう意味でおまえを疑ったことはなかったんだ」

目を伏せたまま、軽い口調を装う伊勢が、譲歩しようと告げているのがわかった。けれどいつまでも彼に譲らせてばかりでは、どうしようもない。焦りながら口を開こうとすると、また伊勢が話しはじめてしまった。

「こういう話ができるのって、昭生しかいないし。揉めるのは……毎度のことだし。たまには俺が怒ったって、イーブンってことにできるだろ？」

ここらで手打ちにしようとやんわり告げる伊勢に、昭生はとっさに手をあげた。待ってくれと伝えたいけれど、舌が喉奥に引っこんだかのように、うまく動かない。

もう一度深呼吸し、覚悟を決めて、昭生は口を開いた。

「さっき、やり直し、できるって言ったよな。そう思ってればできるって」

うなずく伊勢に、震えながら告げる。

頭のなかで、信号が点滅する。見送るのか、ぎりぎりのそれに走りこむのか、決めるのはあくまで自分だ。そして、その結果を判定するのは、伊勢のほうだ。

「俺にも、チャンス、くれるか」

あえぐような昭生の声に、伊勢はしばし、無言だった。もう遅いのかと息苦しさがつのり、昭生はがくがくする脚に力を入れ、足りない言葉はなんなのか、必死に探して口を動かす。

「この間、すきだったっつったら、わかんねえって言ったよな」

ああ、と伊勢はよくわからない表情でうなずいた。裁判所では、こんなふうに読み取れない顔で弁護にあたるんだろうかと、ふと考える。

伊勢の知らない顔がきっと、もっといくつもあるのだろう。昭生が見落としてきたそれを、もっと知りたいし見せてほしい。――見せて、くれるだろうか。

「理解できなくていいし、わかんなくていいから、知っててくれ。俺は、勝手にもほどがあったし、間違いまくったけど、ちゃんとおまえがすきだった」

そんな物言いは不器用にもほどがあると、何度も唇を噛みながら昭生は告げた。

信じてもらえるとは、とても思えなかった。けれど、どう判断されてもいい。ただ伝えたい。そう思っての言葉に、伊勢は長いことなにも返さなかった。

もう一度、氷がからんと鳴った。昭生は目に見えて震えていて、涙目をもうごまかせない。

伊勢は、昭生に向かって軽く指を曲げ、二本の指で煙草を求める仕種をした。がくがくする手でパッケージとライターを渡すと、彼は小さく微笑み、煙草に火をつける。

一服、深く吸いこんで煙を天井に吹きだしたあと、伊勢はやっと口を開いた。

「……もう、疑わないでいてくれるのか?」

声を聞かせてくれたことにほっとして、昭生は何度もうなずき、せき立てられるように伊勢を見つめる。

「疑ってなんかなかった。だいたい、俺にそんな権利はもう、なかった。ずっと」

「権利ね」

弁護士はふっと皮肉に笑う。昭生はカウンターのしたに隠した手を、何度も握ったり開いたりと、落ち着きのない仕種を繰り返した。

反して伊勢は、いっそ穏やかなくらいの声で問いかけてくる。

「ともかく、過去についてはわかった。それで、昭生はどうしたいと思う？」

「え……」

「このさきを、どういうふうにしたい？」

問われて、昭生はかなり面くらった。さきのことなどなにも考えていなかったと気づかされ、答えに窮する。

「やり直しって言うからには、なんかアイデアがあるんだろう。それ言ってくれよ。検討するから」

意地の悪い物言いには歯がみしたけれど、長すぎる年月を振りまわし続けた自分には、しかたのないことなのだろう。

今夜、どうしても伊勢にこの場所へ来てほしかった。そのためならなんでもしようと思った。けれど自分の言葉を聞いてもらったそのあとは、伊勢次第だと考えていた。

それではけっきょく、伊勢が言うところの丸投げで、いままでとなにも変わらないのだ。考えなしの自分にいまになって気づき、昭生はひそかにパニックを起こした。

昭生が言葉に窮してうつむいていると、伊勢はふっと息をついた。

「俺が、なにについて疑わないでいてくれるか訊いたのか、わかってる？　昭生」

「え……それは……」

「言っておくけど、浮気だなんだの話じゃないよ」

子どもに言い含めるような声で、伊勢は目を細めた。昭生はますます混乱し、頼りない声で問いかけてしまう。

「じゃあ、いったいなに」

「まずは昭生が言ってから。俺はもう十年がんばったから、昭生ががんばれ」

縋りつく目に伊勢は喉奥で笑う。そのあまい声で、許されているというのがわかった。

(仕返し、されてる)

だったら、できる。切り捨てるなと追いかけてくれた伊勢に、今度は自分がやる番だ。

昭生は何度も深呼吸して、また手のひらをにぎにぎと動かし、どうにか言った。

「お、俺と、もう一度、ちゃんとつきあってほしい。恋人とか彼氏とか、そういうふうにしてほしい、とかすれた声で言った昭生に、伊勢は鷹揚《おうよう》にうなずいて、さらにうながす。

「……それで？　ほかには？」

「それで、それで、……二度と」

言葉を切ったのは、胸にこみあげてくるものがあったからだ。大きく息を吸いこみ、昭生は屈辱とも言えるひとことを言った。

「頼むから、もう……もう二度と、浮気しないでくれ。そうするなら、さきに、捨ててくれ。た、たぶんそれでも好きだけど」

そうだ、たぶんそれでも伊勢を好きなままなのだ。恨んだり憎んだりしたところで、好きじゃなくなったことだけは、いちどもないままだった。

たった一度の間違い。それを許せず怒り狂って、その次には伊勢のような人間に自分はもうふさわしくないと拗ね、一度ポーズを取ったら引っこみがつかなくなって。そのときどき、理由はそれぞれにあったけれど、結果としては十年も、いたずらに苦しめあっただけだ。

誉められたものではないし、許されるとも思えない。このさきも、劇的に変われるとはじつのところ、思ってもいない。

それでもいま、この瞬間だけは素直になりたかった。

「俺が、好きでいるのは、勝手にそうしてるのは、いいって、言ってくれ……」

語尾はみっともなくかすれて震えた。伊勢がゆっくり立ちあがり、カウンターのなかに入ってくることも気づけないまま、床を睨みつけて昭生は続ける。

ついこの間、ここで伊勢に押し倒され、なぶられるような真似もされた。その事実をなぞるように、凝視し続ける。

「まばたきしろよ、昭生」

声はすぐ近くから聞こえたけれど、昭生はなおも床を睨んだ。

じっと伊勢の答えを待つ間、許されたいと思うのはこんなに苦しいのかと思い知った。そして、ますます伊勢が許してくれないのではないかと思いはじめたころ、長い腕が昭生の頭を抱えこむ。

「まあ、昭生にしちゃがんばったけど、残念ながら不合格かな」

「だ、だめか、やっぱ」

「うん。とくに、『つきあってほしい』ってとこ」

ふうっと息をついた伊勢の言葉に突き落とされる。けれど触れる手は穏やかにあたたかく、髪をずっと撫でているから、わけがわからなくなってくる。

(どっちなんだ。いいのか、だめなのか……間に合ったのか、それとも遅かったのか。肩を落とした昭生の身体が、ぶるりと震えた。つんと鼻の奥が痛み、喉から、出したくもない細い声が漏れたとき——伊勢は、昭生を思いきり抱きしめた。

額を広い胸にあてたまま、心音といっしょに届いた声は、とろりと耳に流れこんだ。

「昭生がなにをどう言ってようと、俺はこの十年、別れたつもりはなかったよ」

無言でかぶりを振ると、せっかくこらえていたものが床に落ちた。ぼたぼたと大粒の涙が、周囲の様子を曲面に映しながら落下する様子が、まるでスローモーションのように見える。

伊勢は赤ん坊をあやすように、昭生の身体を揺すった。

「浮気してもいないし、たぶん、されてもないいって確信あったし。このさきは二度と、そんなことしない。誓ってもいい」

うなじを揉むようにやさしく包みこまれ、脚の力が抜けて、へたりこみそうになった。伊勢の腕がなければ、実際にそうなっていただろう。

どうして許せるのだろうか。そこまでしてくれるのだろう。わからないまま、それでも小さく恨み言を発すると、それは拗ねたような涙声になった。

「潮時っつったじゃねえかよ……」

「うん。この間はさすがに、限界かなと思ったから」

あっさり肯定され、息が詰まる。ぐうっと喉が変な音を立て、震えのひどくなった身体でもがくけれど、伊勢は離してくれない。

「でも、まあ。しんどくても俺は昭生がいいよ」

「なんでだよ。どこがいいんだ、こんな面倒くさいのの」

「だっておまえ、俺がいないと世界が終わっちゃうんだろ」

そこまで言ってないと口を開きかけ、しかしなんの反論もできなかった。

「裏切ったってすごく怒ってたのも、信じたからだろう。滋さんに向けたのより、喜屋武より、怒りが深いのって、要するにそういうことなんだろ」

ぬけぬけと言われて、これもうなずくしかない。悔しいけれど、事実だった。だが、こう

して伊勢に任せてばかりではだめだ。昭生は伊勢の唇に手のひらをあて、潤んだ赤い目をじっと向けたまま、ひといきに言った。

「喜屋武とかなら、どうでもいい。あいつは最初から、だめな男だから、あきらめられる。滋さんは、……あのひとは、父親だったんだと思う」

幼い昭生にとって、庇護者で初恋の相手は、手に入れることすら考えもつかないほどの『絶対』の存在だった。

「そういうのは、いつか卒業できる。っていうか、とっくにした。でも、……伊勢に裏切られたら、俺はたぶん、世界中全部に裏切られるんだ」

どうにか言いきって息をつくと、おとなしかった伊勢が手のひらに音を立ててキスをする。びくっとした昭生があわてて手を離すと、彼は眉をさげたまま満面の笑みを浮かべた。

「予想どおりだけど、またずいぶん、重たい期待をしてくれてるなあ」

困ったような、しあわせそうな、複雑な顔を見て、昭生は十年間凍りついていた、もう壊れてしまったと思いこんでいたものが、手のなかに戻ったことを知った。

「……だって、はじめてだったんだ」

他人を信じたのも、恋をしたのも、キスもセックスも全部、特別だった。はじめてだからではなく、伊勢だから特別で、伊勢だから恋に落ちたのだ。

「つきあったのも、それで傷ついたのも、別れたのもはじめてで、どうすりゃいいか、わかんなかったんだ」

いまとなっては思い出せない部分も多いけれど、信じられないほど純粋な好意がそこにはあった。幼くて、セックスやキスに気持ちがすこし追いついていなかった、そのせいで掛け違えた全部が疵になってしまった。

「あ、あきらめないでいてくれて、ありがとう」

それから、ごめん。何度伝えても足りない言葉を、やわらかい剝きだしの心を添えて差し出すと、伊勢は深く長い息をついた。

「……報われたよ」

伊勢の苦笑まじりの声に、昭生はおずおずと腕をあげ、目のまえの身体に巻きつける。深く息をついた伊勢が、抱擁を強めた。

「昭生が幸せだと思ってくれたら、俺が幸せになるんだよ」

「く……くっせえこと言うなよ」

真っ赤になってたじろぐと、「本当の話だから」とあっさりと笑う伊勢に、昭生の心臓がよじれた。声はうわずり、指先まで震えが走る。

「そこまでする価値が、いったい俺のどこにあるんだよ」

「いいんだ。本当に、俺のためにしてきたことだから」

未熟さと愚かさで傷つけてしまったことを悔いて、ほとんど妄信的なまでに伊勢は昭生へやさしくし続けた。たぶん言葉のとおり、昭生自身の価値など、この男には関係ないのかもしれない。

「だいたい、俺、おまえが朗のこと自慢げに話して、にこにこしてるときに落ちたんだ。たぶん、俺のことを見てくれるかどうかは、根本的に関係ないんだよ」

すごした時間のなかで、誉められたものじゃないことばかり、してきた。間違って、失敗して、他人を傷つけて自分も傷ついて、それでも。

それでも、そんな人間でも、やさしいものだとか、幸せななにかだとか、そういうものをちゃんと摑みたいって思うのは、いけないことだろうか。

ちゃんと、がんばるから。これからを生きていくために。

「抱きしめ返してもらえるの、何年ぶりかな。……あとは、俺のために笑ってもらえりゃ最高だけど」

調子に乗るなと睨みつけ、昭生は伊勢の脇腹を強く摑んだ。「痛いって」と笑いながら悲鳴をあげた伊勢に昭生は言ってやる。

「おまえのためになんか、誰が笑うか」

「なんでだよ」

「だって、俺は、おまえのために、怒って、哀しんで、泣いてばっかりだ」

言いながらこみあげてくるそれを、伊勢の肩にぶつけて拭う。

「それで笑ったら、俺の感情ぜんぶ、おまえに持ってかれるじゃないかよ」

本当はもうとっくだけれど、意地を張りたくて昭生は言った。だが伊勢は、抱きしめた腕を一瞬だけ強ばらせ、そのあと痛いほどに巻きつけてくる。

きつく顔を押しつけさせられた胸の奥、ものすごい勢いで伊勢の心臓が動いていた。

「俺、昭生に早死にさせられる気がする」

「ばっ、死ぬな、ばか！　冗談でも、言うな！」

さっと顔色を変えて思わず叫ぶ。強情に睨んだまま唇を引き結んでいると、「本当に、どうすんだこれ……」と伊勢がぼやいた。

「なにがだよ」

「なんでもない、……あー、だめだ、なんだこれ。死……ねないからどうしよう」

「……おまえ、さっきからなにを言ってんだ」

「十年ぶんときめくと人間どうなるんだろう。報われすぎてやっぱり喜べない気が……」

伊勢はひとしきりぶつぶつと、昭生にはさっぱりわけがわからないことをつぶやいたのち、背中をまるめて顔を近づけてくる。

「なあ、昭生。やり直しに際して、俺いっこだけ、条件つけたいんだけど」

「なんだよ」

妙な気配といやな予感に、昭生は無意識であとじさろうとした。だががっちりと腰で組まれた長い腕が、それを許してくれない。

「たぶん今後、セックスねちっこくなるけど、それは許して」

「おま、それ、どういう——っ！」

とんでもない台詞のわりに、触れた唇はやさしい。乾いた投げやりさもなにもないまま受けとめる唇は、どこかなつかしい記憶のなかのキスと同じ、不器用な震えを帯びている。

（あ……）

くらりとして目を閉じると、あの夏の日がよみがえった。抱擁こそ返さなかったが、昭生も伊勢の唇をそっと食《は》み、ちろりと誘うように舌を出す。

「んんう……！」

背中が反り返るくらいにのしかかられ、激しく唇が貪《むさぼ》られた。舌をすすられ、口蓋《こうがい》を舐められ、出し入れする動きで犯される。触れあった腰がじんと疼いて、足先がもじついた。

乳首が、なにもされなくても硬くなっている。肌という肌が痺れて、なんでもいいからなにかされたいと、全身が叫んでいる。

（やばい、なんか、これ……）

完全にセックスの前哨戦、いや、それそのもののキスに昭生はあまく呻き、伊勢の広い背中に爪を立てたところで——いきなり、店全体が明るくなった。

「……うわっ！」

ひっくり返った声がして、慌てて振り返ったそこには、ぽかんと口を開けた朗が硬直している。昭生もまた同じくフリーズしたまま、伊勢の抱擁をほどくことすらできなかった。

「ご、ごめんね！　じゃまするつもりなかったんだけど、喉渇いて、えっと――」

しどろもどろで言い訳をした甥は、昭生の顔が真っ赤に染まっているのを見やり、その後気まずそうな伊勢の顔と見比べて、にま、と笑った。

「うん、俺、コンビニ行ってきます！」

「え、ちょ、朗？」

立ち直りが早かったのは甥のほうだったらしく、言いきるなりどたばたと二階へ駆けあがった。そしてなぜか、次に現れたとき、肩掛けかばんを引っかけている。

「朗、なんで近所のコンビニ行くのに荷物――」

「うん、コンビニ行ったついでに、夜遊びしてくる！」

堂々と宣言され、昭生は二の句が継げなくなる。伊勢はおかしそうに笑って、固まりきっている昭生の身体を引き寄せ、朗に笑いかけた。

「叔父さんにほっとかれたお返しか？　朗」

「そうそう。というわけなので止めないでね、あーちゃん。俺、オールに行ってまいります」

わざとらしく敬礼の真似をしてみせる朗に、昭生はますますあわてた。

「ちょっ、ちょっと待て。そんな危ない真似は」

「だいじょぶ、泊めてもらうさきにアテはあるし。もうメール送ったから」

携帯を振ってみせた甥の『アテ』が、あの講師であるのは間違いない。なにか言わねばと昭生は焦るが、口がぱくぱくと開閉するばかりだ。

「じゃね伊勢さん、あーちゃんよろしくね！」

「はーい、行ってらっしゃい」

その間にも共犯者の笑みを浮かべたふたりは、昭生をよそに完結してしまい、我に返ったときにはすでに、甥の姿はここにはなかった。

「保護者の許可も出たから、部屋行こうか」

「ほ、保護者ってなにが、どっちが――」

「朗のほうだよ。あいつのほうがとっくに、おまえよりおとなだっただろ」

指摘され、昭生はもうぐうの音も出なくなる。

それ以前に、ふたたび追い立てるようなキスが昭生の唇を塞いでしまったから、あまく濡れた声以外のなにもかもを、発することなどできなかった。

＊　　＊

自室に連れこまれてもまだ、めちゃくちゃに乱れた心臓はどうしようもなかった。

「んん……」

ゆっくりしたキスからはじまる行為は、本当にひさしぶりの気がした。伊勢の触れかたがあまりにあまくて気恥ずかしく、さっさと服を脱ごうとしたら止められた。

「焦るなよ」

ベッドに並んで座ったまま、耳を噛みながらそんなことを言われ、自分があまりにしたがっているようじゃないかと憤慨したが、否定もできない。

伊勢は上着を脱いだだけだ。キスの合間にしがみついたせいで衣服はすこしよれているけれど、ネクタイすらほどいていない。

強ばった肩をさすられ、あまりに長いこと繰り返されるキスに頭がもうろうとしてくる。

「さっさと、しろよ」

「しない」

「ちょっと、もう、マジでもたねえって」

「……出ちゃう？」

心臓の話をしているのだと睨みつけるけれど、ゆったりと触れてくる伊勢は昭生のもどかしさをわかっていてはぐらかした。

「浮気されたくなかったら、俺にいじりまわされとけよ」

「そ……その脅しは、ちょっと、ねえだろ」

重ね着したシャツの隙間《すきま》に指を入れ、インナー代わりのカットソーのうえから、微妙に乳首をくすぐられる。卑猥にもほどがある前戯に息が乱れる。冷めきったセックスではけっしてあり得ない、焦らして高ぶらせるやりかたは、あまりに馴染《なじ》みがなくて苦しい。

「言っただろ、ねちっこくするって」

「だからって、こ、こういうのだと、おもわなかっ……！」

やっとシャツを脱がされたと思えば、きゅう、と小さな突起をつままれ、もう片方はカットソーのうえから噛みつかれた。

「ちょっと、のびる、だろっ」

「そんなの、買ってやるから。何着でも」

言いざま押し倒され、唾液に湿った布がひやりと感じるより早く、カットソーをまくりあげられる。同時に脚を撫でていた手が這い上がり、熱を持った股間をやんわりと握った。

「俺のもしてよ」

いいようにされるよりはましだと、のしかかった男のそこに手を添える。腹が立つほど余裕の顔を見せるくせに、とっくに熱くなっている場所をたしかめ、昭生は息をわななかせた。

腋《わき》の下からもぐりこみ、伊勢がなにも言わないのをいいことに、高ぶったそれをくわえる。うずくまった体勢のまま尻を撫でられ、ボトムをゆっくりと脱がされたあと、下着はそのままに好き放題腰のまるみを揉まれる。

「う、う……」

「ほしい？」

ことに奥まった部分を押し揉む手つきは執拗《しつよう》で、くぼみに布が食いこむ感触に昭生は震える。そのまま入れられるのではないかというほどいじりたおされたあと、股上《またがみ》の浅いボクサーパンツの裾、腿《もも》の際から手を入れられた。

「おまえ……さっきから、なんで、隙間ばっか……」

「んん？　いや、昭生たぶん、これ好きだろ」

妙にフェチな触りかたをするなと睨むけれど、不自由そうに動く指に妙に感じさせられているのは事実だった。

「おまえ、じつは慎《つつし》み深いから、ふつうと違うこととすると、乱れるって自覚してた？」

「んなわけ、あっ……あ、い、や」

あくまで下着を脱がせないまま、ローションをまとった指が侵入してくる。動きの制限されるそれは、けっして楽に動かされていないのに、伊勢の言うとおり妙に刺激が強い。

「ちょっと、もう、脱がせよ」

「……はやく入れてほしい？」

ふざけるなと言おうとして、なかで指が動かされた。がくがくと震えながらベッドに突っ伏した昭生の耳に「どうするよ」と意地悪くささやきかけられる。

「それともこのまんま、うしろから、下着ちょっとズラして突っこもうか」

「お……まえ、なにマニアックなプレイ提案してんだよ！」

反射的に脚で蹴り上げようとしたけれど、なかに入った指が邪魔をする。身悶《みもだ》える羽目になった昭生に笑いかけ、伊勢は凶暴な足首を摑んで爪先に口づけた。

「突っこませて」

「ふざけんな……」

「そういうやりかたも、俺に許せよ、昭生」

爪のうえに歯を立てられ、やめろと怒鳴りたいのにあがる声はあまくかすれた。

「服も……脱がねえで、おまえ、なに」

ボトムのファスナーだけをおろし、伊勢は昭生を仰向《あおむ》けに寝かせる。そして本当に、下着のセンターを端に寄せて、それをあてがってきた。

「ばか、ばか、やめろって」

「やばいの。もう限界」

言うなり、みしりとそれが食いこんでくる。昭生は目を瞠ったまま硬直し、ゆすりながら埋め込んでくる男をののしった。

「着エロが好みかっ、この、へ、ヘンタイ……！」

「この程度でなにがだよ」

頭上で、ネクタイがゆらゆらと揺れている。乱れた前髪を鬱陶《うっとう》しそうに払った伊勢は、にやりと笑った。

「知ってるよ。昭生はぜんぶ脱いで、ちゃんと抱きあってしないと、いやがるのは」

じつのところ乙女チックなセックスが好きだろうとからかわれ、歯ぎしりをした昭生はかかとで伊勢の腰を思いきり蹴ってやり、その衝撃にけっきょく呻かされた。

「ばかだな……いま俺になんかすると、ダメージ食らうのそっちだろう」

「うる、さい……」

「あとでちゃんと、昭生好みのセックスするから、いまは俺の好きにさせろよ」

「なにが、好きにって、あ、うあ！」

刃向かうために振りあげた手首を摑まれ、指をぜんぶ絡めて握りしめられる。そのまま激しく揺さぶられ、張りつめた性器が下着に圧迫されて苦しい。

「や……だ、もう、あ、あ」

「いっかいも触ってないのに、濡れてんだ。やっぱエロいな、透けて」

言われて、頰が燃えるように熱くなった。なんだか辱められている気すらして涙目になると、伊勢は身体を倒して頰に口づけてくる。

「伊勢……っ！」

「いままでこんなの、きらわれそうでできなかった」

なじってやるための呼びかけは、そのひとことで宙に浮いてしまった。

「お、覚えてないときには、好きにしてたんじゃないのか」

「意識が飛んでるときは、なにしたってOKだったけどさ。めちゃくちゃで、すごかったけど……あれはさ、セックスじゃないだろ。ただの逃避だろ」

苦みのまじった声に、自分がさせていたことの重さを知る。なにを言えばいいのかわからず、うろたえて目を泳がせると、伊勢が頬をそっと撫でた。

「こんなふうに、もっと昭生の恥ずかしがってるところとか、ちゃんと見たかった」

「それでこれかよ。ばかだろ……」

「なんとでも言えよ」

ふんと笑った伊勢は両脚を持ちあげて揃え、片腕で膝をまとめて抱えながら腰を送りこんでくる。

「いやだ、なに、もう……なにっ」

腰の角度が変わり、伊勢がさらに大きく膨らんだ気がしたが、それは深くなる結合のせいなのか、自分が締めつけてしまっているからかすら、わからない。

伊勢が入ってくる。どこまでも、奥に、昭生のなかに——心のなかに。

「いや、それ、やだ」

「嘘つき」

空いた手のひらは勃起《ぼっき》した性器を腹へと押しつけ、根本からこねるように押し揉み、ずれた下着から覗く先端だけを、指先でくすぐるようにいじっている。

「あああっ、ああ、もうだめ、だめだって、もう……！」

押しこみ、ひねり、まわして突き、小刻みに蠢《うごめ》かせては奥の奥まで暴きたてる。

貪りつくす、という言葉に似合いの腰使いに、昭生の目の前に星が散った。強烈な刺激に爪先が反り返り、背骨がアーチを描くほどに仰《の》け反った昭生は、シーツが破れんばかりに握りしめ、縋りつく。真っ白になり強ばったその手を、伊勢はやさしくほどかせ、自分の手と重ねあわせた。

「好きだ……」

ささやく声にまで震えながら口づけを交わす。指を絡めて、舌を絡ませながらお互いの身体を貪りあう。すすり泣きながら、昭生は何度も恋人の名前を呼んだ。

「伊勢、伊勢、んん、伊勢……っ」

「なに？　なんかしたい？」

やさしく意地の悪い問いかけなど、もう何年も聞いていない。ぞくぞくと震えながら昭生は前髪がぱさぱさ音を立てるほどかぶりを振り、そのあとで何度も首を縦に振る。

「どっち、昭生。いくの？　まだ？　もうちょっとここ、突く？」

「んっ、んぅ、んっ！　うん、うん」

「それともキスする？　どっち？」

答えようにも、快楽をこらえるあまりに唇を嚙みしめるから、くうう、と子犬があまえて鳴くような声しか出なくて、そんな自分が恥ずかしかった。

「……両方しよっか」

楽しげに笑った伊勢はそう決めて、昭生の歯が食いこんだ下唇をいやらしく舐め、刺激に仰け反ったことで開いた口腔を舌で思うさま責め立てた。

「あふ、あ……い、せ、も、もう」

「いく？　……だめ？」

舌を舐められながらあまえた声をあげる。そこから到達までの距離はひどく短くて、お互いに終わりを惜しみながら、全身で絡みあう。

「い、いく、で……っあ、あああ、あ！」

訴えた瞬間ひときわ強く腰をぶつけられ、伊勢の背中を思いきり引っ搔くと同時に、昭生は下着を盛大に濡らし――あまえるようにわなないて伊勢に絡みついた粘膜を、同じ種類の体液でたっぷりと潤された。

「あっ……あっ……」

射精が終わっても、爪先がぎゅっとまるまったまま、降りてこられないほどの絶頂を味わう昭生は、全身を痙攣《けいれん》させながらうしろ髪を枕にこすりつける。

伊勢もまた、すこしも萎えないそれを軽く動かし続けていて、昭生はしゃくりあげながら彼の胸を叩いた。

「も、やめ……それ、ぬけ、ばか」

「あー……うん。ごめん、しんどいよな。すぐ抜く」

ろれつのまわらない昭生の声もかすれていたが、伊勢もなんだかぼうっとしていて、半分くらい上《うわ》の空の状態だった。

「よすぎて、腰おかしくなってる。……抜かないとだめか、これ」

もったいなくて動きたくないと、恥ずかしいことを伊勢は言う。

「ちが……ぬげない、だろ」

「え？」

理解していない伊勢のことがもどかしくてたまらず、もう一度力の入らない拳で彼を叩いたあと、昭生はおぼつかない指で伊勢のネクタイをほどきはじめる。

「言っただろ、ぜんぶ脱いで、ちゃんと抱きあって……俺の好きなセックス、するって、おまえ言っただろ、だから」

伊勢のとろんとしていた目が、とたんに焦点を結んだ。昭生は全身を赤く染め、どうにか抜き取ったネクタイを床に放った。そして、べっとりと汚れた自分の下着のゴムに手をかけ、かすかに眉をひそめたあと、伊勢を上目遣いで見つめる。

「一回、抜かないと、これ脱げねえじゃんかよ」

「……ごめん。すぐ抜く」

伊勢の声がうわずっていて、すこしあきれた。見た目はクールそうにも見えるくせに、こういうときの伊勢は欲求に忠実で、ときどきおかしみさえ感じる。

とりあえずつながりをほどいて、せわしなく服を脱がせあった。

汗やそのほかで汚れたシャツもなにもかも、もう使いものにならなくてもいいと、お互いのそれをむしりとった。昭生は途中で面倒になり、伊勢のワイシャツの身頃を両手で掴んで思いきり引っぱり、ぜんぶのボタンを飛ばしてやる。さすがに伊勢はあぜんとして、そのあとにやっと笑った。

「ワイルドだな、昭生」

「あとで買ってやる」

さっきの台詞をそっくり返し、覆うもののなくなった身体に昭生から抱きつく。伊勢はまだこの夜の感動が去らない様子で、しっかりと抱き返し、背中を何度も撫でてくる。

ひとしきりキスを交わしたあと、いっこうにさきに進もうとしないで昭生の肌だけを愛《め》でる伊勢に「どうしたんだ」と問いかけると、困った顔で彼は言った。

「なんか……どっから手ぇつければいいんだか、わからなくなった」

いまさらなにを言っているのかわからず、昭生が「は？」と目を瞠る。冗談なのかと思ったが、たしかに伊勢の手は震えていた。

「昭生、俺が連絡しなくて、ここ一週間、しんどかったか？　どんな気持ちだった？」

「なに、いまさら……」

「答えて」

昭生の首筋に顔を埋《うず》めたまま問いかける伊勢の声は、痛いところでもあるようにひずんでいる。昭生はそろりと手を伸ばし、伊勢の真似をして背中を撫で、髪を梳いた。

「……すごく、きつかった。こんなこと伊勢に、ずっとさせてて、俺ひどかったなって」

思いだしたら、やっと引っこんだ涙がまたこみあげた。完璧に感情の振り幅が大きくなっていて、昭生は自分で自分をコントロールできない状態に戸惑う。

「き……られたか、終わりかとか、考えるのって、ほんと怖いな。……ごめんな」

声を震わせると、伊勢ははっと顔をあげた。

「違う。謝らせたかったんじゃない。そうじゃなくて、俺が――」

肩を落とし、伊勢は昭生を抱きしめた。

「ごめん、俺がしんどかったんだよ。かっこつけて、あきらめようと思ったとか言ったけど、けっきょく俺が、我慢できてなかっただけで、それ言いたかった」

たぶん、伊勢にはそんな意図はなかったのだと思う。けれど、情けなくしょげたような顔をひさしぶりに見せつけられて、昭生はつい、笑った。

腹が立って、哀しくて、おかしくて――涙が出た。

「くそ、けっきょく、ぜんぶだ」

複雑な泣き笑いの顔に、伊勢はぼんやりとした目を向けている。そっと頬を包む手は、うやうやしいくらいにていねいで、なのに口づけたとたんに情熱がはじけた。

どこにも逃げられないように、両手と両脚を伊勢に絡みつける。揺れながら、汗で滑るのもいやだとしっかりしがみつき、昭生は声をあげ続ける。

伊勢に翻弄されるまま、しなやかな身体は濡れてしたたり、官能に染まって身悶える。

落ちたさき、けっして離さないと告げる腕があると信じた昭生は、どこまでも高く飛んだ。


狂宴、というのにふさわしい時間をすごしたあと、昭生が引き裂いたシャツを手に、伊勢はくすくすと笑っていた。

背中の身頃には、なぜか数本、繊維が毛羽立ち破れかかった跡がある。

「おまえ、最初にいくとき、すっげえ引っ掻いたな。服着ててよかったよな、そうじゃなきゃぜったい血まみれ」

「……うるさい」

にやにやする伊勢を睨みつけ、もう指一本動かしたくないと昭生は腰をさすった。すこしだけいつもと違うセックスは、昭生がいくら否定したくとも興奮材料になってしまったのは事実だ。

湿った下着のなかに射精したあとの、粘ついた感じは最悪だったけれど、いつになく熱っぽい伊勢の腰の動きや、挿入している間中続いたキスが悪かったとは、とても言えない。

むろんそのあとの、肌が溶けあうような時間については、昭生から脚を開いて、昭生からねだった。

昭生好みにすると宣言したとおり、欲しいところを教えてくれと伊勢がいうから、ひとつひとつ、舐めてほしい部分と噛んでほしいところと、指でもてあそんでほしい場所と、たわむれのように教えてやり、ときどき口にはしていない場所が欲しがっていることも、逆に伊勢に教えられた。

さきほどのセックスが最高だと思ったけれど、まだそのうえになにかがあって、すこし怖いと思いながら、淫らな遊びを繰り返すのは、たまらなかった。

「……そういう顔すんなよ。もう出るもんないのに、したくなる」

「ばかか」

ぼんやりしていた昭生に、伊勢はシャツを放り投げてのしかかり、触れるだけのキスを何度も繰り返した。そういえば、恋人解消の宣言をしてから、こんなに口づけばかりすることはめったになかったと、昭生は腫れぼったいそれを好きにさせながら考える。

「明日、腫れる……」

さすがに痛くなってきたとよけると、伊勢は「ごめん」と笑って昭生を抱きしめてきた。ぜんぶもらえて浮かれていると、小さく耳にささやきかけられ、そういえばこういうあまい男だったのも思い出す。

(沖村と栢野のこと、笑えねえんじゃねえのか、これ)

なんだか一抹の不安を覚えつつ、それでもしっかり抱きしめられたままでいる昭生に、伊勢がぽつりと言った。

「あのさ。さっきの。俺が昭生の世界背負ってるって、あれ」

「……もう、それはいいだろ?」

またあの恥ずかしい話をする気かと昭生が睨むと、伊勢は照れたように笑って、「じつは」と打ち明けた。

「本当は、あれ言ったの朗なんだ」

「え……?」

「うちのあーちゃんいつまでほっとく、いいかげんにしろと電話で小一時間説教されて」

毎日携帯を見てため息をついていることも、甥はすべて伊勢に報告していたらしい。

――ここんとこ毎日ホワイトアスパラ仕入れてんの、誰のためだと思ってんの!? あれ傷《いた》みやすいから、毎回あーちゃん捨ててんだよ。

これにはいろいろ事情が、という伊勢の言い訳にはまったく耳をかさず、あげくの果てに、朗はこう言ったそうだ。

――事情は知らないけど、伊勢さん大人だろ。あーちゃんはヘタレなうえに、コミュニケーション不全の思春期なんだから、お姫様扱いでやさしくしてあげないとだめだ！

「そうできないひとに、うちのあーちゃんあげないからね！　……だって」

「あ……朗が？」

思いも寄らなかった援護射撃に、昭生は目をまるくするしかない。

「ちっちゃいころから、『面倒見てあげられてた』自覚はあったと思うよ、あいつは」

甥から見た自分というものの、ものすごい人物評価に愕然とした。けれど、なにひとつ反論できないのがまた情けない。

「あー、まあ、半分くらいは栢野さんの評価かなって気はするけどな。コミュニケーション不全、なんつう語彙《ごい》は、朗にはない気がするから」

呆然とする昭生に、伊勢はあれこれフォローの言葉を並べた。よしよしとなぐさめるように髪を撫でられても、昭生の気分は晴れない。

（ショックだ……）

けっきょく、ここでも若者に追い越されてしまった。それもしっかりしていた史鶴ならまだしも、おむつから面倒を見た朗だというのは、さすがに声もなく落ちこんでしまった。

けれど。

「なんだよもう。ぜんぶっつって、けっきょく朗の影響力のほうが、でかいのかよ……」

まるっきり十七歳のころに戻ったような伊勢が、しまいにはふて腐れてしまったので、昭生は思わず声をあげて笑った。

なんの屈託も痛みもないそれは、あざやかに花開いた。

＊　＊　＊

面会日である日曜日、ひかりのもとへ訪れた面々は、それぞれ彼女との会話と報告の時間を楽しんだ。

相馬家の全員が揃ったのはひさしぶりで、この日の昭生は岡に預けることはせず、自作のケーキを直接持っていった。

朗は、岡のケーキが叔父の手製と知るや、いままで損をしたと盛大に拗ねた。

「なんだよ、これからは俺専用のおやつ、作って！」

子どもっぽいそれは、昭生への『叔父ばかサービス』かとすこしだけ疑ったけれど、食い気について嘘をつくような朗ではなく、その様子にまだ巣立ちの日は遠いかと、ほっとした。

「じゃ、俺はここで」

面会時間を終えると、朗はひとあしさきに戻ると宣言した。見れば、ロータリーには栢野の車が迎えに来ている。

「今日は帰ってくるのか？」

昭生の問いかけに、朗は「へへへ」と意味ありげに笑い、なぜか携帯メールの画面を見せる。文面を読みとって、昭生は静かに顔をしかめた。

【伊勢さんは本日お泊まり予定はあり？　あるなら俺は夜遊びします】

「この返事はあーちゃんに直接するように、言ってあるから」

「……よけいな世話だ！」

他人の恋に首を突っこみたがるあたりは、やはりひかりの子ということか。

朗は素早く身をかわし、赤くなって怒鳴った叔父の腕が届かない位置まで逃げた。

「じゃーね、しーちゃん、あーちゃん、また！」

すっかり秋模様の空は高く、そこに届きそうな勢いで元気にかけ出していく小さな背中を見送って、昭生はため息をついた。そしてふと、傍らの義兄を振り返る。

「そういえば義兄さん、今日は亜由美さんは？」

「ここしばらくは海外出張で忙しい。交渉に関しては、亜由美がいちばんねばり強いから、もっぱら渉外担当だ」

ねばり強いという言葉には、納得せざるを得なかった。思春期の昭生がさんざん反発したときも、彼女は黙って耐え、自分のやるべきことをやり、けっして引かなかったからだ。

「……ひかりと別れて、あのひとと再婚する気はないのか？」

滋に対して誰もがうながしたそれを、昭生はいままでぜったいに口にしなかった。ひかりが言うように、昭生たちにはけっしてわからない苦悩もあったに違いないのに、彼は頑として離婚の話を受けつけなかった。

「なんだ、昭生までそんなこと言い出して」

滋は笑って流そうとしたけれど、昭生は食いさがった。

「子ども産ませるのと、会社立て直すのと、ひかりと俺と朗の面倒みる、それが父さんとの約束だったんだろ。もう、いいんじゃないの？」

押しつけられた約束を守り、もう充分につとめは果たしただろう。そう告げると、滋は軽く眉をあげて見せたあと、ふっと目を細めてみせた。

「ひかりに、なにか押しつけられたとは思ってないよ、俺は。ぜんぶをもらった。大事な家族とか、護りたいと思うもの、……俺のよりどころ」

逞《たくま》しく広く大きな肩は、いまだ昭生が追いつかないほど堂々とした強さを漲らせている。顎《あご》をあげ、滋はひかりのいる病室を見あげて、つぶやいた。

義兄の横顔は、昭生や朗に向ける保護者のそれや、亜由美に向ける穏やかな男の顔ではなかった。どこか不思議な遠い目を、ひかりのいるほうへと向けている。

背の高いその姿は、ひまわりの花に似ていた。そしてその瞬間、突然、二十数年わからずにいた義兄の感情に昭生は気づいた。

「義兄さんって、もしかして、ひかりのこと好きなの？」

唐突にすぎる問いに、滋は目をまるくして、まるで少年のように、はにかんだように笑った。言葉にしない答えを得て、それでも足りずに昭生は問いかける。

心臓が、ばくばくと早鐘を打っていた。

「どんくらい好きなの？」

「どうでも訊くのか、それ」

遠くかすむ記憶の奥、六月の花嫁だった姉と義兄の一対に、強く憧れた。それがまがい物と知って傷つき、裏切られたとひねくれた。なのにいま、昭生はまるで違う真実を、あっさり手に入れようとしている。

「教えてくれよ。そうじゃないと、なんか、俺が完結しない。なあ、どんくらい？」

「どんくらいって——」

食いさがる昭生に、滋はすこし面くらったようだった。だがしばし無言になったあと、彼はふっと息をつき、ふたたび空を仰いだ。

「ひかりが言うから、めちゃくちゃな家庭作るくらい。言いなりになって愛人扱いしかできなくなる、そういう子を見つけてくるくらい。それから、俺が——」

仰向いたままの滋の顔は、昭生には見えない。けれどこれ以上なく真剣な声が、想いの深さを教えてくれる。

「俺自身のモラルとか常識とか、どういう関係だとかどういう感情だとか、そういうもののぜんぶが吹っ飛ぶくらいくらい、ひかりは、俺のすべてだと思う」

熱烈と言ってもいい言葉に気圧されながら、昭生の胸はひどく痛んだ。

「……しーちゃんは、旦那様だけど恋人じゃないって、ひかりは言ってた」

「うん。俺はひかりの恋人に、してもらえなかったから」

死ぬまで片思いかもしれないと、不思議な顔で滋は微笑んだ。

ひまわりの花は、太陽に恋い焦がれて姿を模し、追いかけているという話を思いだした。誰かの創作なのか、伝説なのかはまるでわからないけれど、そのイメージは昭生のなかでぴったりと滋に重なる。

「わたしが死んだら亜由美になぐさめてもらえって、そんな残酷なこと言う女だけどな」

「……それでも、ひかりのこと好き？」

「それでもいいんだよ。俺が、愛してるから」

「亜由美さんの、ことは？」

「おまえには言い訳みたいに聞こえるかもしれないけど、ひかりと亜由美とは、俺のなかでまるで別次元にいる。どっちも、とても大事だよ。――でも」

言葉を切った滋は、昭生の目を見据えた。

「ひかりが、自分じゃない誰かを見つけろと言わなければ、たぶん俺の視界に亜由美は入ってこなかったと、正直、いまでも思う」

肺の奥から吐き出すような滋の言葉に、ふと思った。

――だってわたしが許したから。……お願いしたから。

昭生は、ひかりの『お願い』に逆らえた試しはない。もしかしたら滋もそうだったのだろうか。儚《はかな》げで浮き世離れした姉の、命がけの頼みだから、亜由美を見つけたのだろうか。

あまりにも奇妙な話だ。けれど、そもそもがひかりの『お願い』で結婚し、子どもを作りまでしたこの男に、常識的な婚姻関係を求めるほうがおかしいのかもしれない。

想像は、滋の続けた言葉によって、真実と知れた。

「あいつが死ぬこと想像したら、いつも怖くて、俺は泣くこともあるよ。頭がどうにかなりそうだ。……それをなだめてくれる亜由美のことも、本当に大事だと思う。ずるいけど、俺には必要なんだ、ぜんぶ理解してくれる女が」

――五年もかかったけど、やっと見つけてくれたの。

亜由美がどうしても必要なのだと言ったひかりの言葉がよみがえり、昭生は目を逸らした。

ようやく、姉の言った意味がわかった。こんなにも深く、ひかりを思う滋がなんの支えもないまま彼女を喪《な》くしたらどうなるのか、そのさきは考えることも怖ろしかった。

それこそ、もしひかりが死ねというなら、滋は迷わないで死ぬだろう。そんなことを彼女が望まなかったとしても、壊れてしまうだろう。

滋には、責任が必要だった。昭生が、朗が、亜由美が、彼を頼り、必要と思う人間の存在が、そしてそれらが、そこにいると知ることが。

「これはひかりと俺のエゴだ。おまえにわかってくれとは言わないし、言えない。昔それを押しつけて、悩ませたと思うし、裏切ったと感じさせたのも知ってる。でも限界だったことは、わかってもらえると、嬉しい」

「……うん」

「昭生のこともずっと、俺は、大事に思ってきたよ。反抗されまくったけどな」

じんと瞼が痛んだけれど、泣くときではないと思った。こくりとうなずいて、義兄の広い肩に手をかけ、背負った重さに対しての敬意を昭生は伝えた。

「俺さ。義兄さんが初恋だったんだよ」

口にして、なにか長い間捕らわれていたものから、解放された気分になった。そして、あのころあまで思いつめたことが、言葉になるとずいぶんあっけなくて、おかしかった。

「そりゃ、ずいぶん幻滅させただろうな」

昭生は笑ってかぶりを振り、「いまでも憧れてるよ」と告げた。

「ずっと、憧れだよ。ひかりも……滋さんも」

ありがとう、と告げた義兄は「いまの話は、ひかりに内緒で」とすこし照れたように頰を撫でた。どうしてと昭生が問えば、穏やかに目を細める。

「言っても、『あら、わたしも好きよ』で終わるから。悔しいだろう、それじゃ」

悔しがるところなのか。やはり自分と姉夫婦の感性は、だいぶ違うような気がする。

ある意味でこの夫婦はすべて通じあっているからこそ、気づかないのかもしれないが。

「なあ、さっき朗がなんか言ってたし、携帯、チェックしたほうがいいんじゃないのか。電源切っておいただろ」

「あ、う、うん？」

「それじゃな」

義兄は妙に事務的に指摘したかと思うと、昭生が携帯の電源を入れているすきに、さっさときびすを返した。

じつはシャイなひとだったのだろうかと、かすかに赤い耳を見て昭生は思う。

朗が伊勢にメールを送ったのは、どうやら今朝か病院に入るまえだったようだ。伊勢からの『昭生あての返事』もまた、タイムスタンプが数時間まえのものだった。

【お見舞い終わった？　今日、そっちに行くけどいい？】

かまわない、と返信を打ちこみながら、昭生はいまの話を伊勢にしようと思った。めったに使わないせいで、いまだにへたくそな携帯メールなどではなく、自分の声と不器用な言葉で、ひとつひとつ伊勢にわかってもらいたかった。

——みんな、全員、愛しあってる。それだけは事実なんだ。

かつて甥に向けて伝えたそれは、あくまで子どもの心を救おうとしての方便だった。

けれども、そこにはちゃんと、本当に愛があって、昭生はなんだか感動している。

長い長い、二十年あまりの昭生の心に起きた、たくさんのあれこれを、十代のころのように駆け足で話すのではなく、ひとつずつ聞いてもらおう。

——おまえがいないと、話す相手いないんだ。

伊勢のあの言葉の意味を深く嚙みしめながら、ぽちぽちとメールを打っていた昭生の手元で、携帯がふたたび鳴り出す。【新着メールです】の表示にＯＫのボタンを押すと、そこにはふたたび伊勢からのものが届いていた。

【ごめん、やっぱ来ちゃった】

え、と昭生が目を瞠ると、手にしていた携帯に影がさす。顔をあげると、そこにはスーツ姿の背の高い男がいて、昭生は、反射的に唇をほころばせる。

小さなひまわりが、恋人の襟できらりとひかった。

あとがき

信号機シリーズ、三作目はアダルトテイストです。前作、前々作からちらほらっと見えていた過去を総まとめで出してみたら、朗曰くの「大人のブラックボックス」が全開になってしまったため、がらりと印象が違う感じになりました。前二作は明るく爽やかをテーマにしてたんですが、やっぱ大人書くとだめでした（笑）。でもある意味このシリーズ、三つのカップルのそれぞれのできごとが、くるりと輪になった感じかと自分では思っております。

今回は、新しいものにチャレンジのようでいて、自分的なテイストの集大成のような話かな、とも思います。わりと繰り返し挑戦している「相手をどこまで許せる？」というテーマを、ふだんよりさらに真っ正面からやっつけてみました。

大人の話を書いてください、とよくリクエストされます。で、わたしが考える大人の話っていうのは、今作のような部分を多々含むものであったりします。

疵のない大人はほとんどいないし、見たくない過去も失敗も、いっぱいあると思う。それをちゃんと昇華できるか、できずにひきずるかで、道は分かれていくんじゃないのかなと考えて、昭生は完全に後者になりました。これは『オレンジのココロ』での相馬朗がきれいに受けとめていた物事の、側面のお話でもあることを意識しています。事実をべつの角度から見たら、苦い面もあったというのはよくあると思うんですが、朗の天真爛漫さについては、昭生が必死になって甥に見せまいとした努力の結果だと思っています。とはいえ鋭い子どもにいろいろ見破られてはいるわけですが。

前作『オレンジのココロ』あとがきにて、このシリーズについては「書いたことのない攻めを書いてみようシリーズ」な気がすると言ったのですが、伊勢もまあ、たしかに書いたことのない攻めでした。いろんな意味で（笑）。でもって友人には「このシリーズって攻めがメロメロっていうのが統一テーマなの？」とも言われてみました。……そうかも。

喜屋武についてては、いただいた感想で「本当は史鶴のこと大事だったのか」と仰る方がいらしたんですが、本当のところは今作で書かせていただきました。彼もまた、ときどきわたしが描く、どうしようもなく救われない場所であがいてる人間のひとりです。

瑕疵《かし》のない人間よりダメなひとのほうが、けっこう、いとおしいなあ、なんてわたしは考えたりもします。みっともない自分をさらして、すっころんで失敗して、大泣きしながら、それでもあきらめずに踏ん張ることができたら、すてきなんじゃないかなと。

むろんエンターテインメントなスーパーヒーローも、憧れるんですけど。

ちなみにキーポイントとなるひかりと滋は、双方向片思い（熱烈）夫婦です。正直、ひかりと滋と亜由美の関係性については、奇妙としか言いようがないわけですが、あれはあれで本人たちだけは納得しているわけで。朗と昭生は相馬家の光と影なんだと思ってます。亜由美視点でひかりと滋たちの話を書いてみたい気もするんですが、ＢＬじゃないし（笑）、こっそり趣味でやれたらいいな、などと考えております。

さて、この作品は、ルチル文庫さんで二十冊目、それから崎谷の文庫作品としても五十冊目という、えらく区切りのいい本になっております。その記念な本がここまでディープな話になったあたり、自分どうなの……という気がします。とりあえず三部作完結、もしかしたら、その後の話を書く機会も頂けるかもしれないんですが、いまのところ予定は未定です。

その三部作を彩っていただいた、イラストのねこ田さん。ほんとに最初から最後までお世話になりまくりました。登場人物多いうえに、進行上、アレな状態でカットをお願いすることも多くご迷惑かけまくりで、ジャンピング土下座でお詫びしたい感じですが、どれも素晴らしいイラストばかりでした。萌えたぎりました、本当にありがとうございました！

担当さま、むちゃくちゃな進行で申し訳なく思いつつ、おかげさまで毎回なんとかなっております。もろもろご協力くださった編集部の皆様ともども、今後とも、よろしくお願いいたします。修羅場中ずっと励ましてくれて、いっしょに起きて待っていてくれた、チェック協力のＲさんＳＺＫさん、もう本当に頭あがらない。心からありがとう。

それから、一作目の話の端っこに出てきた『叔父さんと弁護士』に期待してくれた読者さんのおかげで、この話を書こうと思ったわけで、たぶん想像と相当違うだろうお話ですが、リクエストありがとうございました。むろん、はじめてこの本を手にとってくださった方も、読んでくださってありがとうございます。できれば前二作もよろしくどうぞ。

ひさびさに、書いている最中、話の緊迫感で胃がきりきりしたほどの本作ですが、なにか心に残るものがあれば幸いです。

✦初出　ヒマワリのコトバ—チュウイ—……………書き下ろし

崎谷はるひ先生、ねこ田米蔵先生へのお便り、本作品に関するご意見、ご感想などは
〒151-0051 東京都渋谷区千駄ヶ谷 4-9-7
幻冬舎コミックス　ルチル文庫「ヒマワリのコトバ—チュウイ—」係まで。

幻冬舎ルチル文庫
ヒマワリのコトバ—チュウイ—

2009年4月20日　第1刷発行

✦著者	崎谷はるひ　さきや はるひ
✦発行人	伊藤嘉彦
✦発行元	株式会社 幻冬舎コミックス 〒151-0051 東京都渋谷区千駄ヶ谷 4-9-7 電話 03(5411)6432[編集]
✦発売元	株式会社 幻冬舎 〒151-0051 東京都渋谷区千駄ヶ谷 4-9-7 電話 03(5411)6222[営業] 振替 00120-8-767643
✦印刷・製本所	中央精版印刷株式会社

✦検印廃止

ISBN978-4-344-81635-0　C0193　Printed in Japan

崎谷はるひ
イラスト ねこ田米蔵
650円(本体価格619円)
「アオゾラのキモチ―ススメ―」
同じ専門学校ながら、ファッション科とアニメ科はまるで異文化。アニメ科の北史鶴とファッション科の沖村功は、ある事件をきっかけに親しくなる。史鶴は、最初の恋が最悪の結果となり、次の恋も同棲までした恋人に裏切られ、恋愛に消極的になっていた。沖村に惹かれながらも3度目の恋に臆病になった史鶴は、あきらめようとするが……!?